Sarah Wanner
Seren & Yunho
Das Fest der Sterne

Sarah Wanner

SEREN & YUNHO

Das Fest der Sterne

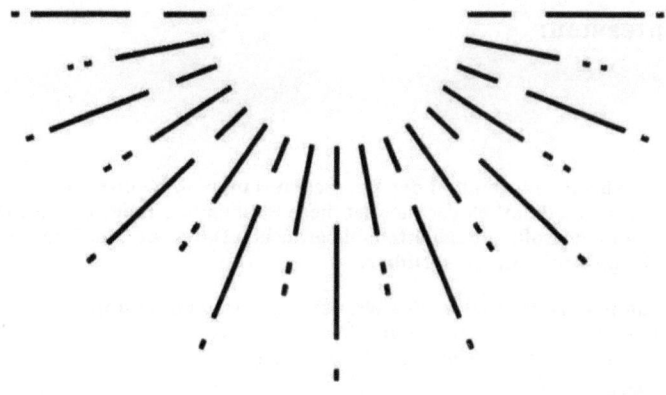

Impressum:

Bibliografische Information der Deutschen Nationalbibliothek: Die Deutsche Nationalbibliothek verzeichnet diese Publikation in der Deutschen Nationalbibliografie; detaillierte bibliografische Daten sind im Internet über http://dnb.dnb.de abrufbar.

Die automatisierte Analyse des Werkes, um daraus Informationen insbesondere über Muster, Trends und Korrelationen gemäß §44b UrhG („Text und Data Mining") zu gewinnen, ist untersagt.

1. Lektorat: wortkosmos – Sarah Nierwitzki
2. Lektorat: Lektorat Heimathafen – Katrin Weißenböck
1. Korrektorat: wortkosmos – Sarah Nierwitzki
2. Korrektorat: Lektorat Butterblume – Hannah Koinig
Coverdesign und Umschlaggestaltung: Florin Sayer-Gabor-
www.100covers4you.com (Unter Verwendung von Grafiken von Adobe Stock: sakdam)
Bildquellen: shutterstock

Verlag: BoD · Books on Demand GmbH, In de Tarpen 42, 22848 Norderstedt

Druck: Libri Plureos GmbH, Friedensallee 273, 22763 Hamburg

ISBN: 978-3-7597-7944-1

An alle, die gerade durch eine schwere Zeit gehen:
Das Leben ist nicht immer einfach, aber gebt nicht auf.
Dieses Buch ist für euch, damit ihr wisst, dass nach
Regen auch wieder Sonnenschein kommt.

CONTENTWARNUNG

Hiermit sei ausdrücklich darauf hingewiesen, dass dieses Buch Szenen von Gewalt und Misshandlungen enthält, außerdem sexuelle Übergriffe sowie Darstellungen von Selbstverletzung, Alkoholmissbrauch, Tod, Tieropfern, Suizidgedanken, Essstörung, Misogynie und Folter.

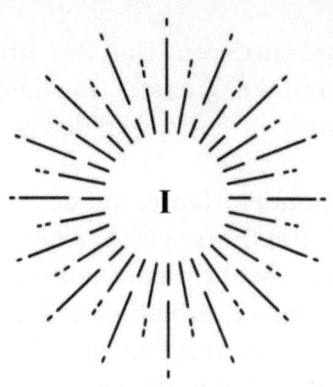

YUNHO

Einen Schritt vor, einen zurück, spulte er immer wieder in seinem Kopf ab.

Mit einem Lächeln auf den Lippen tanzte Yunho leichtfüßig über das Seil, das in schwindelerregender Höhe hing. Die erstickten Gespräche der Zuschauer drangen zu ihm hoch, aber davon ließ er sich nicht beirren.

Einen Schritt vor, einen zurück, so hatte er es etliche Male getan.

Yunho nahm den Geruch nach Popcorn, Schweiß und billigem Parfüm wahr, der sich mit dem Duft des Heus, der von den Ställen herüberwehte, vermischte. Das war bereits die vierte Vorstellung diese Woche, die bis auf den letzten Platz ausverkauft war. Die Menschen im Königreich Scalis mochten es, ihr Geld für Unterhaltung auszugeben. Dafür sahen sie sogar darüber hinweg, wer sie ihnen bot.

Normalerweise wurden Traveler, wie Yunho einer war, in diesem Königreich verachtet. Sie waren fahrendes Volk ohne Heimat. In den Augen der Bewohner waren sie damit unkultiviert, ohne Wertvorstellungen und ohne Sitte. Wilde oder Barbaren. Doch jetzt wollte Yunho all das vergessen. Für einen Moment schloss er die Lider, um sich zu konzentrieren. Das Seil unter ihm schwang kaum merklich und er wusste, was das bedeutete. Als er sie wieder öffnete, erblickte er das wunderschöne Gesicht von Luna.

Ihre dunkelblonden Haare, mit denen er heute Morgen noch gespielt hatte, hatte sie zu einem kunstvollen Zopf geflochten, damit sie ihr nicht ins Gesicht fielen und ablenkten. Ihr schmaler, athletischer Körper steckte in einem eng anliegenden, mit Pailletten bestickten Anzug.

Die Menge unter ihnen klatschte und Luna sah Yunho herausfordernd an. Er liebte diesen Gesichtsausdruck an ihr.

„Bereit?", fragte sie.

Yunho nickte und klopfte noch mal seine in Kreide getauchten Hände zusammen. Die Scheinwerfer waren nun auf die beiden gerichtet. Als wäre es das Leichteste der Welt, gingen Yunho und Luna aufeinander zu. Sie kannten sich seit ihrer Kindheit und vertrauten einander bedingungslos. Hunderte Male hatten sie dieses Kunststück geprobt und vorgeführt.

Seine Finger kribbelten, als er ihre Hand in seine nahm. Später, wenn er allein mit ihr war, würde er sie mit Küssen verwöhnen.

„Ich liebe dich", flüsterte sie, bevor sie ihren Körper anspannte und nach links kippte. Die Zuschauer schrien entsetzt auf – doch Yunho packte Luna an den Armen und ließ sie etwas hinunterrutschen, bis er ihre Handgelenke umfassen konnte und sie an den Händen hielt. Das Seil schwankte leicht unter seinem Gewicht, allerdings hatte er einen sicheren Stand.

Die Menge atmete auf und klatschte. Yunho sah den zufriedenen Blick des Zirkusdirektors, der von der Manege aus nach oben schaute. Yunho und Luna waren die Hauptattraktion. Mit einem kraftvollen Schwung zog er sie wieder hoch. So vollführten sie noch einige Kunststücke auf dem dünnen Seil, das Yunho eine Heimat war.

Der Applaus der Besucher ebbte auch dann nicht ab, als Yunho und Luna die Leiter hinabstiegen und sich mitten in der Manege mit geschmeidigen Verbeugungen bedankten. Doch die Show war noch nicht zu Ende – nun würde das Highlight folgen.

Luna verließ das Zelt, um sich schnellstmöglich in einem der bunten Wohnwagen umzuziehen, Yunho folgte ihr bis zum Manegenrand. Er ließ seinen Blick über die Zuschauer schweifen, die an den Lippen des Direktors hingen. Bald würden sie ihren Augen nicht mehr trauen.

Yunhos Freund stand am Ende der Tribüne. Sie tauschten kurz Blicke und Ace deutete mit dem Zeigefinger nach oben und packte ein Seil.

Um nicht die Aufmerksamkeit der Besucher auf sich zu ziehen, schlenderte er zu seinem Freund.

„Ihr konntet ja eure Blicke nicht voneinander abwenden", sagte dieser und grinste.

„War es etwa so offensichtlich?" Yunho kratzte sich verlegen am Hinterkopf.

„Ich bin dein bester Freund. Wenn mir so was nicht auffällt, wem dann?" Ace legte ihm seinen Arm um die Schultern und zog ihn mit sich. „Wir müssen uns mit dem Seil beeilen." Ace setzte seine seriöse Miene auf.

Flink wie ein Affe stieg Ace das Gerüst hoch, welches das Zelt stützte. Er befestigte das Seil am höchsten Punkt und warf es Yunho dann gekonnt zu, der unten wartete.

Auch er kletterte hoch. Während er mit dem Seil hantierte, brach Applaus aus und Luna kam hinter dem Vorhang hervor. Yunho blieb für einen Moment die Luft weg, so atemberaubend sah sie aus. Sie trug ein weißes Kleid, das über und über mit kleinen Spiegelpailletten bestickt war. Sie fingen das Licht ein, brachen es und warfen es in hundert verschiedenen Farben zurück. Luna drehte sich für die Zuschauer, die aus dem Staunen nicht mehr herauskamen.

Ace bedeutete Yunho mit einer Geste, sich zu beeilen. Nur widerwillig löste er sich von Ihrem Anblick und machte das Seil fest.

Heute Nacht wird sie das Kleid nur für mich ausziehen.

„Und nun, meine Damen und Herren, der Höhepunkt des Abends", verkündete der Direktor.

Luna hatte sich einen Gürtel um die Taille geschnallt, an dem Ace zwei kleine Karabiner, die am Ende des Seiles hingen, befestigte. Er gab Yunho ein Zeichen, der daraufhin an einem dicken Strick zog. Luna erhob sich in die Luft und schien zu schweben. Bunte Muster wurden aufgrund ihres Kleides und den Schmucksteinen gegen das Zelt geworfen. Yunho beobachtete, wie die Augen der Kinder immer größer wurden. Er sah auch die Blicke der Männer und etwas in seinem Magen rumorte. Er wusste um Lunas Schönheit und wie glücklich er sich schätzen konnte, dass sie sich ausgerechnet in ihn verliebt hatte.

Luna kam oben an der Plattform an. Jeden Moment würden die Zuschauer ihr unglaubliches Können bestaunen – einem Wunder gleich. Das Seil, auf dem sie tanzen sollte, war aus einem besonderen Material gefertigt, es passte sich der Umgebung an und so sah es aus, als würde sie durch die Luft gehen. Die Traveler hatten dieses Seil im Nachbarkönigreich Dorado anfertigen lassen. Dort waren die Technologien und auch der Wissensstand weit fortgeschritten. Im Gegensatz zu Scalis, in dem sich seit über zweihundert Jahren nichts verändert hatte.

Luna löste die Karabiner und tanzte wie eine Ballerina in den Lüften. Yunho war so konzentriert auf Luna und ihre Sprünge und Kunststücke, dass er Ace' Stimme zu spät vernahm.

„Yunho, verdammt, das Seil!", schrie dieser und blickte zum Zeltdach.

Sofort schoss Yunhos Blick nach oben – Ace hatte recht. Das Seil, das er nicht überprüft hatte, weil er von Lunas Anblick abgelenkt war, löste sich aus den Windungen.

„Scheiße, wenn sie fällt, wird sie es nicht überleben!"

„Hol das Sprungtuch!", wies Yunho seinen Freund an. „Ich versuche, noch rechtzeitig nach oben zu kommen." Seine Hände waren schwitzig, in seinem Kopf hämmerte es und sein Herz raste.

Yunho hatte gerade die dritte Sprosse auf der Leiter erreicht, als er ein Geräusch hörte, das ihm durch Mark und Bein ging. Das Schreien der Menge bestätigte ihm, dass etwas schiefgegangen war.

Die Szenerie verlangsamte sich.

Yunho drehte sich um. Lunas schmaler Körper lag inmitten der Manege. Blut tränkte den Sandboden. Ohne auf das zu achten, was um ihn geschah, stieg er hinunter und rannte los. Er kam mit den Knien vor Lunas Körper auf.

Von irgendwo rief Ace: „Verdammt! Holt den Arzt!"

Genau, wir haben einen Arzt, der uns schon so oft geholfen hat, versuchte Yunho, sich zu beruhigen.

„Luna", flüsterte er und wusste nicht, wo er sie berühren sollte, ohne ihr weitere Schmerzen zuzufügen. „Es wird alles wieder gut."

Mit ihren blauen Augen sah sie ihn liebevoll an. „Ich denke nicht." Ihre Worte waren kaum mehr als ein Flüstern. Blut rann ihr aus den Ohren und dem Mundwinkel.

Er ergriff ihre Hand. „Du kannst mich nicht verlassen."

Ein flüchtiges Lächeln umspielte ihre blassen Lippen, doch im nächsten Moment hustete sie. Blut spritzte ihm auf Kleidung und Gesicht. Verzweifelt bemühte er sich, ihre Blutungen zu stillen.

Ehe er dazu kam, kniete sich der Arzt neben ihn und hielt seinen Handrücken gegen Lunas Lippen. „Sie atmet nur noch schwach."

„Tu etwas!", rief Yunho völlig außer sich.

„Wahrscheinlich ist ihre Halswirbelsäule beschädigt." Er tastete sie weiter ab. „Hier sind zwei Rippen gebrochen und womöglich in die inneren Organe eingedrungen. Wir können sie nicht bewegen und mir fehlen die Geräte, um sie zu operieren, und das nächste Spital ist mehrere Tagesfahrten mit der Kutsche entfernt."

„Also willst du sie hier sterben lassen?" Yunho spürte eine leichte Berührung an seinem Handgelenk und sah zu Luna hinunter. Sie wirkte so zierlich und verletzlich, wie er sie nie wahrgenommen hatte. „Wir können es zum Spital schaffen, es wird alles gut", sagte er zu ihr.

„Ich kann meine Beine nicht mehr spüren und das Atmen fällt mir immer schwerer", meinte Luna mit dünner Stimme. „Ich denke nicht, dass wir es zu einem anderen Arzt schaffen können."

„Das ist nur der Schock", versicherte Yunho, ohne selbst daran zu glauben.

„Ich liebe dich." Luna schloss ihre Augen. „Bitte lass mich etwas schlafen."

„Nein, du darfst jetzt nicht einschlafen." Yunho stupste ihr sachte gegen die Wangen, um sie wach zu halten, doch ihre Lider flatterten nur. Ihr Brustkorb hob und senkte sich schwach – bis die Bewegung stoppte.

Ein nicht enden wollender Strom aus Tränen rann Yunho übers Gesicht. Er packte seine Freundin an den Schultern und schüttelte sie. „Nein, Luna, bitte! Du kannst mich jetzt nicht allein lassen!", rief er. „Du kannst nicht gehen! Wach wieder auf!" Die Tränen nahmen ihm die Sicht und in ihm mischten sich Wut mit Verzweiflung und Angst. „Wach auf, Luna!"

Jemand legte die Hand auf seine Schulter. „Sie ist tot", sagte Ace. „Lass sie gehen."

„Nein." Er schluchzte.

„Yunho." Ace' Stimme klang sanft, aber dennoch bestimmend.

Doch er konnte nicht, er wollte, dass seine Liebste wieder aufwachte. Sie musste einfach aufwachen.

„Sie ist tot." Ace packte Yunho unter den Achseln und zog ihn weg.

„Was soll das?"

„Wir können ihr nicht mehr helfen."

Zorn kochte in Yunho hoch. Mit einem energischen Ruck befreite er sich aus Ace' Umklammerung und verpasste ihm einen Kinnhaken, der ihn zurücktaumeln ließ. In seinem Blick lag allerdings keine Verärgerung, sondern Mitleid. Was Yunho nur noch wütender machte. Er hob den Zeigefinger. „Fass mich nie wieder an, sonst ..." Yunho wandte sich ab, hob Lunas Körper vom Boden auf und verließ das Zelt.

Es war, als würde er die ganze Welt durch einen Schleier sehen. Ein Dunst, der sich kalt und dunkel über seine Haut zog und in seine Knochen kroch. Yunho ging den geschotterten Weg entlang, der zu seinem Wagen führte. Er legte Lunas Körper auf seinem Bett ab und setzte sich neben sie. Vorsichtig strich er ihr eine Haarsträhne aus dem blutigen Gesicht. Eine Zeit lang betrachtete Yunho ihr Gesicht, bis er es nicht mehr aushielt. Er musste etwas tun, jetzt sofort.

Als er aus dem Wagen kam, wartete Ace bereits auf ihn. „Was hast du vor?"

Yunho antwortete nicht, sondern stürmte an ihm vorbei.

„Yunho?"

„Ich werde in das Dorf gehen und einen anderen Arzt holen, da ihr sie sterben lassen wollt!", brüllte er und lief davon.

Die Realität sickerte langsam zu ihm durch. Es war egal, ob er einen Arzt finden würde, Luna könnte er nicht retten. Er stützte seine Hände auf den Oberschenkeln ab und brach in Tränen aus. Mit jedem Schluchzen zerriss sein Herz ein wenig mehr. Ein beklemmendes Gefühl machte sich in seiner Brust breit.

Ich bekomme keine Luft.

Er musste etwas gegen den Schmerz unternehmen, er musste sich betäuben. Seine Füße trugen ihn wie von allein zur nächsten Kneipe. Alkohol hatte ihm schon immer geholfen, seine Probleme zu lösen. Bis Luna aufgetaucht war. Sie hatte sein Leben so viel heller und bunter gemacht.

Mit der flachen Hand wischte er sich die Tränen aus dem Gesicht. Er durfte nicht an sie denken.

Der Wirt an der Bar kannte Yunho und nickte ihm kurz zu. „Was darf es sein?"

„Etwas von deinem stärksten Fusel."

Der Wirt grinste und griff nach einer Flasche. „Hier, dein Fusel". Er grunzte und schob Yunho ein Glas zu, in dem eine karamellfarbene Flüssigkeit hin und her schwappte.

Er roch nicht daran, sondern stürzte das Gesöff mit einem Zug hinunter. „Noch mal!"

„Schwerer Tag?", fragte der Wirt, doch Yunho schüttelte nur den Kopf, um nicht darüber reden zu müssen. Er hielt ihm das Glas hin.

Der Wirt schien verstanden zu haben, dass Yunho nicht auf ein Gespräch aus war. „Hast du vor, das auch zu bezahlen, Traveler?", fragte der Gastgeber beim fünften Glas.

„Natürlich", lallte Yunho.

Jemand stieß ihn an und die heilende Flüssigkeit ergoss sich auf seiner Hose.

„Was soll das?", blaffte Yunho und sah dem Übeltäter ins Gesicht.

„Entschuldigung", murmelte dieser.

„Ist das alles, was du dazu sagen hast?"

„Du Traveler-Abschaum hättest dich eigentlich bei mir entschuldigen müssen, dass wir deine Anwesenheit hier ertragen müssen."

Etwas schob sich vor seine Augen und trübte seine Sinne. Es war nicht der Alkohol, sondern die blanke Wut. Mit einem präzisen Schlag holte er aus und verpasste dem Fremden eine Ohrfeige. Dieser wirkte einen Moment geschockt, doch setzte zum Gegenschlag an. Die Faust traf Yunho hart und er schmeckte den metallischen Geschmack von Blut.

Hastig packte er den anderen am Kragen und schlug seinen Kopf gegen den Tresen. Jetzt kamen weitere Männer hinzu und begannen, Yunho zu treten und schlagen. Sie hielten ihn an den Armen fest, doch er konnte sich befreien. Zorn loderte in Yunho auf.

Einer der Männer packte ihn am Genick und drückte sein Gesicht nach unten, ehe er ihm die Hände auf den Rücken drehte. Yunho blickte nach oben und erkannte, dass es der Wirt war. Im festen Griff des Mannes flog er hinaus.

„Raus mit dir, und dass du dich nie wieder blicken lässt!"

Mit dem Handrücken wischte er sich das Blut von der Lippe.

„Das sieht ja ganz schön übel aus."

Ace lehnte an einer Hauswand. Es dämmerte bereits und die Nachtwächter gingen umher, um die Laternen anzuzünden.

„Du solltest mal den anderen sehen." Yunho spuckte auf den Boden, um das angesammelte Blut in seinem Mund loszuwerden. Er wartete nicht auf eine Antwort, sondern lief los, zurück zum Lager der Traveler, das sich in der Nähe des Zirkuszeltes befand. Ace folgte ihm.

Yunho ging zum Wohnwagen, während Ace glücklicherweise weit entfernt blieb. Die anderen hatten Luna aus seinem Wagen getragen, und er war unsicher, ob er darüber erzürnt oder dankbar sein sollte. Er wanderte auf und ab, die Gedanken an Luna lasteten schwer auf ihm. Es war, als würde sein Herz zerreißen. Vermutlich versammelten sich alle gerade, um Abschied von ihr zu nehmen. Doch er konnte sich noch nicht dazu durchringen, sich ihnen anzuschließen. Er wollte einen Augenblick in seiner Blase leben. Sie mussten Luna so schnell wie möglich bestatten, da sie nicht länger an diesem Ort verweilen konnten. Sie waren ein fahrendes Volk und hatten keine Heimat. Diese Bestattung würde ihren Tod realer machen.

Yunhos Blick fiel auf eine kleine violette Glasflasche. Lunas Parfüm, das sie in seinem Wagen vergessen hatte. Zögerlich griff er danach und roch daran. Sofort sah er sie in seiner Vorstellung. Ihre wunderschönen, herausfordernd dreinblickenden Augen, das Muttermal auf ihrer Schulter, das er so gern geküsst hatte.

Hätte er nur dieses verdammte Seil kontrolliert. Frustriert schleuderte er das Fläschchen in die Ecke, wo es zerbrach. Dann waren die Bücher und alles andere in seiner Reichweite an der Reihe. Tränen liefen über sein Gesicht. Am liebsten hätte er geschrien vor Entmutigung. Als Ace den Wohnwagen betrat, saß Yunho mit dem Kopf in die Hände gestützt und völlig verzweifelt am Tisch. Ace kam auf ihn zu.

„Ich habe sie getötet." Yunho schluchzte.

„Hast du nicht, es war ein Unfall."

„Nein, war es nicht!" Yunhos Gesicht war von Schmerz verzerrt. „Ich habe vergessen, das Seil zu überprüfen."

Ace widersprach ihm nicht. Er trat einen Schritt zur Seite, sodass Yunho einen Blick aus dem Fenster erhaschte und dort die anderen Traveler sah.

„Sie möchten Luna die letzte Ehre erweisen. Sie haben auf dich gewartet."

Es hatte seinen Grund, warum Traveler ihre Zelte vorübergehend immer in der Nähe eines Gewässers aufschlugen. Sie glaubten, dass sich das Reich der Toten hinter einem Schleier auf einem Gewässer befand. So konnten sie ihre Angehörigen im Todesfall nach ihren Ritualen verabschieden und ihnen eine Wiedergeburt in ein neues Leben ermöglichen.

Yunho und Ace traten aus dem Wagen und gingen hinüber zum Ufer.

Lunas Leiche war auf einem Floß aufgebahrt. Irgendjemand hatte um ihren Körper Vergissmeinnicht gelegt. Man hatte ihr ein weißes Leinenkleid angezogen und die Haare zu einem Zopf geflochten. Sie war gewaschen worden, die Verletzungen hatten aufgehört zu bluten. Sie sah aus, als würde sie nur etwas Schlaf nachholen.

Yunhos Herz krampfte sich zusammen. Ace reichte ihm eine Fackel, doch er schüttelte den Kopf.

„Ich kann das nicht." Seine Stimme zitterte. Es war, als würde ihm die Luft abgeschnürt.

Ace nickte.

Die Zeit schien stillzustehen. Eine gespenstische Stille legte sich auf Menschen und Natur. Yunhos Leben war in wenigen Stunden zu einem Albtraum mutiert.

„Mutter Erde, wir geben dir nun zurück, was du uns einst geliehen hast", sagte Ace die traditionellen Worte und zündete die Hölzer an, die wie ein Zelt über Luna errichtet waren. Zwei weitere Traveler machten das Floß los. Yunho sah ihm nach, wie es den Fluss entlangtrieb, ins Reich der Schleier, wie sie das Totenreich nannten. Was würde er dafür geben, Luna nochmals in den Arm nehmen zu können. Ihre Stirn, Nase und Lippen zu küssen.

Eine Hand auf seiner Schulter holte ihn zurück in die brutale Realität.

„Mein Beileid", sagte Ace.

Auch die anderen Traveler brachten Yunho gegenüber ihre Trauer zum Ausdruck. Er fühlte sich allerdings wie ein Heuchler. Er war Lunas Mörder, er hatte es nicht verdient, dass man ihm aufmunternde Worte zuflüstert. Mit jeder Beileidsbekundung, jeder Berührung wuchs seine Schuld ins Unendliche.

„Was wirst du jetzt tun?", fragte Ace.

„Ich will nur weg von hier."

„Gut, dass ich einen Plan habe. Ein Teil der Traveler zieht weiter zum *Fest der Sterne*. Wir können uns ihnen anschließen."

„*Das Fest der Sterne*, dieses barbarische Fest der Sekte des Sols?" Yunho war nicht überzeugt.

„Ja, sie sind barbarisch, und wenn du mich fragst, etwas zurückgeblieben, was ihre Weltanschauung angeht, aber denk an das viele Geld, das wir verdienen werden." Ace' Augen funkelten und er rieb sich die Hände.

Yunho sah noch mal hinüber zum Floß. Das Feuer reichte bis zum Himmel. „Ich werde dich begleiten."

In Gedanken fügte er allerdings an Luna gerichtet hinzu: *Ich werde wiederkommen und dann werde ich für immer bei dir sein.*

SEREN

Staub wirbelte auf und tanzte im gelben Sonnenlicht, das durch die breiten, runden Fenster fiel. Einige Mädchen schüttelten blütenweiße Tischdecken aus und legten sie fein säuberlich über die großen, langen Holztische. Andere eilten mit riesigen Sträußen aus Wildblumen herbei und arrangierten diese mittig.

Seren beobachtete ihre Schwestern mit Adleraugen. Schließlich war heute der wichtigste Tag ihrer Zimmergenossin Gwen. Es war jedes Mal ein Fest, wenn eines der Mädchen heiratete. Gwen wurde letztes Jahr am *Tag der Farben* von ihrem Bräutigam ausgewählt. Seren konnte kaum stillhalten, ihr Herz pochte wie wild, denn die Hochzeit bedeutete auch den Anfang und das Ende des *Festes der Sterne*.

Zu Ehren ihres Gottes Sol gab es einen Monat lang ein riesiges Fest. Händler und Schausteller kamen nach Solaris, um dem Tempel und Sol selbst Ehre zu erweisen. Der letzte Tag, der *Tag der Farben*, war dazu gedacht, zwei der Schwestern des Tempels mit einem der Brüder zu verheiraten, damit diese für neue Nachkommen im Tempel und unter den Dienern Sols sorgten. Die erste Braut würde noch am selben Tag heiraten und somit das

Ende des Festes darstellen. Die zweite Braut würde sich ein Jahr gedulden müssen, denn diese Hochzeit stellte den Anfang des neuen Festes dar.

Seit Jahrhunderten wurde so das Überleben der *Gemeinschaft des Sols* gesichert. Seren schwelgte in Erinnerungen an letztes Jahr. Alle waren bunt angezogen gewesen, hatten Bänder in den Haaren gehabt. Bis auf die fünf auserwählten Mädchen.

Sie hatten splitterfasernackt vor den tosenden Zuschauern gestanden und der auserkorene Bruder hatte jedes Mädchen genau betrachtet. Gwen hatte das Glück gehabt, dass er sie favorisiert hatte. Seren war froh, dass sie dieses Jahr zu den handverlesenen Damen gehörte, die hoffentlich eine Zukunft mit einem der Brüder fand. Seit sie klein war, hatte sie von nichts anderem geträumt. Unaufhörlich waren die Schwestern auf diese Aufgabe vorbereitet worden.

„Seren, träumst du?", hörte sie eine tiefe Stimme hinter sich und spürte die leichte Berührung an ihrem Arm.

Sie wandte sich um und sah in Amons dunkle Augen. Er war die rechte Hand des Tempeloberhauptes, dabei war er gerade einmal ein paar Jahre älter als sie. Sofort fühlte sie sich ertappt.

Sein Lächeln wirkte gezwungen, als er sagte: „Gwen wartet auf dich. Sie braucht deine Hilfe."

„Natürlich, ich werde gleich gehen." Seren war es in Amons Nähe immer unheimlich zumute. Sie wusste nicht, woher dieses Gefühl kam, sie wusste nur, dass sie so schnell wie möglich zu ihrer Zimmergenossin gelangen sollte.

Seren eilte durch die langen Gänge des Tempels, bis sie vor einer kleinen Holztür angekommen war. Sie atmete kurz durch, bevor sie eintrat. Der Raum war extra für die Braut zur Verfügung gestellt worden. Dort durfte sich Gwen für ihren großen Tag zurechtmachen. Ihre

Kleider waren die gleichen, nur durch die Farbe der Bänder in ihren Haaren unterschieden sie sich. Die Farben symbolisierten ihre Herkunft. Seren hatte kupferfarbene Bänder, da ihre Familie mit Geld zu tun hatte. Ihr Vater war der Schatzmeister des Tempels. Andere Mädchen hatten grüne Bänder, die für die zum Tempel gehörende Landwirtschaft standen, wieder andere hatten rote Bänder. Die Mädchen mit dieser Farbe gehörten den Gerber-Familien an. Unzählige andere Farben waren vertreten.

„Wie wäre es mit dem Karminrot für deine Lippen? Das würde gut zu deiner rosigen Haut passen", meinte Seren und hielt ihrer Freundin die Farbe vor die Nase.

Ein breites Lächeln erhellte ihr Gesicht, während sie nickte. Gwen spitzte ihre Lippen zu einem Kussmund, sodass Seren die Farbe darauf auftragen konnte.

„Was sollen wir mit deinen Haaren machen?", fragte Seren. „Ich könnte dir ein paar heiße Eisenwickel eindrehen."

„Flechte sie mir einfach zu einem Zopf."

Während Seren eine Strähne nach der anderen in die Hand nahm, konnte Gwen kaum stillhalten und rutschte auf dem Stuhl hin und her.

„Kannst du es glauben? Ich werde heute heiraten. Vielleicht bist du am Monatsende schon die nächste glückliche Braut!"

Seren war das nur allzu bewusst. Sie wollte alles dafür tun, eine der Auserwählten zu sein. Falls Seren auserwählt wurde, würde sie das Fest mit ihrer Feier beenden.

„Ich habe gehört, das Tempeloberhaupt will Amon dieses Jahr verheiraten." Gwen senkte verschwörerisch ihre Stimme. „Und jeder weiß, dass Amon ein Auge auf dich geworfen hat."

Ein eisiger Schauer durchfuhr Seren, wenn sie an seine dunklen Augen dachte, die sie beobachteten. Sie strahlten eine unheimliche Brutalität aus.

„Ich denke, es wird geeignetere Kandidatinnen für Amon geben als mich."

Gwen nahm Serens Hand in ihre eigene. „Aber du bist wunderhübsch und noch dazu das klügste Mädchen von uns allen."

Die Glocke der Turmuhr unterbrach sie und ersparte ihr eine Antwort.

„Wir sollten los, du willst deinen Bräutigam doch nicht warten lassen", sagte Seren und war froh, nicht mehr über Amon reden zu müssen. Natürlich würde die Heirat mit ihm für ihre Familie sehr viel bedeuten, denn Amon war nach dem Tempeloberhaupt der angesehenste Bruder unter den Dienern Sols. Sie würde eine Position bekommen, für die andere Mädchen wahrscheinlich ihre Seele verkaufen würden. Eigentlich hätte sie dankbar sein sollen.

Doch eine leise Stimme in ihrem Kopf sagte ihr, dass dieser Weg der falsche wäre.

Sie war ein Mädchen. Das Beste, worauf sie hoffen konnte, war eine gute Heirat. Ihr geheimer Wunsch, einmal Ärztin zu werden, würde für immer das bleiben, was er war: ein Hirngespinst. Mit Schrecken dachte sie aber daran, wie es wäre, wenn Amon sie anfassen würde, geschweige denn, wie es wäre, seine Kinder zu bekommen.

Seren versuchte, die Stimme in ihrem Inneren zu ignorieren. Sie wusste, dass sie sich später, wenn sie allein war, für diese Gedanken bestrafen müsste.

Der zweite Schlag der Turmuhr ertönte. Gwen und Seren schlüpften durch eine Tür am Ende des Raumes. Die Stufen dahinter führten in die unterirdische Kapelle, in der die Hochzeiten abgehalten wurden. Die hochrangigen Mitglieder des Tempels sowie die Familien der Eheleute waren bereits anwesend und erwarteten die Braut mit lächelnden Gesichtern. Nur einer nicht. Amons Blick ruhte ernst auf ihr, als wüsste er, was sie vorhin gedacht hatte.

Die Anwesenden erhoben sich und stimmten das Lied *Sol, du großer Retter* an. Jedes Mal bekam Seren dabei eine Gänsehaut, wenn die Stimmen des Chors einsetzten.

Gwen lief den Gang entlang, ihre Augen waren auf ihren zukünftigen Ehemann gerichtet, während Seren sich zwischen den anderen Mitgliedern auf ihren zugewiesenen Platz setzte.

Die Kapelle war mit Schleierkraut geschmückt. Es war an den Bänken befestigt und hing als Girlanden arrangiert von der Decke. Ein Altar aus grobem Marmorstein bildete das Zentrum. Bänke aus Holz waren rundherum aufgereiht, sodass jeder einen guten Blick auf den Altar und die Brautleute hatte. Zwei bodentiefe Fenster ließen die Sonne herein und erleuchteten das Brautpaar in einem unnatürlichen Schein. Die Kapelle war viel zu klein für alle Mitglieder des Sols. Doch bei der Zeremonie waren sowieso nur die im Tempel lebenden Anhänger eingeladen.

Das Tempeloberhaupt begann mit den Gebeten und alle Schwestern und Brüder stimmten ein. Seren konnte nicht verhindern, dass ihre Gedanken immer wieder zu Amon schweiften.

Er saß nur eine Reihe vor ihr und sie betrachtete ihn unauffällig. Er hatte einen kurzen Oberkörper, lange Arme und Beine. Sein dunkelbraunes, lockiges Jahr fiel ihm auf seine schmalen Schultern. Seren fröstelte, als sie daran dachte, wie er sie vorhin angeschaut hatte. Seine raubtierartigen Augen könnten sie mit einem Blick töten, dessen war sie sich sicher.

Das Tempeloberhaupt hatte die Gebete gesprochen, jetzt ging es zum Opferritual über. Diese Tradition fand Seren besonders eklig. Zu Sols Ehren wurde ein Tier geopfert, das dem Brautpaar nahestand, damit es die neue Verbindung segnete und für Fruchtbarkeit sorgte. Braut und Bräutigam mussten das Blut aus einem Kelch trinken und waren danach verbunden und verheiratet.

Seren wäre fast ein Schrei über die Lippen gekommen, als sie sah, welches Tier geopfert werden sollte. Es war ihr Kater, ihr treuer Gefährte Fidilis. Seren sah in Fidilis' verängstigten Augen, dass er nicht wusste, dass er diese Welt gleich für immer verlassen sollte. Seren hielt sich die Hand vor den Mund und biss hinein. Sie schmeckte den leicht metallischen Geschmack von Blut.

Amon drehte sich zu ihr um. Mit blassem, diamantförmigem Gesicht sah er sie bestimmend an. Dies war ebenfalls ein Test für sie, für ihren Glauben, denn er wusste ganz genau, dass Fidilis ihr Kater war und nicht Gwens. Wusste Amon, dass sie in den Nächten grübelte, ob im Tempel alles nach ihrem Geschmack verlief? Wusste er, dass sie an ihrem Glauben zweifelte, wenn der Mond am Nachthimmel stand?

Sie biss noch fester zu, damit sie wieder klar denken konnte. Ihr Glaube verlangte ein Opfer. Sie musste stark sein.

Amon nickte ihr kurz zu und richtete seine Aufmerksamkeit dann nach vorne.

Seren kam es vor, als wäre sie in Watte gepackt, als das Tempeloberhaupt Fidilis die Kehle durchschnitt und das frische, rote Blut in den Kelch tropfte. Die Stimmen schienen von weit herzukommen, und in ihren Ohren klingelte es. Sie grub ihre Fingernägel tief in ihre Handflächen, um nicht sofort in Ohnmacht zu fallen, während sie verzweifelt versuchte, die Tränen zurückzuhalten.

„Möge dieses Blut euch schützen und fruchtbar machen", sagte das Tempeloberhaupt. „Heil sei Sol."

Gwen setzte den Kelch an ihre Lippen und trank.

YUNHO

Yunhos Wut und Trauer hatten sich während der Reise in Gleichgültigkeit gewandelt. Er fand es schwierig, überhaupt noch Gefühle zuzulassen. Die Tage und Wochen waren an ihm vorbeigezogen. Selbst sein Lächeln gegenüber Ace war nur aufgesetzt. Einfach alles, was er nach Lunas Tod gefühlt hatte, war verschluckt von einer Leere, die an ihm zerrte und ihn in den Abgrund riss. Doch er wehrte sich nicht mehr dagegen – seinetwegen sollte sie ihn ertränken.

Es vergingen zehn Tage, bis die Traveler Solaris erreichten. Die Sonne brannte vom Himmel und der Staub von den trockenen Straßen schnürte Yunho die Kehle zu. Das Land war auf heißem Sand erbaut worden. Es gab nur einen Zugang zum Meer, und den hatte das damalige Oberhaupt des Tempels von Solaris für sich beansprucht.

Der Tempel war schon kilometerweit zwischen den Bergen zu sehen, da er weit oberhalb der Stadt thronte. Er war das Herz des Königreiches Scalis. Auch wenn König Mirnas das wohl nicht so auffassen dürfte, denn eigentlich war der Tempel die geheime Machtzentrale des Landes. Von hier wurde mit teuren Gegenständen wie

Seide und Gold Handel betrieben. Um den Stadtkern war eine dicke Mauer aus Stein gezogen, welche die Reichen und Mächtigen vor dem Gesindel in den äußeren Bezirken schützen sollte, in denen sich vor allem Arme, Prostituierte und Spieler aufhielten.

„Da vorne müssen wir das Tor passieren!", sagte Ace und deutete auf eine große Aussparung in der Mauer, die von Soldaten bewacht wurde. „Egal, was sie sagen, lasst euch bitte nicht provozieren. Wir können keinen Streit gebrauchen." Diese Ansage war vor allem an Yunho gerichtet.

„Holt eure Urkunden heraus", erwiderte Yunho. „Sie werden sie genau prüfen."

Er hatte recht. Die Wachen am Tor prüften jede einzelne Geburtsurkunde sorgfältig, die im Königreich Scalis als Ausweisung dienten. Doch die Traveler waren geübt in Dokumentenfälschung, und so fielen den Wachen die zahlreichen unechten Papiere nicht auf. Im Königreich Dorado war das schon schwieriger, dort wurde den Bewohnern ein Chip unter die Haut implantiert, doch bis jetzt konnten die Traveler den Ort immer vermeiden.

Eine der Wachen warf Ace die Unterlagen hin. Sie fielen auf den staubtrockenen Boden. „Macht, dass ihr stinkendes Pack schnell weiterkommt. Warum müsst ihr in unser Land besuchen? Habt ihr nicht eigene Feste, die ihr feiern könnt?"

„Bei euch macht es aber mehr Spaß", sagte Ace und hob die Urkunden auf. Er gab den anderen ein Zeichen, die daraufhin die Wagen in Bewegung setzten.

Die Wachen waren auf Krawall aus, doch von ihnen ging keine Gefahr aus, im Gegensatz zu den Leuten im Tempel. Trotzdem schloss Yunho seine Hand um den Dolch in seiner Tasche. Sie waren so eingespielt, dass er wusste, dass Ace es ihm gleichtat. Sie würden sich auch hier ein geheimes Versteck suchen, das etwas außerhalb der Stadt lag, wie sie es immer taten. Denn egal, in welchem Königreich sie sich befanden, Traveler waren nie erwünscht und nur zu gern Ziel einiger Angriffe.

Die Stadt verkörperte eine Oase in der Wüstenlandschaft. Die frische Brise, die vom Meer herüberwehte, machte die langen Strapazen der Reise erträglicher. Immer wieder mussten sie ausweichen, die breiten Straßen waren viel befahren. Es war wohl die Handelsstraße, die vom Hafen zum Marktplatz und aus der Stadt führte.

„Riecht ihr das?", fragte Jasmin.

„Zimt", antwortete Ace. „Hier muss es unzählige kostbare Gewürze geben."

Taemin, der im gleichen Alter wie Yunho und Ace war, kam staunend zwischen den Wagen hervor. „Wer hätte das gedacht", sagte er und legte den beiden jeweils einen Arm um die Schultern. „Seht euch nur die schönen Frauen an."

Ace folgte seinem Blick. „Und Männer."

Taemins Kinnlade klappte nach unten, als eine Bewohnerin von Solaris an ihnen vorbeischlenderte, ihr Gewand in leuchtenden Farben schimmernd, der Schmuck funkelnd in der Sonne. „Sieh dir all die Gewänder und den Schmuck an", hauchte er.

Ace strich sanft durch Taemins blondes Haar, während sein Blick die Menge durchforschte. „Du schaust nicht genau hin. Die Kleidungsstücke sind zusammengenäht, die Ringe und Ketten sind bloß aus einfachem Kupfer, bemalt, um Reichtum vorzutäuschen." Er wies auf zwei Männer in eleganten Seidengewändern hin, verziert mit goldenen und silbernen Fäden. „Such nach denjenigen mit weißen Gewändern, auf denen nicht ein Staubkorn zu finden ist. Sie müssen nicht arbeiten; sie haben Menschen, die das für sie erledigen." Teamin verzog die Lippen zu einem Schmollmund.

„Warum immer ich?"

„Weil du ein Gesicht wie ein Engel hast", mischte sich Yunho in das Gespräch ein. „Dir würden sie nicht zutrauen, dass du ihnen das Geld aus den gut gefüllten Taschen ziehst."

SEREN

„Scheiße", sagte Seren leise, als ihr Schuh sich in ihrem Baumwollgewand verfing.

Die Bücher, die aus ihrer Hand zu rutschen drohten, konnte sie gerade noch abfangen. Seren wusste ganz genau, welche Strafe sie erwartete, falls sie zu spät zum Unterricht käme. Leider hatte die Versorgung ihrer Wunden heute Morgen länger gedauert als beabsichtigt. Warum war es auch so verdammt heiß? Die Salbe wurde durch ihren Schweiß immer wieder weggewischt.

Ihre Nackenhärchen stellten sich auf, als sie den Unterrichtsraum unter dem missbilligenden Blick von Oberschwester Astrid betrat. Weil Seren pünktlich mit dem Glockenschlag eingetreten war, musste sie keine Strafe fürchten. Die Gefahr der rauen Stricke, die über ihre Haut rieben, war für heute gebannt. Fünf Peitschenhiebe waren die Strafe für Verspätungen. Ein Schauder lief ihr über den Rücken, als sie an die Schreie der Mädchen dachte.

„Ich bin da", keuchte sie.

„Das sehe ich", zischte Astrid und fing unverzüglich mit dem Unterricht an. Seren hatte den Unterton der Schwester verstanden und wusste, dass sie sich keinen

Fehler mehr erlauben durfte. „Schlagt eure Bücher auf Seite einhundertzwanzig auf."

Im Unterrichtsraum herrschte eine gespenstische Ruhe. Nur ab und an war Papierrascheln zu hören. Seren sah zu ihrer Sitznachbarin und vergewisserte sich, dass sie die richtige Seite aufgeschlagen hatte. Langsam ließ ihre Anspannung nach, während ihr Atem und Herzschlag gleichmäßiger wurden. Sie liebte diesen Raum. Er war vollgestopft mit großen und kleinen Gläsern. Manche waren schmal, manche dickbäuchig. Alle beherbergten getrocknete Kräuter und Blumen, deren schwacher Geruch umherzog.

„*Species mortuorum*, oder auch die Pflanze des süßen Todes genannt. Sie versetzt euch in einen todesgleichen Zustand. Nur, dass ihr es nicht seid."

Seren legte ihren Kopf schief und betrachtete das Bild der Pflanze, die mit ihren weiß-lila, leicht gewellten Blüten so unschuldig aussah.

„Wie ihr sehen könnt, sind die Blüten geöffnet", sagte Oberschwester Astrid. „Die erbsengroßen Blütenknospen wachsen an Stielen aus den Blattachsen."

Seren hob die Hand und fragte: „Was hat sie für einen Nutzen? Wer möchte denn *irgendwie* tot sein?"

Astrid nickte und Seren glaubte, so etwas wie ein Lächeln auf ihren Lippen zu erkennen. Doch das war sicher nur Einbildung. „Das Pulver, das aus den Blütenknospen gewonnen werden kann, war früher dazu da, schwer verletzte Patienten zu behandeln. Ihr Körper sollte so zur Ruhe gebracht werden und langsam heilen. Doch in der Vergangenheit wurde es immer wieder missbraucht. So konnte man seinen Feinden oder lästigen Geldeintreibern entgehen, denn wenn man tot aussah, dann sucht niemand mehr nach einem. Deswegen ist dieses Pulver verboten worden und die Populationen der Blumen wurden in unserem Königreich vernichtet. Die einzigen *Species mortuorum* wachsen in unserem Tempelgarten."

„Ich habe gehört, im Königreich Dorado schütten sie das Pulver in Getränke", sagte Eira mit banger Stimme. „Sobald man ohnmächtig wird, schneiden sie dich auf und verkaufen deine Organe."

Die anderen Mädchen keuchten auf.

Seren sah ihre Freundin an. Sie waren in der gleichen Nachbarschaft aufgewachsen, ihre Familien gut befreundet, und in all den Jahren, die sie zusammen verbracht hatten, hatte sie sich nicht verändert. Sie war immer noch so furchtbar leichtgläubig und schreckhaft. Manchmal beneidete sie Eira um ihre Naivität.

Eira öffnete den Mund, wie um noch etwas hinzuzufügen, aber Astrids stechender Blick brachte sie zum Schweigen.

Seren lächelte nur über diese Schreckensgeschichte. Sie hatte schon so viel über das Königreich Dorado gehört, das am anderen Ende des Meeres lag. Doch mehr als Eiras Geschichte beeindruckte sie diese hübsche Pflanze. Sie hatte ihr so eine heimtückische Wirkung nicht zugetraut. Seren fühlte sich verbunden mit der *Species mortuorum*. Sie war ihr ähnlich, schön zum Ansehen, doch verdorben im Inneren. Der Zweifel an der Gemeinschaft des Sols war ihr Keim der Verdorbenheit.

Astrid öffnete ihre Hand und offenbarte kleine lila Knospen. „Lest euch die Beschreibung in Ruhe durch und dann versucht, euch eine eigene *Species mortuorum* heranzuzüchten."

Mit einer Hand steckte Seren in der Erde und mit der anderen blätterte sie in den Seiten ihres Buches, um herauszufinden, wie tief der Samen eingepflanzt werden musste.

„Hast du dich verletzt?", fragte Eira und riss Seren aus ihren Überlegungen.

„Wa..." Das Wort blieb Seren im Hals stecken.

Ihr Ärmel war bei der Arbeit nach oben gerutscht. Der Schnitt, den sie sich zugefügt hatte, war gut zu sehen. Eilig bedeckte sie ihr Handgelenk mit dem Stoff ihres Gewandes. „Nicht der Rede wert."

Eira zuckte nur mit den Schultern und wandte sich wieder ihrem Blumentopf zu.

Sie wusste, dass auch die anderen Tempelmitglieder ab und an mit ihrem Glauben haderten und sich dafür selbst bestraften. Seren hatte diese immer für schwach gehalten und als des Tempels nicht würdig, bis sie sich das erste Mal das Messer an die Haut setzen musste, um eine bessere Gläubige zu werden. Das war sie ihrer Familie schuldig, die seit Generationen im Tempel wohnte und sehr angesehen war.

Einer ihrer Vorfahren gehörte zu den Gründern von Solaris und der Kirche von Sol. Durch den Handel hatte sich ihre Familie ein beachtliches Vermögen aufgebaut und besaß einige Reisfelder sowie Handelsschiffe. Ihr Vater, der Schatzmeister der Reichtümer des Sols, genoss das Vertrauen des Oberhaupts. Ihre Mutter war sehr im Tempel engagiert und gehörte in ihrer Jugend zu den besten Heilerinnen. Jetzt hatte sie sich, wie es die Tradition vorschrieb, dem Haushalt und den Kindern zu widmen. Seren wusste, dass ihre Mutter sich danach sehnte, selbst berufstätig sein zu können, doch sie ordnete sich unter, wie es von den Frauen nun mal verlangt wurde.

Bei dem Gedanken grub Seren ihre Finger fest in die Erde.

Sehnsüchtig sah sie zur Tür ihr gegenüber. Dort hatten die Brüder des Tempels gerade Unterricht in Medizin. Sie schnitten Leichen auf, um mehr über den menschlichen Körper zu erfahren. Seren konnte sich nicht mehr daran erinnern, wann ihr zum ersten Mal der Gedanke gekommen war, dass sie diese Fähigkeiten ebenfalls erlernen wollte. Als beste Schülerin in Kräuterkunde strebte sie nach mehr. Sie konnte so viel mehr.

„Mädchen, der Unterricht ist für heute beendet", verkündete Astrid und verließ als Erste den Raum.

Seren begab sich zum Eimer mit kaltem Frischwasser und ließ resigniert ihre Hände darin kreisen. Sie wusste, dass sie als Frau niemals Ärztin werden würde, doch ihr Herz sagte ihr etwas anderes. Frustriert nahm sie ihre Bücher, warf der Tür, die zum angrenzenden Klassenzimmer führte, noch einen letzten Blick zu und folgte dann den anderen Mädchen.

„Ich werde mich nie an diese Regel gewöhnen", sagte Devika, Serens Mitschülerin, als sie im Speisesaal ankamen. „Mein Magen hängt mir in den Kniekehlen."

Eira antwortete: „Also ich kann mich mit leerem Magen besser konzentrieren."

„Das Einzige, auf das ich mich konzentrieren konnte, war mein Magengrummeln", sagte Devika.

Seren entgegnete: „Das war auch kaum zu überhören."

Alle Mitglieder des Tempels durften erst nach der ersten Unterrichtsstunde oder der ersten Arbeitsstunde ein Frühstück einnehmen. Laut Sols Gesetz wurde darauf hingewiesen, dass ein leerer Magen zur Aufnahmefähigkeit beitrug.

Die Mädchen setzten sich an einen der Tische, auf denen bereits eine große Schüssel mit Haferbrei und viele kleine Schüsseln standen. Devika lud eilig etwas von dem Essen in jede Schüssel und verteilte sie an die anderen.

„Hast du wieder keinen Hunger?", fragte Eira, die beobachtet hatte, wie lustlos Seren in ihrem Haferbrei herumgestochert hatte.

Sie schob Eira die Schüssel hin, die sich darauf stürzte. Seren konnte den Brei nicht länger sehen. Er schmeckte wie Pappe.

Was war nur mit ihr los, dass sie in letzter Zeit jeden und alles infrage stellte? War ihr Glaube nicht mehr stark genug? Die Wut in ihrem Inneren glich einem Vulkan, der jeden Moment auszubrechen drohte, und Seren hatte Angst vor diesem Augenblick.

Die Gespräche der Mädchen rissen sie aus ihren Gedanken.

„Warum können wir nicht etwas über eine Pflanze lernen, mit der man jemanden Liebe empfinden lassen kann?", flüsterte Devika in die Runde.

Die Mädchen kicherten.

Was für einfältige Gänse, dachte Seren. Als wäre es erstrebenswert, dass ein Mann sich in einen verliebte.

„Ich wüsste auch schon, wem du sie untermischen würdest." Salome grinste und ihr Blick huschte zu Amon, der ein paar Tische weiter saß. Sie seufzten.

„Wie kann ein Mann nur so attraktiv sein?", fragte Eira und die anderen stimmten ihr zu.

Doch Seren konnte an Amon nichts Schönes finden. Bei seinem Anblick lief ihr immer ein Schauder über den Rücken. Ihr ganzer Körper verspannte sich vor Furcht.

„Also eine Art Liebestrank oder -zauber?", fragte Eira.

Die anderen Mädchen starrten sie entsetzt an.

„Zauberei ist Hexenwerk", fauchte Seren. Sie wusste nicht, warum sie so heftig darauf reagierte. Vielleicht, weil sie selbst verbotene Gedanken hegte und Scham fühlte.

„Es tut mir leid", hauchte Eira und sah zu Boden.

Auch die anderen hatten ein reuevolles Gesicht.

Seren wusste, dass Eira aus Einfältigkeit gesprochen hatte. Doch im Tempel musste man mit solchen Worten aufpassen.

Seren nahm ihr Buch unter den Arm und stand vom Tisch auf. „Wir sehen uns im Klassenzimmer."

Sie wollte den Speisesaal gerade verlassen, da hielt sie eine Stimme auf.

„Seren." Amon trat aus dem Schatten einer Säule. Seine Augen fixierten sie.

Serens Schultern zogen sich unwillkürlich zusammen. Ihr Blick wanderte zu Boden.

„Du solltest dich in Zukunft bemühen, etwas früher im Klassenraum zu sein." Seine Stimme klang neutral, doch Seren hörte die Drohung darin. Er packte ihren Arm und auch wenn er es nicht grob tat, brannte die Berührung wie Feuer. Er beugte sich zu ihr herunter. Seine schmalen Lippen waren zusammengekniffen. Der Knoten in ihrem Magen zog sich enger, als sein Atem ihre Haut streifte. „Ich weiß, du bist die beste Schülerin in Astrids Klasse, aber auch das verhindert nicht, dass du bestraft werden kannst."

Ihr war nicht bewusst, woher ihr Mut kam, zu ihm aufzublicken. Seren sah in seine Augen, die von buschigen dunklen Augenbrauen eingerahmt waren. Irgendetwas sagte ihr, dass er sie liebend gern bestrafen würde. „Danke für deinen Rat." Sie versuchte, das Zittern in ihrer Stimme zu unterdrücken. „Ich werde beim nächsten Mal darauf achten." Seren machte sich los. Sie schluckte den Kloß in ihrem Hals hinunter. Rasch entzog sie sich seinem Griff und flüchtete aus dem Speisesaal. Ihr Herz klopfte wie wild, als sie sich zu ihrem Zimmer aufmachte. Sie musste jetzt sofort die Klinge an ihrer Haut spüren. Der Drang danach war alles verzehrend.

An ihrem Zimmer angekommen riss sie die Tür auf und ließ sie mit einem Knall ins Schloss fallen. Hektisch kramte sie in ihrem Nachtschrank und zog das Messer hervor, das sie säuberlich in einem Samtumschlag verpackt hatte. Dieses Mal war sie darauf bedacht, den Schnitt dort zu setzen, wo ihn keiner sehen konnte. Sie zog ihr Gewand ein Stück höher, sodass ihr Bein frei lag.

Erleichtert seufzte sie, als das kühle Metall durch die Haut schnitt und ein Rinnsal hellen Bluts über Serens Schenkel lief. Der Schmerz betäubte für einen Moment ihre Gedanken, ihre Zweifel. Immer wenn Amons Gesicht wieder darin auftauchte, zog sie das Messer weiter.

Seren zuckte zusammen, als die Tür aufging, und versuchte, das Messer unter ihrem Kopfkissen zu verstecken. Sie warf ihre Robe über die nackte Haut. Das Blut rann weiter nach unten und Seren hoffte, dass es nicht auf den weißen Stoff abfärbte. Doch die ersten roten Tropfen waren schon zu erkennen.

Der Tempel hatte Augen und Ohren und die Türen waren nicht abschließbar. Niemand klopfte, bevor er in einen privaten Raum trat.

Astrid kam herein, gefolgt von einem Mädchen, das Seren noch nie gesehen hatte. Seine Haut war gebräunt und die Arme sowie Beine waren gut definiert. Das hieß, es musste körperliche Arbeit in der brütenden Hitze von Solaris gewohnt sein. Das schmutzige Gesicht war von wilden braunen Haaren eingerahmt, die dem Mädchen über die Schultern fielen. Es sah ihr fest in die Augen.

„Seren, ich habe eine neue Zimmergenossin für dich. Das ist Viorica Fari." Astrid schubste Viorica in den Raum, machte auf dem Absatz kehrt und verließ das Zimmer.

SEREN

Seren beobachtete die Vögel vor ihrem Fenster, während sie die Leinendecke faltete. Sie beneidete die Tiere, denn sie konnten einfach fliegen, wohin sie wollten. Gefiel es ihnen an einem Ort nicht mehr, zogen sie weiter.

Seren war früh aufgewacht, die ersten Sonnenstrahlen hatten sie geweckt. Sie sah hinüber zu ihrer Mitbewohnerin. Ihr schien es nichts auszumachen, dass die Sonne ihr direkt ins Gesicht strahlte. Sie schlief tief und fest. Die dunklen Locken hatten sich auf dem weißen Kopfkissen verteilt, ihr zierlicher Körper verschwand unter der Bettdecke.

Seren hatte sich gestern mit dem Gedanken an Viorica noch eine Weile wachgehalten. Der Nachname Fari bedeutete, dass sie aus dem Waisenhaus kam. Dort bekam jeder diesen Nachnamen.

Sie wusste nicht, wie sie ein Mädchen aus dem Waisenhaus einschätzen sollte, da sie nie zuvor eins getroffen hatte. Wie töricht sie war, denn eigentlich hatte sie bis gestern noch nie einen Gedanken daran verschwendet.

Seren war es gewohnt gewesen, mit Eltern aufzuwachsen, auch wenn diese abseits des Tempels lebten. Wie konnte ein Kind ohne Eltern aufwachsen? Diese Frage beschäftigte sie seit gestern. Etwas wie Mitleid für das Mädchen machte sich in ihr breit.

Der Glockenschlag der Turmuhr erklang. Seren biss sich auf die Unterlippe. Sollte sie Viorica wecken oder nicht? Die Glocke würde genau fünf Schläge abgeben, im Fünf-Minuten-Rhythmus. Wer beim letzten Schlag nicht im Speisesaal war, dem wurde eine Bestrafung zuteil. Eine Gänsehaut breitete sich auf Serens Arm aus, als sie an Amons Worte von gestern dachte. Er wartete nur auf eine Gelegenheit, sie zu bestrafen.

„Was mache ich nur?", fragte Seren sich selbst, während sie auf Zehenspitzen in den hinteren Teil des Zimmers schlich. Sie beschloss, sich erst mal zu waschen, und hoffte, Viorica würde ohne ihr Zutun aufwachen. Hinter einem Raumteiler aus Holz und Seidenpapier verbarg sich ein Zuber und etwas Rosenseife. Seren war gestern noch zum Brunnen gegangen und hatte zwei Krüge mit Wasser gefüllt. Die kalte Flüssigkeit ließ sie nun vorsichtig hinein laufen. Sie tauchte die Hand unter und fröstelte. Das Wasser war eiskalt. Aber so würde sie wenigstens einen klaren Kopf bekommen.

Seren wusch ihr Gesicht und den Körper. Sie hatte von einem Händler auf dem Markt gehört, dass es im Königreich Dorado Apparate gab, aus denen Wasser kam und unter die man sich stellen konnte.

So wäre das Waschen viel leichter, dachte Seren.

Doch ob sie dem Händler wirklich glauben sollte?

Der dritte Schlag der Turmuhr ertönte und Seren war gerade dabei, sich ihr Gewand zuzuknöpfen. Viorica schien immer noch in ihrer Traumwelt gefangen zu sein. Seren fasste sich ein Herz und ging hinüber zum Bett. Fest rüttelte sie an den Schultern des Mädchens. „Steh auf, wir müssen bald im Speisesaal sein."

Da heute kein Unterricht stattfand, durften die Schülerinnen und Schüler ihr Frühstück gleich nach dem Aufstehen einnehmen.

Viorica drehte sich und drückte ihr Gesicht in das Kissen.

„Kann ich es ausfallen lassen?", fragte sie gedämpft.

Alle Alarmglocken schrillten in Seren. „Nein, das kannst du nicht ausfallen lassen. Sie werden dich sonst bestrafen."

„Ach, die Bestrafungen können nicht schlimmer sein als im Waisenhaus", meinte Viorica und setzte sich auf. Sie rieb sich über das Gesicht.

Seren sah sie mit großen Augen an. „Bist du denn oft bestraft worden?", platzte es aus ihr heraus.

„Fast täglich." Viorica zog einen Schmollmund. Sie zeigte auf die vernarbte Haut an ihrem Unterarm. „Das war Feuer und die hier", sie deutete auf eine Narbe an ihrer rechten Schulter, „kommt vom Schlagstock. Auf meinem Rücken sind auch noch ein paar von der Peitsche."

Seren war verblüfft, wie freimütig Viorica darüber redete, als wäre es keine große Sache. Sie wusste, dass die Bestrafung im Tempel eine Berechtigung hatte. Mit Anstand, Disziplin und Ordnung versuchten sie hier, Sol zu dienen. Doch wer sich nicht daran hielt, wurde zurück an seinen Platz verwiesen. Das ging nicht mit netten Worten oder Bitten, sondern es wurden gröbere Methoden angewandt. Seren hatte sich nie an diese gewöhnt und wollte auch nicht darüber sprechen, wann man sie zurechtgewiesen hatte, geschweige denn jemandem ihre Narben zeigen.

Als hätte Viorica ihre Gedanken gelesen, sagte sie: „Wenn du mich fragst, ist es nicht normal, Kinder oder Erwachsene für ihre Gedanken mit Gewalt zu bestrafen."

Sie dachte darüber nach, aber sie kannte nur dieses Leben, und die Bestrafungen gehörten dazu. „Viorica, ich flehe dich an, glaub mir, die Bestrafungen sind nicht auf die leichte Schulter zu nehmen. Unerträgliche Schmerzen werden nicht das Einzige sein, was dich erwartet. Sie werden dich nicht auf das Fest lassen."

Viorica wurde hellhörig. „Ich habe das Fest schon immer geliebt." Ihre Stimme klang klarer und ein Hauch Wehmut schwang darin mit. Doch ihnen blieb keine Zeit, sich weiter zu unterhalten.

„Dann beeil dich, du kannst dich dahinter waschen." Seren deutete auf den Paravent. „Ich habe dir auch das Leinengewand herausgelegt, das man hier im Tempel trägt. Ich gehe schon mal vor. Aber lass dir nicht zu viel Zeit. Die Glocke hat bereits dreimal geschlagen. Beim fünften Schlag musst du im Speisesaal sein, sonst wirst du bestraft."

Viorica schlüpfte aus ihrem Bett, während Seren das Zimmer verließ und zum Speisesaal ging. Sie atmete erleichtert durch. Sie hätte es nicht mit ihrem Gewissen vereinbaren können, wenn Viorica bestraft worden wäre.

Seren war es gleichgültig, dass das Mädchen aus einem Waisenhaus stammte. Ihr Leben war ebenso viel wert wie das jedes anderen hier. Sie konnte sich vorstellen, dass es für Viorica schwer sein würde, sich im Tempel zurechtzufinden und an die Regeln zu halten. Deshalb wollte sie ihr helfen.

Seren beschleunigte ihre Schritte, um Amons Missfallen nicht erneut zu erregen. Pünktlich zum vierten Glockenschlag erreichte sie den Speisesaal. Dort holte sie sich bei einer der älteren Schwestern ihren Haferbrei, obwohl ihr bewusst war, dass sie ihn nicht würde essen können, und gesellte sich dann zu den anderen Mädchen.

Ihr Magen knurrte, doch der Essensentzug war ihre selbst auferlegte Bestrafung. Sie hatte wieder einmal die ganze Nacht an ihrem Glauben gezweifelt, vor allem, als sie ihren Kater vermisst hatte, der sich sonst immer zu ihren Beinen zusammengerollt hatte. Sie musste einfach etwas dagegen tun. Der Verzicht auf Essen würde sie wieder zur Besinnung bringen.

„Ist das nicht ..." Eiras Satz blieb in der Luft hängen und ein Keuchen ging durch den Raum.

Serens Nackenhärchen stellten sich auf, als sie zur Tür sah. Sie versuchte, Worte zu finden, blieb jedoch stumm. Viorica stand dort in Hosen, wie die Männer sie trugen. Feine, beige Leinenhosen. Seren wurde fast schwarz vor Augen und ihr Magen verkrampfte sich. Wie war Viorica an diese Kleidung gekommen?

Oberschwester Astrid reagierte schnell, bevor mehr Mitglieder das Mädchen zu sehen bekamen, und zog sie nach draußen. Seren hörte, wie Viorica protestierte.

In ihrem Kopf überschlugen sich die Gedanken. Sollte sie den beiden nachgehen? Sie presste ihre Lippen zusammen und ihre Muskeln verspannten sich. Was sollte sie nur machen? Sie wusste, dass Viorica hart dafür bestraft würde, Hosen zu tragen. Seren schossen Tränen in die Augen, weil sie nicht imstande war, aufzustehen und für das Mädchen einzustehen. Sie war angeekelt von sich selbst. Doch die Angst vor Amon und der Peitsche lähmte ihren Körper.

Nur langsam legte sich der Tumult, den Viorica ausgelöst hatte, doch aus allen Ecken vernahm Seren weiterhin Getuschel. Das *Fest der Sterne* rückte in den Hintergrund. So einen Skandal hatte der Tempel schon lange nicht mehr erlebt. Seren wusste nicht, ob sie Viorica für ihren Mut bewundern oder ihre Dummheit verachten sollte.

Sie entschied sich, den Gesprächen nicht beizuwohnen, und erhob sich vom Tisch.

„Gehst du schon?", fragte Devika.

Seren versuchte, sich normal zu verhalten. Die Hände, die sie zu Fäusten geballt hatte, versteckte sie in den Rocktaschen. Niemand sollte den Zwiespalt in ihrem Inneren mitbekommen. „Ja, ich werde mir mein Kleid anziehen und die Bänder in die Haare flechten, damit ich pünktlich zum Segen vor den Toren stehe."

Die Mädchen nickten gleichzeitig. „Ja, das sollten wir auch tun", merkte Devika an.

Als Seren den Saal verließ, kribbelte ihr Nacken unangenehm, als ob ein unsichtbares Paar Augen auf sie gerichtet wäre. Sie musste sich zwingen, sich nicht herumzudrehen, denn sie wusste ganz genau, zu wem die Augen gehörten.

Schnell ging sie in ihr Zimmer zurück und holte eine große Schachtel unter ihrem Bett hervor. Sie wischte den Staub davon und öffnete sie. Daran lag das Kleid, das sie immer nur am *Fest der Sterne* trug. Es war weiß und mit Spitze an den glockenförmigen Ärmeln und am Kragen. Natürlich war es bodenlang, niemand durfte im Tempel zu viel Haut zeigen. Vorsichtig strich sie über den Stoff. Eigentlich hatte sie sich jedes Jahr darauf gefreut, es anziehen zu dürfen, doch heute war es anders. Sie war eine Person geworden, die mittlerweile die Regeln des Tempels hinterfragte. Zumal ihr eine Ehe mit Amon drohte.

Seufzend zog sie das Kleid an. Sachte nahm sie den Gürtel, dessen Schnalle an die Sonne erinnerte, aus der Schachtel und band ihn um die Taille. Aus ihrem Nachttisch holte sie die kupferfarbenen Bänder. Ihre Hände zitterten, als sie diese in ihre Haare flocht.

„Sieh dich nur an, du Feigling, stehst hier und tust nichts gegen die Situation, obwohl sich alles in deinem

Körper dagegen wehrt", sagte sie, als sie in den Handspiegel blickte. Frustriert warf sie ihn auf ihr Bett.

Auf dem Vorplatz des Tempels hatten sich Hunderte von Menschen versammelt. Begierig warteten sie darauf, das Oberhaupt des Tempels zu sehen. Die Bühne war bereits für ihn aufgebaut.

Seren hatte sich etwas abseits von der Menge gestellt und versuchte, Viorica zu erspähen, doch nirgends war eine Spur von ihr. Ein kalter Atem kitzelte an ihrem Ohr und die Stimme, die sie hörte, ließ sie erstarren.

„Suchst du deine neue Freundin?", fragte Amon. „Sie wird gerade in der Zelle bestraft."

Seren vernahm die Genugtuung aus seinen Worten. Sie wagte es nicht, sich zu ihm umzudrehen.

Mit einem Finger fuhr er ihre Arme herauf und schob dabei den Stoff nach oben. „Pass auf, dass sie dich nicht mit ihren Wahnvorstellungen ansteckt. Es wäre schade, diese zarte Haut verletzen zu müssen."

Übelkeit stieg in Seren auf.

Amon lachte leise und verschwand dann. Nur Sekunden später betrat das Oberhaupt die Bühne, die Menge jubelte. Aber Seren konnte sich nicht mehr auf seine Worte konzentrieren. Amons Drohung hatte ihr zugesetzt. Sie wandte den Blick ab und gab sich ihren Gedanken hin. Die Kanone zum Startschuss riss sie aus ihren Grübeleien. *Das Fest der Sterne* hatte offiziell begonnen.

YUNHO

Yunho saß auf einem Hocker vor ihrem Wagen und beobachtete die Wachen am Stadttor. Sie ließen die Händler ungeachtet durch die Tore und Straßen ziehen. Im Gegensatz zu den Travelern oder Bewohnern der äußeren Bezirke. Diese wurden schikaniert und beschimpft. Yunho hatte hier noch keinen Menschen der Obrigkeit gesehen, der freundlich war.

„Hast du vor, sie zu überfallen?", scherzte Ace, als er sich zu ihm gesellte. Er schirmte sein Gesicht mit der Hand ab, um seine Augen vor der Sonne zu schützen.

Yunho schälte mit dem Messer an seinem Apfel weiter, ohne ihn anzusehen.

„Sie nehmen Bestechungsgeld entgegen", erklärte Ace. „Ich denke, ihre Wachkabine ist voll damit."

„Warum erstaunt mich das nicht?"

Yunho knirschte mit den Zähnen, als er seinen Apfel packte und hineinbiss. Die Muskeln in seinem Kiefer spannten sich an. Ein frustrierter Seufzer entwich ihm, und sein Griff um den Apfel wurde fester. Mit zusammengekniffenen Augen warf er einen Blick zum Berg hinauf, als würde er allein durch seinen starren Blick das Objekt seiner Wut herausfordern. Der Tempel war hier die Wurzel allen Übels. „Wie kann es sein, dass dieses Königreich so anders ist? Es kommt mir vor, als lägen zwischen ihnen Jahrtausende."

„Eine Nation, die Hass und Angst gegenüber anderen sät, kann sich nicht entwickeln."

Auch Ace richtete seinen Blick in Richtung des Tempels, der in Flammen zu stehen schien. Die Sonne spiegelte sich in den Edelsteinen, mit denen er nur zu reich bestückt war, und ließ das Gebäude in einem rötlichen Schein glänzen. Ein Jubel ertönte, dem ein Schuss folgte.

„Das Fest hat begonnen", sagte Ace. „Wir sollten uns vorbereiten."

„Sollen wir wirklich mit Feuer jonglieren?", fragte Yunho. „Eigentlich ist es noch zu hell dafür."

„Aber wir müssen ihnen trotzdem etwas Ungewöhnliches bieten", antwortete Ace.

Er nickte und umwickelte die Jonglierstäbe mit einer hitzebeständigen synthetischen Faser, die sie von ihrer Reise in das benachbarte Königreich mitgebracht hatten. Er tauchte sie in das Feuerfluid und beobachtete die Menschen, die vorbeigingen. Eigentlich hätte er bei so einer Gelegenheit seine Künste auf dem Seil gezeigt, doch seit Luna gestorben war, hatte er keinen Fuß mehr darauf gesetzt.

„Sieh dir nur all die Menschen an." Taemin staunte.

Yunho musste darüber lachen, wie schnell der Traveler zu begeistern war. „Aber nimm dich vor denen in Acht." Er deutete auf eine Gruppe von Männern, die in weiße Roben gekleidet waren. Um ihre Hüften spannte sich je ein Gürtel mit einer goldenen Sonne. Es war offensichtlich, dass es sich um die Mitglieder des Tempels handelte. „Sie dürfen dich nicht erwischen." Yunho beobachtete sie mit zusammengekniffenen Augen.

„Yunho …" Taemin stockte und er wusste, weshalb, als er in die Richtung blickte, in die Taemin sah.

Es kam ihm vor, als würde ein Geist vor ihm erscheinen. Sein Herzschlag beschleunigte sich und seine Kehle schnürte sich so heftig zu, dass er kaum Luft bekam. Doch wie konnte Taemin sie auch sehen, wenn sie ein Geist war?

„Luna", hauchte er.

SEREN

Die Menschenmassen setzten sich in Bewegung, fast wie eine Pilgerwanderung den Berg hinab. Bald würde die Stadt vor Leuten wimmeln. Überall würde dann ausgelassen gefeiert werden. Die Musikanten hatten sich gewiss schon auf dem Marktplatz versammelt und stimmten ihre Instrumente. Es war, als könne Seren den Duft der heißen Teigtaschen, für die Solaris berühmt war, bereits riechen.

Ihre Klassenkameradinnen kamen auf sie zu.

„Seren, kommst du mit uns?", fragte Devika.

„Geht schon mal vor, ich habe etwas in meinem Zimmer vergessen", log Seren. In Wirklichkeit wollte sie auf Viorica warten und sich vergewissern, dass es ihr gut ging.

„In Ordnung, lass dir aber nicht zu lange Zeit, sonst isst dir Eira die ganzen Teigtaschen weg."

Eira knuffte Devika in die Seite. „So verfressen bin ich auch nicht."

Seren nickte. „Ich werde mich beeilen."

Die anderen Mädchen hakten sich beieinander unter und schlenderten lachend und schwatzend den Berg hinab. Sie sah sich immer wieder um, ging zum

Eingangstor und doch zurück. Würden sie Viorica überhaupt hinauslassen? Seren biss auf ihren Fingernägeln herum, eine Angewohnheit, die sie nicht ablegen konnte.

„Seren!"

Sie drehte sich um. Viorica schlüpfte aus dem Tor.

Sie richtete sich das Kleid, das ihr etwas zu groß war, aber von dem Gürtel gut zusammengehalten wurde. In ihren Haaren befanden sich keine Bänder, dafür ein paar feine Blüten.

„Weißt du, wofür Gänseblümchen stehen?", versuchte Seren, das Gespräch zu beginnen, und deutete auf eine Blüte in Vioricas Haaren.

Diese schüttelte den Kopf.

„Für Treue und Vertrauen."

Es war, als hätte Viorica die unausgesprochene Frage verstanden. Seren erwiderte Vioricas Lächeln. „Kann ich dir vertrauen? Du kannst mir jedenfalls vertrauen", sagte Seren.

Viorica hob ihre Finger in die Luft, als würde sie einen Schwur leisten. „Ich bin die vertrauenswürdigste Person in ganz Scalis."

Die beiden Mädchen machten sich auf und gingen die Stufen zur Stadt hinunter.

„Tat es sehr weh?", fragte Seren. „Sie haben dich doch bestimmt geschlagen."

Viorica zuckte mit den Schultern. „Fünf Hiebe mit dem Rohrstock, da habe ich schon Schlimmeres aushalten müssen."

Ihr Tonfall war gleichgültig. Seren zog die Augenbrauen hoch und beobachtete das Mädchen aufmerksam. Sie schien es aber tatsächlich so zu meinen.

„Die Kunst ist", sprach Viorica weiter, „sich an etwas Schönes dabei zu erinnern."

„Hast du denn im Waisenhaus schöne Dinge erlebt?"

Viorica schüttelte den Kopf. „Nein, schöne Dinge sind mir dort wahrlich nicht passiert. Aber ich habe an eine Person gedacht." Vioricas Gesicht hellte sich auf und ihre Augen funkelten.

„Welche Person?"

„Jemanden, den ich liebe."

„Liebe?", fragte Seren. „Was auch immer das ist."

Da fiel ihr etwas ein, das sie schon lange fragen wollte. „Warum bist du vom Waisenhaus in den Tempel gekommen?"

„Es gibt eine Vereinbarung zwischen den zwei Einrichtungen des Grauens. Der Tempel nimmt ab und zu ein Kind auf, um den Anschein von sozialer Verpflichtung zu wahren. Mich wollten die Damen im Waisenhaus loshaben, deswegen bin ich hier."

Seren zuckte bei den Worten zusammen. Wie konnte sie das alles nur so gelassen nehmen?

Endlich passierten sie das Tor, das die Stadt von dem Tempel separierte. Darauf folgte ein weiteres, welches die äußeren Bezirke von der Stadt trennte, doch Seren hatte es noch nie überschritten.

„Deswegen liebe ich dieses Fest so", sagte Viorica und deutete auf die bunten Stoffbahnen, die von Haus zu Haus gespannt waren. „Plötzlich ist die ganze Stadt so bunt und lebhaft."

Seren sah gen Himmel. Der Stoff wehte im warmen Wind.

„Du hast recht."

Eine Mischung aus Blumenduft, der von den vielen aufgestellten Blumenkästen kam, und gebranntem Zucker lag in der Luft. Seren sah sich um. Dieses Jahr waren sogar noch mehr Händler, Schausteller und Musikanten gekommen. Immer wieder mussten sie den Leuten ausweichen, die staunend von Bude zu Bude gingen.

„Das ist mein Lieblingslied!", rief Viorica aus und summte mit der Musik mit.

„Wohin würdest du gern als Erstes gehen?", fragte Seren.

„Das da sieht doch interessant aus." Viorica deutete auf einen bunten Wagen, auf dem ein großer roter Drache prangte.

Serens Muskeln verkrampften sich bei dem Anblick. Sie hatte aus Erzählungen davon gehört, aber nie einen in echt gesehen. Diese Wagen gehörten den Travelern. Einem unheiligen Volk. Eine Gänsehaut zog sich Serens Arm hinauf. „Können wir nicht ..."

Doch Viorica hatte bereits ihre Hand gepackt und zog sie mit.

Ein gutaussehender Mann blickte zu ihnen herüber. In seinen Händen hielt er mehrere Stäbe, mit denen er jonglierte. Seren musterte ihn verstohlen. Seine Haare waren an den Seiten kurz rasiert und dunkelblond. Das lange Haupthaar hatte er wirr nach oben gekämmt. Doch seine Frisur war nicht das Auffälligste an ihm.

Er hatte sich schwarze kleine Pfeile vom Augenbrauenansatz über die Nase gemalt. Unter den Augen prangten schwarze Striche. Es war fast wie eine Kriegsbemalung. Ein unwillkürlicher Schauder überkam sie, der sich von ihrem Nacken bis zu ihrem Rücken erstreckte und ihre Haut in Gänsehaut verwandelte.

Was hatten die Traveler hier verloren? Die Menschen im Tempel waren wahrscheinlich nicht sehr erfreut über diesen Besuch.

Immer mehr Leute blieben stehen, weswegen Seren vom rechten Bein aufs linke wippte. Sie wollte sich nicht ausmalen, was passierte, würde Amon sie hier sehen.

Viorica hingegen schien alles andere als beunruhigt zu sein. Ihre Augen strahlten und folgten den Stäben in der Luft, die der Mann schneller und schneller in die Höhe warf. Abscheu und Verachtung für diese Traveler stieg in Seren hoch. Wie konnten diese Ungläubigen es wagen, in Sols Stadt zu kommen?

Unter lautem Applaus beendete der Traveler seine Show. Einige Leute warfen ihm Münzen in einen Kessel aus Zinn. Viorica kramte in ihrem Beutel.

Seren schwante Böses und sie griff nach ihrer Hand. Sie sah das andere Mädchen mit großen Augen an, Schweiß trat auf ihre Stirn. „Du wirst ihnen doch kein Geld geben, oder?", fragte sie schroffer als beabsichtigt. „Woher hast du es überhaupt?"

Viorica blickte überrascht. „Lass das meine Sache sein." Auch ihr Ton hatte sich verändert. Sie stieß Seren sachte beiseite und ging los. Doch Seren hielt sie am Arm fest und hinderte sie am Weitergehen.

„Sie sind Ungläubige", zischte Seren. Ihr Herz schien zu explodieren, die Situation glitt ihr völlig aus der Hand. War es doch falsch, dem Mädchen zu vertrauen?

„Von solchen schönen Damen nehme ich das Geld sehr gern an", sagte der Traveler und verbeugte sich kokett vor Viorica.

Sie lachte und drückte ihm ein paar Solaren in die Hand.

„Mein Name ist Acyn, aber alle nennen mich Ace."

„Ich bin Viorica Fari."

Seren war der Ohnmacht nahe. Sie sah beide ungläubig an. Doch ihre Aufmerksamkeit wurde abgelenkt, als der nächste Traveler hinter dem Wagen hervorkam. Er hatte etwas längeres, lockiges, rotbraunes Haar, das in alle Richtungen abstand, sowie grüne Augen. Die roten Haare konnten nur bedeuten, dass er ein Diener von Oscuro, dem Herrscher der Unterwelt, war. Er war nicht so muskulös wie Ace, aber besaß einen athletischen Körper.

Auch sein Gesicht war bemalt. Rote Punkte zierten die Linien über seinen Augenbrauen. Über der Nasenwurzel war ein länglicher Stein befestigt. Auf seinen Wangen hatte er in einer zwei Finger breiten Linie goldene Farbe.

Er blieb abrupt stehen, als er Seren sah. Sie hielt für einen Moment die Luft an.

Seine Augen weiteten sich. Immer wieder öffnete er den Mund, wie um etwas zu sagen, brach dann aber ab. Sie wandte sich von ihm ab. Sollten die Geschichten über die Diener Oscuros stimmen, könnte er sie mit nur einem Fingerschnippen verhexen.

„Habt ihr heute Abend schon etwas vor?", fragte Ace.

„Seren und ich werden beten", antwortete Viorica und beide fingen an zu lachen.

Seren verstand nicht, was daran witzig war. Diese ganze Situation war einfach zu absurd. Sachte schlug sie sich gegen die Wangen. Das musste alles nur ein Traum sein, sie musste aufwachen.

„Falls ihr genug vom Beten habt, wir veranstalten eine Feuershow, sobald die Sonne untergegangen ist. Wir würden uns freuen, solch schöne Damen dabei zu haben. Nicht wahr, Yunho?"

Yunho hob den Blick, seine Augen fokussierten sich auf Ace' Gesicht. Ein Hauch von Leben kehrte in seine starre Miene zurück, als er langsam nickte.

Seren wusste, dass sie jetzt unbedingt eingreifen musste. Viorica stand schon unter dem Bann der Traveler. Sie packte ihre Zimmergenossin am Arm. Ihre Stimme bebte, als sie antwortete: „Ich denke nicht, dass wir kommen werden."

Viorica ließ sich nur widerwillig mitzerren, sah sich jedoch noch mal um und winkte den beiden Jungs.

Serens Blut kochte. Wenn Amon das erfuhr, würde das eine unangenehme Nacht werden. Sowohl für sie als auch für Viorica.

YUNHO

„Sie ... sah genauso aus wie ...", stammelte Yunho und blickte Ace an. Aus dessen Gesicht war etwas Farbe gewichen.

Ace nickte. Seine Stirn lag in Falten. „Ja, sie ähnelt Luna."

Yunho fasste sich an die Brust und atmete tief ein und aus. Sein Herz pochte wie wild. Es war, als wären die Toten zum Leben erweckt worden. „Wie kann das sein?"

Die Narbe in seinem Herzen, die er so eifrig versuchte zu schließen, riss mit einem Schlag wieder auf. Sie blutete und vergrößerte sich Sekunde für Sekunde. Die Schuldgefühle brachen wie eine Welle über Yunho herein.

„Wer weiß, vielleicht laufen auch noch ein paar Doppelgänger von mir herum", scherzte Ace und Yunho wusste, er versuchte, ihn aufzumuntern. „Natürlich nicht alle so schön wie ich und definitiv nicht so schlau."

Doch er hörte ihm kaum zu. Er biss sich auf die Unterlippe. Warum musste dieses Mädchen Luna so verdammt ähnlich sehen? Allerdings war das nicht das einzige Problem.

„Schlag dir das Mädchen aus dem Kopf", sagte Ace ernst. „Sie und ihre Freundin sind vom Tempel."

Yunho sah noch mal zu dem Mädchen, das hastig davonlief, und dann wieder zu Ace.

„Hast du die große Sonne an ihrem Gürtel nicht gesehen? Aber ihre Art zu reden, hätte das blonde Mädchen auch ohne diesen Aufzug verraten." Ace legte seinen Kopf schief und zog die Luft zwischen den Zähnen ein. „Doch bei dem anderen Mädchen bin ich mir nicht so sicher."

Yunho kannte den Ausdruck auf Ace' Gesicht. Sein Interesse war geweckt.

„Lass uns zusammenpacken und zurück zum Versteck gehen", sagte er und legte Yunho brüderlich einen Arm um die Schultern.

Als sie auf dem Weg in ihr Versteck waren, sahen sich Ace und Yunho immer wieder um, ob sie nicht verfolgt wurden. Die anderen Traveler, die mit ihnen am Marktplatz gewesen waren, hatten unterschiedliche Routen eingeschlagen. Sie durften auf keinen Fall riskieren, dass jemand in ihr Versteck eindrang. Sie hatten schon viel Schlimmes erlebt, von Mord, während sie schliefen, bis zur Entführung einiger Kinder.

„Weißt du, was ich nicht verstehe?", fragte Ace. „Viorica sah nicht aus wie eine vom Tempel."

„Ich soll mir das Mädchen aus dem Kopf schlagen, aber du darfst an das andere denken?"

Ace winkte ab. „Das ist rein aus Studienzwecken."

Yunho hob eine Augenbraue.

„Du weißt, einem guten Rätsel kann ich nicht widerstehen."

„Hast du nicht gesagt, wir sollen uns so gut es geht von den Menschen des Tempels fernhalten?", fragte Yunho.

„Seit wann hörst du auf mich?"

Yunho wusste, dass Ace recht hatte. Er würde sich nicht von Lunas Doppelgängerin fernhalten können. Er musste sie noch einmal sehen, er musste in ihr Gesicht blicken, auch wenn ihm bewusst war, dass dieses Mädchen nicht Luna war.

Die ausgelassene Stimmung der übrigen Traveler in ihrem Versteck traf Yunho wie eine Wucht. Es war, als würden sie in eine andere Welt eintauchen. Bunte Wagen, geschmückt mit Blumen und bunten Stoffbahnen, standen kreuz und quer verteilt. Kinder mit verschiedenen Tierbemalungen im Gesicht sprangen herum und versuchten, sich gegenseitig zu fangen. Ein Feuer war in der Mitte des Lagers entfacht worden und ein paar Frauen hievten Kessel darüber. Sie trugen bunte Kleider, die mit silbernen oder goldenen Münzen an den Säumen bestickt waren und klirrten, sobald die Frauen sich bewegten. Die meisten von ihnen hatten ihre Haare zu kunstvollen Lockentürmen gebunden.

Als die Kinder Ace und Yunho erblickten, kamen sie herübergerannt.

„Wie war es in der Stadt?", fragte Caelum mit großen Augen, während sich die anderen Kinder um Yunho und Ace scharten.

Ace wuschelte Caelum durch den schwarzen Lockenkopf und nahm ihn auf den Arm. Mit sechs Jahren war er das jüngste Mitglied der Traveler. „Es war laut und vollgestopft mit Menschen und bei Weitem nicht so bunt wie hier."

„Mama sagt, ich darf euch heute Abend begleiten", sagte Caelum voller Eifer und wischte sich mit seinem dreckigen Ärmel über das Gesicht.

Yunho sah hinüber zu Jasmin, die ihren Sohn im Blick hatte. Sie schüttelte kaum merklich den Kopf.

„Wenn du noch wach bist, holen wir dich ab", versprach Yunho in der Gewissheit, dass Caelum nie so lange durchhalten würde.

Jasmin lächelte ihm zu.

„Lass uns Fangen spielen!", rief eins der Kinder und rannte los. Die anderen folgten und liefen zwischen den Wagen hin und her.

Ace setzte Caelum ab, der schon quengelig wurde.

Jasmin kam auf die Freunde zu. „Hat euch jemand Probleme gemacht?", wollte sie mit Blick auf Yunho wissen.

„Das übliche", antwortete er schulterzuckend.

Sie strich ihm über den Arm. Das Gefühl war nicht unangenehm, aber er wusste, dass sie etwas anderes für ihn empfand als Freundschaft. Jasmin war so anders als Seren. Ihre schwarzen Haare hingen ihr in Locken über die Schultern und rahmten ihr zierliches, von der Sonne gebräuntes Gesicht ein.

„Jasmin, sei uns nicht böse, aber wir müssen uns vor der Feuershow noch etwas ausruhen", mischte Ace sich ein und rettete Yunho.

Jasmin sah geknickt aus, lächelte dann aber schnell wieder und ließ die beiden ziehen.

„Danke." Yunho seufzte.

Ace klopfte ihm auf die Schulter. „Wir sehen uns nachher."

Erschöpft ließ sich Yunho kurze Zeit später in seinem Wagen aufs Bett fallen. Er schloss seine Augen und atmete tief durch.

Hinter seinen Lidern tanzte immer wieder Serens Gesicht und vermischte sich mit dem von Luna. Es war, als könne er sie hier neben sich spüren. Eine Träne rollte

ihm über die Wange. „Bald werde ich wieder bei dir sein",
hauchte er.

Endlich war es dunkel. Die Zuschauer hatten auf diesen Teil der Show gewartet. Dicht an dicht drängten sich
die Menschen, um etwas zu sehen.

Jasmin und Rieka zogen sich gerade die Röcke zu-
recht. Sie würden den Männern den Kopf verdrehen, um
ordentlich Solaren zu kassieren. Auf ihren nackten Bäu-
chen schimmerte Goldpuder.

Eigentlich hatte Luna ihn und Ace immer bei dieser
Nummer unterstützt. Doch er musste versuchen, sich zu
konzentrieren, denn das Feuer verzieh keine Ablenkung.

Lautes Klatschen war zu hören, als die Mädchen hinter dem Wagen hervorkamen. Die Menge hatte bereits einiges an Alkohol getrunken und würde damit ein leichtes
Opfer für die beiden sein. Lorcan, der Musiker unter den
Travelern, begann, auf seiner Flöte zu spielen, und Jasmin und Rieka wiegten ihre Hüften im Takt.

Ace und Yunho nahmen den flüssigen Brennstoff in
den Mund, darauf bedacht, nichts zu verschlucken.
Wortlos verständigten sie sich und traten hinter dem Wagen hervor. Die Menge jubelte.

Yunho versuchte, den Brennstoff möglichst in Tröpf-
chen aus seinem Mund zu spucken. Sofort fingen sie
Feuer und eine Stichflamme entstand. Auch Ace' Feuer
breitete sich in alle Richtungen aus, woraufhin er lächelte.

Flammen züngelten über ihre Haut. Yunho und Ace
warfen sich die Fackeln zu, dabei ließ Yunho kurz den
Blick über die Menge schweifen. Er konnte Seren nirgends erkennen.

„Konzentriere dich", zischte Ace, der die Fackel gerade noch an der Halterung vom Aufprall auf dem Boden abfangen konnte.

Die nächsten zehn Minuten versuchte Yunho, sich zusammenzureißen. Doch er war froh, als die Show mit tosendem Applaus beendet wurde.

Jasmin und Rieka nahmen einen Beutel und streiften damit durch die Menge. Wer keine Solaren geben wollte, dem stahlen die Traveler diese später.

„Wo warst du denn mit deinen Gedanken?", fragte Ace, der seinen Trinkbeutel mit Wasser über dem Kopf leerte.

„Ich dachte, sie wäre gekommen."

„Wahrscheinlich darf sie um diese Uhrzeit den Tempel nicht mal mehr verlassen. Weißt du überhaupt, was die Gemeinschaft des Sols ist? Sie stellen sich über all die anderen Menschen hier. Sie halten sich von einer höheren Macht auserwählt, über dieses Land zu herrschen. Sie unterdrücken die Frauen in ihrem Tempel. Diese sind für die Hausarbeit und Pflege der Kräuter gut. Die wirklich lehrreichen Sachen wie andere Sprachen, die Verwaltung von Geld und vor allem das Erlernen der Medizin bleiben ihnen verwehrt. Die Anhänger werden bestraft, sobald sie eines der Gesetze brechen. Aber nicht mit einem tadelnden Zeigefinger, nein, der Rohrstock ist noch die harmloseste Bestrafung. Solltest du über einen Ausstieg nachdenken, bringen sie dich um." Ace beendete seinen Vortrag mit gerunzelter Stirn.

Yunho sah hinauf auf den Berg, wo der goldene Tempel im Licht der Laternen schimmerte. Sein Hals war trocken, als er den Kloß darin hinunterschluckte. Er würde Seren aus dieser Gefangenschaft befreien müssen.

YUNHO

Während er vorsichtig seine aufgeplatzte Lippe befühlte, ließ er seinen Blick über den Marktplatz schweifen. Yunho hatte sich die Verletzung bei einer Schlägerei
im Wirtshaus zugezogen. Er hatte einem üblen Kerl das
Knie in die Magengegend gerammt, nachdem er ihn beschimpft hatte, und als dieser wieder Luft bekam, hatte
er sich revanchiert.

„Das wird zur Gewohnheit", sagte Jasmin, die sein
Kinn zwischen ihre langen Finger nahm und seinen Kopf
so nach rechts und links drehte. „Kannst du deinem Ärger nicht anders Luft machen? Du kannst nicht immer
zuschlagen, wenn dich jemand beschimpft. Du solltest
es doch mittlerweile gewohnt sein. Wo war es diesmal?
Können wir uns dort noch blicken lassen?"

Jetzt wusste er, wie sich Caelum fühlen musste, wenn
sie mit ihm schimpfte. Yunho zog einen Schmollmund,
wodurch ein Schmerz durch seine Lippe zuckte. „In der
Kneipe", presste er hervor.

Jasmin zog ein Döschen aus der Tasche an ihrem
Rock. „Lass mich dir helfen." Sie tupfte sorgsam etwas
von der Creme auf seine Wunde.

Er zuckte zurück, als ein erneuter Schmerz ihn durchfuhr, und packte Jasmin am Handgelenk, um sie von der nächsten Berührung abzuhalten. Aus den Augenwinkeln nahm er eine Person wahr und blickte sich um – Seren!

„Danke für deine Hilfe, aber ich muss los", sagte er und eilte davon. Yunho zog sich die Kapuze seines Mantels tief in die Stirn und verschwand in der Menge. Er war es gewohnt, Leuten hinterherzuspionieren, deshalb war es ein Leichtes für ihn, seine Zielperson auch bei einer großen Menschenmenge im Auge zu behalten.

Die Marktstände links und rechts ließ er hinter sich und schlängelte sich durch die Besucher, die ihn nicht mal beachteten, da sie zu sehr damit beschäftigt waren, die Waren und Leckereien des Festes zu bestaunen. Yunho wollte unbedingt mit Seren sprechen, doch er musste auf eine passende Gelegenheit warten.

„Hey, steh hier nicht im Weg rum, Junge", fuhr ihn eine etwas rundliche Dame in ihren besten Jahren an.

Yunho wollte sich gerade entschuldigen, als sein Mund offen blieb. Was geschah hier? Der Marktplatz war voll mit Frauen jeglichen Alters. Er war der einzige Mann.

Yunho sah sich verwundert um. Warum waren denn alle Frauen so aufgeregt? Hier und dort war immer wieder ein Seufzen zu hören.

Jetzt sah er den Grund. Ren Perralla, einer der berüchtigten Geschichtenerzähler, war offensichtlich nach Solaris gekommen. Er stand auf einer kleinen Bühne und hatte die Aufmerksamkeit ganz für sich. Die Frauen hingen ihm förmlich an den Lippen.

Yunho hatte Seren und Viorica in der Menge erspäht, was sein Herz zum Hüpfen brachte. Er beobachtete Seren und hob belustigt die Mundwinkel. Sie sah Luna ähnlich und war trotzdem unterschiedlich. Seren hatte eine Sanduhrfigur mit betonten weiblichen Kurven. Ihre vollen Lippen wirkten besonders verführerisch, vor allem wenn sie ihre Unterlippe wie in diesem Moment zwischen die Zähne zog.

Yunho hatte sie nicht für eine Frau gehalten, die man mit seichten Worten erreichen konnte. Sie wirkte immer distanziert, aber war also doch nicht so kalt, wie sie vorgab. Mit einfachen Liebesgeschichten konnte man sie wohl erweichen.

Er hörte dem Erzähler nur mit halbem Ohr zu, denn seine Aufmerksamkeit galt ganz Seren. Dennoch drangen die Worte zu ihm durch.

„In seiner Hand befand sich eine Rose. Ari war überrascht und verlegen. ‚Aber Rosen wachsen hier nicht und ich bin extra wegen dir nach Solaris gereist, nur um dein Lächeln zu sehen, wenn ich sie dir gebe.'"

Der Erzähler machte eine dramatische Pause. Die Frauen hielten sich an den Händen.

„Ari schloss ihre Augen, ihr Herz pochte wie wild. Key beugte sich zu ihr hinunter."

Yunho konnte die Spannung förmlich spüren. Der Erzähler verstand sein Handwerk. Sämtlichen Frauen stockte scheinbar den Atem, so still war es auf dem Platz. Selbst die Händler hielten inne und spürten die Magie der Worte.

„Ihre Lippen berührten sich."

Die Frauen kreischten vor Aufregung und kicherten.

„Wenn sie wegen einer fiktiven Geschichte so aus dem Häuschen sind, dann sollten sie meine Lippen einmal berühren", sagte jemand neben Yunho, wodurch er zusammenzuckte. Ace sah ihn amüsiert an.

„Dein Selbstvertrauen kann keiner erschüttern", antwortete Yunho und knuffte Ace breit grinsend in die Schulter.

„Was?", fragte dieser und zog eine Augenbraue hoch.

„Ich gebe nur wieder, was mir meine Liebhaber oft

bestätigen. Aber ich wusste ja gar nicht, dass du etwas für Geschichtenerzähler übrighast."

Yunho fühlte sich ertappt und kratzte sich verlegen am Hinterkopf. „Ich bin nicht wegen der Geschichten hier."

Ace nickte. „Das habe ich mir schon gedacht. Lässt du dich davon abhalten?"

Er schüttelte seinen Kopf.

„Aber bitte reduzier deinen Annäherungsversuch auf ein Minimum. Ich habe keine Lust, den Tempel noch mehr gegen mich aufzubringen."

„Du kennst mich, wann war ich schon mal aufdringlich?", fragte Yunho.

Ace sah ihn an. „Deswegen sage ich es ja. Denkst du nicht, wenn sie Interesse hätte, würde sie dir nicht ein Zeichen geben?"

„Das Zeichen wird noch kommen", sagte Yunho zwinkernd, ehe er wieder zu Seren blickte.

Die Erzählstunde war vorbei und die Frauen gingen schnatternd auseinander. Seren hatte ihn immer noch nicht bemerkt, doch das wollte er jetzt ändern.

Er sah sich einen Moment um und pflückte eine Rose aus einem naheliegenden Blumentrog, die überall in der Stadt aufgestellt worden waren. Yunho huschte durch die Menge, bis er sie erreichte.

Weil Seren sich gerade zum Gehen wandte, stieß sie an seine Brust. Reflexartig schob er seinen Unterarm hinter ihren Rücken und hielt sie vom Fallen ab.

Als Seren ihm in die Augen sah, wandelte er die Worte des Erzählers ein wenig ab und sagte: „Ich wollte dich lächeln sehen, wenn ich sie dir gebe."

Hektisch befreite sich Seren aus seinen Armen. Ihre Augen weiteten sich, als hätte sie einen Geist gesehen.

Viorica hingegen grinste und zeigte dabei ihre etwas schief stehenden Vorderzähne.

Seren starrte auf die Rose. Er hielt sie ihr noch näher unter die Nase, weil sie nicht sofort danach griff. Seren blähte ihre Nasenflügel, holte tief Luft.

„Kleine Sonne, das ist für dich."

Jetzt verengte sie ihre Augen. „Kleine Sonne?", fragte sie mit einem gefährlichen Unterton und ließ den angestauten Atem zischend raus.

Yunho deutete auf den Gürtel um ihre Hüfte. „Geben sich Freunde nicht Spitznamen?"

Seren zog die Luft ein. „Ich wüsste nicht, was wir beide miteinander zu tun haben, dass du mir einen Spitznamen geben darfst. Mit Leuten wie dir gebe ich mich nicht ab."

„Leuten wie mir?", fragte er gespielt entrüstet.

Erfreut bemerkte er, wie sich ihre Wangen aufplusterten und sie eindeutig zu beleidigenden Worten ansetzen wollte. Er konnte nicht umhin, festzustellen, wie süß Seren dabei aussah. Warum juckte es ihm in den Fingern, dieses Mädchen zu provozieren?

„Ich glaube, wir verschieben das Gespräch auf ein anderes Mal", mischte sich Viorica ein. Sie deutete mit dem Kopf auf das Ende des Marktplatzes.

Seren erstarrte.

„Wir müssen gehen", sagte Viorica entschuldigend, nahm an Serens Stelle die Rose entgegen und zwinkerte. „Ich werde sie neben ihr Bett stellen." Dann drehte sie sich mit Seren herum und die beiden verschwanden.

Yunho sah sich auf dem Marktplatz um. Warum waren sie so verschreckt? Doch so sehr er sich umblickte, er konnte niemanden sehen, der die Mädchen in Schrecken versetzt hatte.

SEREN

Der Mond erhellte schwach das Zimmer. Seren lag in ihrem Bett und starrte die Rose an, die Viorica in eine kleine Vase auf ihren Nachttisch gestellt hatte. Sie musste sich davon abhalten, danach zu greifen. In ihrem Inneren zog sich alles zusammen, wenn sie an Yunho dachte. Doch ihr Herz hatte wie wild geklopft, als sie in seinen Armen gelegen hatte.

Verzweifelt fuhr sie sich mit den Händen mehrmals über das Gesicht. Die Traveler waren Abschaum, das wusste sie. Das Ende der Nahrungskette. Sie waren hier nur geduldet wegen des *Festes der Sterne*. Doch eigentlich sollte man sie verfolgen und einsperren. Sie glaubten nur an ihre Gemeinschaft, nicht an einen Gott oder sonst eine höhere Macht. Seren ballte ihre Hände zu Fäusten.

Und doch bewunderte sie diese Leute. Sie waren frei. Sie konnten gehen, wohin sie wollten, sie konnten sein, wer immer sie wollten. Serens Herz krampfte sich zusammen. Sie ballte die Fäuste noch fester, sodass die Nagelspitzen ihr ins Fleisch drückten. Erst dann war sie zufrieden.

„Kannst du nicht schlafen?", flüsterte Viorica und drehte sich zu ihr um.

Seren fühlte sich von ihrer Zimmergenossin ertappt. Kurz erwog sie, so zu tun, als würde sie schlafen, entschied sich dann aber dagegen. „Ich denke nach."

„Worüber?"

Sie überlegte, ob sie ihrer neuen Mitbewohnerin wirklich diese Gedanken anvertrauen konnte. Allein, dass sie an diesen Mann und sein Volk dachte, war Verrat am Tempel. „An die Traveler."

Vioricas Interesse war anscheinend geweckt. Sie setzte sich im Bett auf und zündete eine Kerze an, die auf ihrem Nachttisch stand. Ihre Augen drückten Verständnis aus. Mit einem Lächeln ermutigte sie Seren, weiterzusprechen.

„Sie sind nicht wie wir."

„Ja, sie sind frei", sagte Viorica, als hätte sie Serens Gedanken gelesen.

„Aber sie glauben an nichts", erwiderte sie. „Sie sind nicht von Sol auserwählt."

Viorica schüttelte ihre langen braunen Locken und ein ersticktes Lachen war zu hören. „Wir sind auch nicht auserwählt. Es wartet kein Paradies auf uns, wenn wir sterben."

Für einen Moment verschlug es Seren die Sprache. Wie konnte Viorica so etwas sagen? Natürlich würden sie im nächsten Leben belohnt werden, wenn sie sich in ihrem irdischen an bestimmte Regeln hielten. So stand es in der Schrift von Sol. Sie hatte die Worte schon hundert Mal gelesen. Sie vertraute Viorica, doch das ging zu weit.

„Ich denke, du solltest dich mit solchen Gedanken und Äußerungen zurückhalten", zischte Seren und zog ihre Decke bis zum Kinn. Damit hatte sie alles gesagt.

Viorica seufzte. „Ich wollte dich nicht beleidigen. Aber hast du diese Gedanken nicht auch? Ich habe das Gefühl, du stellst schon etwas länger die Ansichten des Tempels infrage."

Damit hatte Viorica ins Schwarze getroffen, aber Seren hatte noch nie das Paradies hinterfragt. Es musste einfach einen Ort geben, an dem sich alles auszahlen würde, was sie während ihres Lebens zu Sols Ehren geopfert hatte.

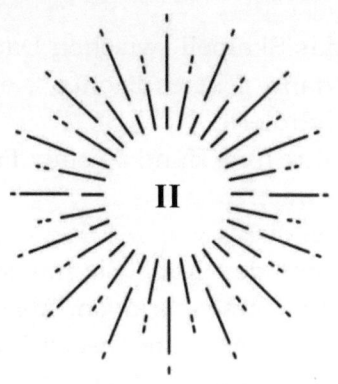

II

SEREN

„Ich kann kaum meine Augen offenhalten", flüsterte Viorica.

Seren hielt sich gerade die Hand vor den Mund, um nicht zu gähnen. Sie nickte und zeigte dann auf ihre Fingerkuppen. „In der Handarbeitsstunde war ich ein paar Mal kurz davor, einzuschlafen, und habe mir dabei in die Finger gestochen." Der Ärger der vergangenen Nacht hatte sich gelegt. Die Müdigkeit ließ es nicht zu, dass Seren genauer über Vioricas Worte und den Traveler nachdachte.

„Bist du denn im Waisenhaus nie früh aufgestanden?" Viorica schüttelte den Kopf. „Wenn du bis spät in der Nacht durch die Gassen ziehst, brauchst du deinen Schönheitsschlaf."

Seren wollte sich gar nicht vorstellen, was Viorica so spät noch in den Gassen von Solaris getrieben hatte. Sie war immer wieder verwundert über ihre Mitbewohnerin.

Die beiden gingen an einem Tisch vorbei, an dem Amon saß. Seren versteifte sich und versuchte, so wenig wie möglich zu atmen. Sie wollte ihm keinen Anlass bieten, sie zu bemerken oder zu disziplinieren.

„Du musst das Skalpell zwischen Daumen und Zeigefinger halten, dann geht es leichter", erklärte Amon einem anderen Schüler.

Seren ballte ihre freie Hand zu einer Faust, was Viorica zu bemerken schien.

„Alles okay bei dir?"

Seren schüttelte den Kopf. Sie musste etwas Distanz zwischen sich und Amon bringen. Als sie sich an einen Tisch in der hintersten Ecke gesetzt hatten, zischte Seren: „Warum dürfen nur die Männer die Künste der Medizin studieren?" Sie konnte die Wut darüber kaum unterdrücken.

„Ah, also steckt doch eine kleine Rebellin in dir."

Seren sah sich hektisch um, und die Unruhe in ihr verstärkte sich. Jetzt war es noch schlimmer, da jemand ausgesprochen hatte, was in ihrem Inneren vor sich ging. Sie war eine Rebellin. Sie wollte sich sofort für diesen Gedanken bestrafen.

„Ich ... ich muss in mein Zimmer ...", stotterte Seren.

Doch Viorica hielt sie am Handgelenk zurück. „Tu es nicht."

Seren zog eine Augenbraue nach oben.

„Ich weiß, was du jede Nacht unter der Bettdecke treibst, aber sich für seine Gedanken zu bestrafen, ist nicht richtig." Vioricas Stimme war eindringlich.

„Das geht dich gar nichts an. Was weißt du schon?"

Seren drückte Viorica ihren Haferbrei in die Hand und verschwand so schnell wie möglich. Sie konnte Amons Blicke in ihrem Rücken spüren.

Pünktlich zum Unterricht war Seren wieder da. Sie hatte sich einen kleinen Verband mit Schafgarbe angelegt. Sie hoffte, dass so der Schnitt nicht zu bluten anfing.

Viorica warf ihr einen besorgten Blick zu.

Schwester Astrid betrat den Raum und sah einmal prüfend über die Reihen. „Eira, Seren, Viorica und Salome, ihr seid heute für die Wäsche zuständig. Geht hinab zum Fluss und wascht sie und hängt sie danach im Tempelhof auf."

Die vier standen auf und gingen zum Waschraum. Sie mussten dafür steinige Stufen, die manchmal heimtückische Stolperfallen beherbergten, hinuntergehen. Der Waschraum lag gleich neben der Küche und ein herrlicher Duft nach frisch gebackenen Brötchen verbreitete sich in dem Gewölbe.

„Können wir nicht hierbleiben und uns den Bauch mit Kuchen vollstopfen?", fragte Viorica und erntete dafür drei entsetzte Gesichtsausdrücke.

„Werft die Wäsche in die Körbe, damit bekommen wir sie leichter hinunter zum Fluss Vita", wies Seren Viorica an.

Der Fluss war vor mehreren hundert Jahren von den Gründern Solaris' künstlich angelegt worden. Sie hatten jahrelang gegraben, um das Wasser vom Meer durch die ganze Stadt zu leiten. Es war der Lebensquell von Solaris. Ohne ihn wären die Gründer nie auf das Gold gestoßen, das heute dem Tempel gehörte. Der Teil, den die Mädchen zum Waschen ausgesucht hatten, lag versteckt zwischen Bambusbäumen, die wie alles in Solaris ebenfalls durch Vita am Leben gehalten wurden. Nichts war hier aus natürlicher Quelle entstanden, alles wurde geschaffen, oder wie die Gründer von Solaris behaupteten, von Sol.

„Hast du nicht gesagt, durch die Wäsche in den Körben würde das Tragen leichter?", fragte Viorica völlig außer Atem.

„Ist es auch", sagte Seren lachend.

Stöhnend nahm Viorica die Wäsche aus dem Korb und zog sie über das Waschbrett.

Seren musste schmunzeln, als sie das verkniffene Gesicht ihrer Freundin sah.

„Können denn die anderen Mitglieder des Tempels ihre Wäsche nicht selbst waschen?", fragte Viorica.

„Es ist eine ehrenvolle Aufgabe, die Sol für uns Frauen vorgesehen hat", gab Eira bissig zurück. „Wir sind eine Gemeinschaft, da hilft man sich."

Seren wusste, dass Viorica kurz davor war, Eira mit einer provokanten Aussage aus der Reserve zu locken. Beschwichtigend legte sie Viorica eine Hand auf den Arm und schüttelte stumm den Kopf. Sie schien verstanden zu haben und schwieg, während sie eine Tunika aus dem Korb ins Wasser tauchte.

Die anderen Mädchen folgten ihrem Beispiel und begannen eifrig, die Wäsche zu waschen. Das Plätschern des Flusses vermischte sich mit dem rhythmischen Schlagen der Kleidungsstücke gegen die Steine. Nachdem sie die Wäsche gründlich geschrubbt hatten, wrangen sie sie aus und legten sie wieder zurück.

Die Sonne brannte auf die gepflasterten Straßen von Solaris, als Seren den schweren Korb mit der nassen Kleidung auf ihre schmalen Schultern hob. Der Weg zum Tempel war nicht weit, aber das Gewicht drückte auf sie. Ächzend stellte Seren den Korb ab und wischte sich mit der flachen Hand den Schweiß von der Stirn. Sie brauchte erst ein paar Atemzüge, um weitermachen zu können.

„Soll ich dir helfen?", fragte Viorica.

Seren nickte dankbar. Viorica packte die rechte Seite des Korbes und Seren die linke. Gemeinsam hievten sie ihn die letzten Meter in den Hof. Eira und Salome hatten bereits damit begonnen, die Wäsche aufzuhängen.

„Wenn wir hier fertig sind, heißt das, wir haben frei?",
wollte Viorica wissen, während sie ein großes Bettlaken
über die Schnur warf.

Seren nickte.

„Sollen wir dann nicht vielleicht noch mal in die Stadt
hinunter? Ich würde so gern einen von den Zuckeräpfeln
essen." Ihre Augen leuchteten wie die eines Kindes.

Serens Nacken kribbelte. Ob das wirklich eine gute
Idee war, nach dem, was gestern geschehen war?

„Ach bitte, ich spendiere dir auch einen mit Karamell."

„Okay, wie kann ich dazu Nein sagen?", fragte Seren,
doch ihr war mulmig zumute.

Die beiden befestigten die restliche Wäsche und gingen
dann kichernd in ihr Zimmer, um sich die Kleidung an-
zulegen, welche die Tempelmitglieder außerhalb ihres
Ordens trugen. Seren flocht ihrer Mitbewohnerin ein
paar hellblaue Bänder in die dunklen Haare. Zusammen
gingen sie den Berg hinunter zum Fest und Serens Stimmung wurde mit jedem Schritt besser.

Viorica schien einen bestimmten Verkaufsladen im
Blick zu haben. „Dort gibt es die besten Zuckeräpfel der
Welt."

Seren folgte ihr in die Ecke der Seiden- und der Kup-
ferstraße. Hier waren viele Feinkostgeschäfte beherbergt.
Sie erinnerte sich an den Nudelladen. Ihre Mutter hatte
für besondere Anlässe die Teigwaren gekauft. Jeder Bis-
sen war fast wie eine Sünde gewesen.

„Oh, da ist ja der Stand!", rief Viorica und ihre Augen
wurden immer größer. „Ich hole uns schnell zwei Äpfel,
wartest du hier?"

Seren sah sich um und entdeckte einen kleinen Wagen, an dem Kristalle befestigt waren. „Ja, ich werde mir
die mal aus der Nähe ansehen." Sie deutete darauf.

Seren hatte hin und wieder bei solchen Verkaufsbuden
ein paar Heilsteine gefunden. Die Anwendung war im

Tempel umstritten, aber nicht verboten. Sie sah sich die Auslage genau an.

„Kann ich Ihnen helfen, junge Frau?", fragte eine ältere Dame, deren Haut von der Sonne stark gebräunt war.

„Ich suche nach einem Rhodonit", antwortete Seren.

„Ich sehe, Ihr kennt Euch aus."

„Der beste Heilstein bei blutigen Verletzungen", sagte Seren. Sie liebte es, wenn Menschen ihre harte Arbeit zu schätzen wussten.

Die Frau sah sich in der Auslage um. „Ich habe vielleicht noch einen in meinem Vorrat, bin gleich wieder zurück." Sie verschwand hinter dem Wagen.

Seren nahm einen der Kristalle, der von der Holzdecke hing, zwischen die Finger. Das Licht brach sich, und er leuchtete in mehreren Farben.

„Wunderschön", hörte sie eine Stimme hinter sich.

Sie nahm an, dass es dem Farbspiel galt, und antwortete: „Ja, das ist ..." Ihre Stimme erstarb, als sie sich umdrehte und den Traveler erkannte.

„Eigentlich meinte ich dich, kleine Sonne." Yunho kam einen Schritt näher.

Panisch sah sich Seren nach einer Fluchtmöglichkeit um. Doch er stand ihr im Weg und drängte sie immer weiter an den Wagen. Sie könnte einfach losschreien, aber das würde ihr nur zum Verhängnis werden, sobald Amon davon erfuhr.

„Soll ich aus deiner Hand lesen, was die Zukunft für dich bereithält?", fragte er und nahm, ohne abzuwarten, Serens Hand.

Die Schwielen an seinen Fingern waren rau. Bei genauerem Hinsehen hatte er auch einige Brandwunden. Irritiert zog sie ihre Hand weg und drückte ihn mit ihrem ganzen Körpergewicht zur Seite. „Warum kannst du mich nicht in Ruhe lassen? Ich will nichts mit dir zu tun haben." Sie hörte das Zittern in ihrer Stimme. Serens

Augen brannten. Sie wollte nicht vor ihm anfangen zu weinen.

Yunho schien geschockt von ihrer heftigen Reaktion. Er hatte es eindeutig übertrieben. „Du erinnerst mich an jemanden."

„Egal, wer es ist, ich bin nicht sie!", schrie Seren.

Viorica lief auf sie zu, doch wurde immer langsamer, als sie die Szene vor sich sah.

„Ich muss sofort hier weg", sagte Seren und rannte an Viorica vorbei. Der Schleier aus Tränen erschwerte ihr den Rückweg zum Tempel. Ihr Herz schien mit Gewichten behangen. Warum hatte Sol gerade ihr so eine Prüfung geschickt?

Seren sah auf ihre Hand, die wie Feuer brannte. Wie konnte dieser unheilige Mensch sie nur berühren? War sie doch schon unrein in ihren Gedanken, jetzt auch an ihrem Körper. Sie flüchtete, ohne auf jemanden zu achten, in ihr Zimmer. Hastig rieb sie die Hand mit Seife ein und hielt sie in den Wasserzuber. Sie musste sie abwaschen. Ihre Haut war gereizt, doch sie konnte nicht aufhören, zu schrubben.

„Alles okay mit dir?"

Seren zuckte zusammen. Diese Stimme würde sie überall wiedererkennen.

Amon stand in der Tür und beobachtete sie. Er klang sanft, ja, beinahe fürsorglich, doch Seren wusste, dass dies noch mehr Gefahr barg. Wie ein Raubtier, das seine Beute in Sicherheit wiegen wollte.

„Ja ..." Sie räusperte sich. „Ich habe nur aus Versehen in giftige Seidelbast-Beeren gefasst."

Amon trat näher an sie ran. Serens Herz klopfte wie wild. Er nahm ihre linke Hand zwischen seine. Sofort spürte sie den Unterschied zu Yunhos Händen. Amon hatte lange, dünne Finger, die geübt mit dem Skalpell waren und noch nie wirklich harte Arbeit verrichten mussten. Er bedachte Seren mit einem falschen Lächeln. „Das sieht aber gar nicht gut aus." Mit seinen kalten Fingern strich er über die Handinnenfläche.

Ihre Nerven waren zum Zerreißen gespannt. Sie konnte gerade noch an sich halten, nicht laut loszuschreien. Jeder seine Berührungen löste Ekel in ihr aus.

„Ich dachte, du kennst den Preis, wenn man mich belügt."

Serens Gesicht wurde heiß. „Ich weiß nicht, wovon du sprichst."

Sein Grinsen wurde breiter und er schob ihr mit der freien Hand eine Haarsträhne aus dem Gesicht.

Seren hielt den Atem an.

„Ich habe dich mit dem Traveler gesehen. Du weißt, dass es eine Bestrafung gibt, wenn du dich auf so einen Abschaum einlässt."

Seren war überzeugt, dass er diese Bestrafung höchstpersönlich ausführen wollte.

„Es wäre doch schade, wenn dein wunderschönes Gesicht eine Narbe hätte." Er fuhr mit dem Daumen von ihren Augen zum Kinn.

Er würde ihr nicht glauben, auch wenn sie die Wahrheit erzählen würde. Ihr blieb nur eines übrig: Sie musste ihn mit etwas anderem ablenken. „Warum dürfen nur die Männer die Kunst der Medizin erlernen?"

Amon zog eine Augenbraue nach oben. „Ah, du möchtest spielen", gurrte er. „Dann lass ich mich darauf ein. Ich dachte, du kannst die Lehren des Sols auswendig."

Seren nickte und senkte ihren Kopf.

„Wir können sie gern noch einmal gemeinsam durchgehen", schlug Amon vor und obwohl sie ihn nicht sehen konnte, konnte sie sich das verschlagene Grinsen, das auf seinen Lippen lag, vorstellen.

Wenngleich sich alles in ihrem Körper sträubte, sah sie auf und ihm fest in die Augen. Ihre Nackenhaare stellten sich auf, doch sie versuchte zu lächeln und ihrer Stimme einen weichen Ton zu geben. „Vielleicht könnte das Tempeloberhaupt für mich eine Ausnahme machen." Seren packte ihn am Oberarm und zog ihn etwas zu sich. Amon war ihr nun so nahe, dass sie sich fast in dem Braun seiner Augen verlieren konnte, das versuchte, sie in die Dunkelheit zu reißen.

Es gab noch einen Trumpf. Sie wusste, dass Amon Körperkontakt hasste. Niemand durfte ihn berühren, wenn er es nicht wollte, beziehungsweise kontrollieren konnte.

Amon drückte seinen Rücken durch und trat hektisch zurück. Kurz glaubte sie, so etwas wie Unsicherheit in seinen Augen aufflackern zu sehen. „Rede keinen Unsinn", zischte er. „Dein Platz ist dort, wo Sol ihn vorgesehen hat." Er machte auf dem Absatz kehrt und flüchtete aus ihrem Zimmer.

AMON

Amon hatte gerade das widerliche Haus seiner Eltern verlassen und war auf dem Weg zurück, als ihn ein Diener des Tempels abfing und ihn darum bat, schnellstmöglich das Oberhaupt aufzusuchen. Die Sonne stand hoch am Himmel, als Amon das kühle, düstere Gebäude betrat. Die steinernen Säulen ragten empor, als ob sie den Himmel selbst durchbohren wollten. Während er durch die Gänge eilte, spürte er immer noch den Ekel, den er vor seinem Erzeuger hatte, in seinen Eingeweiden. Sein Vater war ein jämmerlicher Versager, der ständig betrunken in einer Ecke lag. Seine Mutter vergnügte sich im Hinterzimmer mit irgendwelchen Männern, damit die Familie sich überhaupt etwas zu essen leisten konnte. Und hier war er der Schoßhund des Oberhauptes. Es war ihm zuwider, doch momentan konnte er nichts ändern.

Amon trat in das Büro. Auf einem Sessel hinter dem Schreibtisch thronte der Mann, der die ganze Macht in Scalis besaß und doch kein König war. Sein Blick war ruhig und gelassen. „Setz dich", sagte er und deutete auf den Platz ihm gegenüber. „Ich habe gehört, es gibt eine kleine Revolution im Tempel."

Amon strich seine Tunika glatt und setzte sein falsches Lachen auf, mit dem er noch jeden blenden konnte. Innerlich brodelte sein Zorn. „Es ist keine Revolution. Eine der Schwestern hat einen ungewöhnlichen Wunsch. Sie möchte gern Medizin studieren, wie wir."

„Ich habe aufgehört zu zählen, wie oft dieses Gespräch schon geführt wurde", sagte das Oberhaupt mit einem Seufzen und lehnte sich weiter in seinem Sessel zurück. „Einmal alle paar Jahre kommt ein Weibsbild darauf, etwas Besseres sein zu wollen."

„Was haben Sie mit diesen Frauen gemacht?", fragte Amon.

Die wässrigen Augen des Oberhauptes trafen die seinen. „Ich habe mich ihrer entledigt."

Amon nickte. „Die richtige Entscheidung."

„Also wirst du mit unserer aufmüpfigen Schwester das Gleiche machen?"

Amon schwieg.

„Sag mir, ist das Mädchen nicht zufällig Seren?", fragte das Oberhaupt. „Dein Narren an ihr wird noch dein Verderben sein."

Amon wusste nur zu gut, dass er recht hatte. Er schluckte schwer. Seine Gedanken wanderten zu Seren. Sie hatte eine Macht über ihn, die er nicht leugnen konnte. Eine Kraft, die seine innersten Facetten zum Vorschein brachte – die guten wie die schlechten. War es ihre unschuldige Schönheit, die ihn blendete? Er hasste diese Besessenheit, sie war ein Makel, der früher oder später schaden würde. Er musste sich davon befreien und er wusste auch schon wie.

„Ich werde mich darum kümmern", sagte Amon und richtete sich auf. Er würde Seren in seine Gewalt bringen und sie an den Ort verweisen, den er für angemessen hielt.

Doch das Oberhaupt hob eine Hand. „Aber bitte bedenke, dass wir ihren Vater benötigen. Nur mit seinen Mitteln können wir den König stürzen und den Tempel über Scalis regieren lassen."

Amon stand auf und verbeugte sich kurz. Beim Hinausgehen dachte er noch mal an Serens Vater. Er wusste, wie wichtig seine Ressourcen waren. Doch was das Oberhaupt nicht wusste, war, dass nicht er demnächst die Fäden der Macht in der Hand halten würde, sondern Amon. Bald würde er über ganz Scalis herrschen und niemand würde es mehr wagen, ihn infrage zu stellen oder gar auf ihn herabzusehen.

YUNHO

Die Tür von Ace' Wagen wurde geöffnet und ein junger Mann mit dunklen Locken kam heraus. Er knöpfte sich beim Gehen das Hemd zu. Der verklärte Ausdruck und das selige Grinsen verrieten alles. Yunho konnte sich ein Lächeln nicht verkneifen. Er entsprach genau Ace' Typ.

„Guten Morgen", sagte er mit einem süffisanten Unterton.

Der Mann zuckte zusammen und lief rot an. „Guten Morgen", antwortete er und hob kurz seine Hand zum Gruß. „Ich bin spät dran, entschuldige."

Yunho grinste, während der Mann sich entfernte. Natürlich war er spät dran, er konnte es wahrscheinlich kaum erwarten, der peinlichen Situation zu entfliehen. So war es immer mit Ace' Liebhabern. Die meisten von ihnen würden es nie öffentlich zugeben, mit einem Mann geschlafen zu haben, geschweige denn mit einem Traveler. Doch Ace war da ganz anders, er hatte schon früh erkannt, dass er Männer anziehender fand als Frauen, und diese Tatsache noch nie verheimlicht. Bei den Travelern war es ohnehin egal, Liebe war Liebe.

Ace kam, wie Gott ihn geschaffen hatte, durch die Tür. Seine Haare standen in alle Richtungen ab. „Sieh mich nicht so vorwurfsvoll an, ich brauche meinen Spaß."

„Ich sage doch gar nichts", antwortete Yunho, biss in einen Apfel und warf ihn Ace zu.

„Dein Gesicht spricht Bände. Du kannst deine Gefühle nicht so gut verheimlichen, wie du denkst."

„Ich finde es nicht gut", sagte Yunho jetzt nachdrücklich.

„Was genau? Du willst nicht in mein Bett."

Doch Yunho war nicht danach. „Du hältst mir einen Vortrag, dass ich niemandem von unserem geheimen Platz erzählen darf, aber selbst bringst du deine Liebhaber her."

„Ach, die schweigen. In Solaris droht auf Sex mit einem anderen Mann die Todesstrafe. Die meisten haben eine Frau zum Schein geheiratet. Aber du solltest nicht glauben ..."

Yunho gebot ihm mit einer Handbewegung Einhalt.

„Willst du mir mit deinem Anblick eigentlich schon morgens eine Herzattacke bescheren?", fragte Enya kokett, als sie an den beiden vorbeilief.

„So was bekommst du in einer Kristallkugel nicht zu sehen, oder?", scherzte Ace.

„Ich meine ja nur, es sollte nicht jeder unser Versteck kennen", sagte Yunho. „Du weißt, dass wir in den meisten Städten nicht gern gesehen sind."

„Besonders in dieser Stadt", antwortete Ace und zog ein weißes Leinenhemd und eine beige Hose aus demselben Stoff von der Wäscheleine, die von seinem zu Yunhos Wagen gespannt war. „Ich kann es kaum erwarten, bis wir nach Dorado kommen und ich endlich meine geliebten Jeans anziehen kann."

Es war immer wieder schockierend, wie rückständig Solaris und das Königreich Scalis waren.

„Das habe ich auch bemerkt."

„Die Anbeter des Sols sind der Ansicht, wir wären Abschaum."

„Denken sie das nicht über alle Menschen, die nicht gleich wie sie sind?", fragte Yunho und Seren kam in seinen Sinn. Sie war anders, das fühlte er.

„Das Mädchen spukt wieder ein deinem Kopf herum, richtig?", fragte Ace. „Du weißt, dass sie nicht Luna ist. Du musst sie nicht retten."

Yunho winkte ab. Er ertrug Ace' Standpunkte nicht länger. Er wusste, er hatte recht, wollte es jedoch nicht wahrhaben.

Das Läuten des Glockenturms unterbrach seine Gedanken und er sah hinauf zum Berg, auf dem er kleine Schemen ausmachte. „Was passiert da?"

„Die Anhänger des Tempels bringen den Stadtbewohnern Essen", antwortete Ace. „Wer die meisten Abgaben an den Tempel zahlt, bekommt mehr Essen als die anderen Bewohner. Also bekommen die Reichen viel und die Armen wenig. Das nennen sie dann gerecht."

„Ich sehe, deine Liebhaber zahlen sich aus", sagte Yunho.

„Ja, sie bezahlen mich mit Informationen. Das ist hilfreicher als Geld."

Yunho warf sich seine Tasche über die Schulter.

Ace sah ihn fragend an. „Du willst das Mädchen finden, oder? Sie tut mir ein bisschen leid."

„Du weißt, wie hartnäckig ich bin."

Ace grinste nur und ließ ihn ziehen.

Yunho kam sich wie ein schmieriger Typ vor, als er Seren und ihrer Freundin kurze Zeit später nachstellte. Er huschte von Hausmauer zu Hausmauer und versuchte, sie nicht aus den Augen zu verlieren.

„Verdammt", fluchte er. Die Mädchen waren immer in Zweier-Gruppen unterwegs. So würde er nie mit Seren reden können.

Als er sie beobachtete, fielen ihm noch weitere Unterschiede zwischen Seren und Luna auf. Ihr Gang war leichtfüßig, aber Luna hatte selbst nach dem Tanz auf dem Seil noch gewirkt, als befände sie sich weiterhin darauf.

Lunas Lächeln war echt und warm gewesen, Serens Lächeln wirkte kühl und aufgesetzt. Trotzdem musste er mit ihr reden. Wusste sie, welches Unrecht sie tat, dass nur die Reichen Essen bekamen?

Seren kam aus der Tür eines ärmlich wirkenden Hauses und sah sich nach Viorica um, die ein paar Türen den Berg hinauf in ein Haus gegangen war. Schulterzuckend lief sie weiter und Yunho ergriff die Gelegenheit. Er tat, als würde er zufällig vorbeikommen.

„Ach, seid ihr dabei, Almosen zu verteilen?", fragte er locker.

Seren versteifte sich sofort. Ihr Blick wurde noch kälter und härter. „Die Leute müssen Abgaben bezahlen, dafür bekommen sie Essen."

„Warum bauen sie das Essen denn nicht selbst an?"

„Das ist streng verboten. Nur dem Tempel ist es erlaubt, den Boden zu bestellen."

Yunho zog eine Augenbraue nach oben und lachte. Seren schien wirklich an das zu glauben, was sie sagte. „Wer befiehlt das? Euer Gott?"

Sie schob ihr Kinn nach vorne und funkelte ihn an. „Ja!"

„Hast du nie hinterfragt, ob diese Gesetze nicht von alten Männern gemacht wurden, die sich bereichern wollen?"

Seren ging an ihm vorbei, wie um ihm zu sagen, dass ihre Unterhaltung beendet war. Doch Yunho ließ nicht locker und fasste sie an ihrem Oberarm. „Du weißt, dass es unrecht ist. Die Armen bekommen noch weniger, als sie ohnehin schon haben, und die Reichen, die übrigens zu eurer Kirche gehören, schlagen sich jeden Abend die Bäuche mit Essen voll. Wo ist das bitte gerecht?"

Sie drehte sich zu ihm um und spuckte ihm vor die Füße. „Wag es ja nie wieder, mich anzufassen."

Yunho ließ sie los. Er sah ihr hinterher, bis sie hinter einer Ecke verschwand.

Das Flackern in ihren Augen war nicht zu übersehen gewesen. Seine Worte hatten Seren zum Nachdenken gebracht. Ein Lächeln stahl sich auf Yunhos Lippen. Vielleicht konnte er sie doch noch aus den Klauen dieser Sekte befreien. Wenn er Luna nicht hatte retten können, wollte er es wenigstens bei Seren versuchen.

SEREN

Seren drückte mit dem Mörser fest in ihre Schale. Die Kräuter mussten kräftig zerstoßen sein für das Serum, das sie herstellen wollte.

Die Tür zum Unterrichtszimmer flog auf und Amon trat herein, dessen Blick sich nach kurzer Suche auf sie heftete. Er grinste und sie bekam eine Gänsehaut. Amon nickte der Lehrerin zu.

Seren wusste: Hier würde sich ihm niemand widersetzen. Sie konnte nicht darauf hoffen, dass ihre Lehrerin ihn abwies.

„Kann ich einen Moment mit dir sprechen?", fragte Amon, obwohl es weniger eine Frage, sondern mehr ein Befehl war. Seine Augen strahlten Strenge aus und schienen noch dunkler als sonst.

Serens Muskeln verspannten sich. Automatisch beschleunigte sich ihr Herzschlag. Ihr Blick glitt zur Lehrerin, doch wie bereits vermutet, war von ihr keine Hilfe zu erwarten. Langsam setzte Seren einen Fuß vor den anderen, in ihrem Kopf sträubte sich alles dagegen. Eine böse Vorahnung überkam sie.

Amon packte sie am Ellenbogen und begleitete Seren aus dem Zimmer. Sein aufgesetztes Lächeln passte nicht zum Rest seiner Körperhaltung.

Serens Hände waren feucht und sie versuchte, sie unauffällig am Rock abzuwischen. „Was ist los?" Ihre Stimme war dünn.

„Das Oberhaupt würde gern mit dir sprechen."

Ihre Augen weiteten sich vor Schreck. Die Wände um sie herum rückten immer näher und sie musste sich ins Gedächtnis rufen, wie man atmete.

Amon machte das alles sichtlich Spaß, denn er grinste noch breiter.

„Warum?" Ihre Gedanken überschlugen sich. Seren konnte sich bereits denken, weshalb sie zu einer persönlichen Audienz bestellt wurde. Bestimmt hatte jemand ihr Zusammentreffen mit Yunho gesehen. Wahrscheinlich sogar Amon höchstpersönlich.

Sie schluckte schwer und biss sich auf die Unterlippe. Wäre sie doch einfach weitergegangen und hätte sich nicht auf Provokationen des Travelers eingelassen.

„Das wirst du gleich erfahren", raunte Amon, während er sie die Stufen zum Turmzimmer hochzog. Er klopfte zweimal kräftig an der Holztür, die mit goldenen Schnallen verziert war. Dann trat er mit Seren ein, ohne eine Antwort abzuwarten.

„Ah, Amon", sagte das Oberhaupt und sah über seine runde Brille hinweg. „Setzt euch."

Seren wusste: Sein freundlicher Unterton täuschte.

Amon drückte sie förmlich auf den Stuhl vor dem Schreibtisch und nahm neben ihr Platz. Sie war noch nie hier gewesen, doch sie hatte bereits Erzählungen über die Privatgemächer des Oberhaupts gehört. Aber sie wurden ihnen allen nicht gerecht.

Er saß an einem Kirschholzschreibtisch, der mit aufwendigen Schnitzereien verziert war. So etwas hatte sie noch nie gesehen. Der Kronleuchter, der über ihren Köpfen hing, war mit Edelsteinen bestückt. Am Ende des Raumes führte ein Rundbogendurchgang in das Schlafzimmer. Seren erhaschte einen flüchtigen Blick und sah das Bett, das über und über mit Samtkissen belegt war.

Dahin geht also das ganze Geld, dachte sie. Krampfhaft versuchte sie, ihr schon glattes Gewand zu glätten. Es war, als wolle das Oberhaupt sie noch weiter auf die Folter spannen, als es aufstand und um den Tisch herumging, zu einem Regal, in dem Gläser und Flaschen verstaut waren. „Wir sollten vielleicht erst unsere Kehlen befeuchten."

Er nahm drei Kristallkelche heraus und schenkte eine rote Flüssigkeit ein. Wein, wie Seren am Geruch erkannte, als ihr eines gereicht wurde. Ihre Hände zitterten und sie hoffte, dass es den beiden Männern nicht auffiel.

Das Oberhaupt nahm einen kräftigen Schluck und setzte sich. „Mein Kind. Mir wurde zugetragen, du treibst dich mit den Travelern herum."

Er kam direkt zum Punkt.

Mit einer Handbewegung gab er ihr zu verstehen, dass sie jetzt sprechen dürfte. Was hatte sie schon zu ihrer Verteidigung zu sagen? So wie die beiden sie ansahen, hatten sie sowieso bereits ihr Urteil gefällt.

„Ich habe wie alle anderen das Fest besucht, da bin ich an einem Wagen der Traveler stehen geblieben", versuchte Seren es mit einer Halbwahrheit und bemühte sich dabei, sich nicht zu verhaspeln.

Amon schnaubte. Sein geöffneter Mund sagte Seren, dass er etwas erwidern wollte, doch das Oberhaupt gebot ihm nur mit einem Zucken seiner Augenbraue Einhalt. Amon ballte eine Hand zur Faust.

„Auch wenn das nicht gern gesehen wird, kann man so etwas bei einem Fest natürlich nicht vermeiden", stimmte ihr das Oberhaupt zu.

Seren war erleichtert, doch die nächsten Worte holten sie wieder in die Realität zurück, als das Oberhaupt ihr eindringlich ins Gesicht sah.

„Allerdings hast du sogar mit ihm gesprochen, anstatt dich von ihm abzuwenden, und dies muss bestraft werden."

Ihr Körper drohte in sich zusammenzusacken. „Ich habe nicht direkt mit ihm gesprochen. Er hat mich angesprochen."

Doch in Amons Gesicht konnte sie lesen, dass es nichts half. Seine Augen waren verengt und sein Mund zu einer Linie zusammengepresst.

„Aus welchem Grund sollte er das tun?", fragte er giftig und packte sie am Oberschenkel. Er krallte sich tief in ihr Fleisch und am liebsten hätte sie geschrien. Sie konnte ihre Tränen kaum noch zurückhalten. Sie versuchte, Amons Hand wegzuzerren, doch er griff nur fester zu. In seinen Augen lag ein gefährliches Funkeln.

Das Oberhaupt schien zu überlegen. Der Mann rieb sich das Kinn zwischen Zeigefinger und Daumen und nahm einen weiteren Schluck seines Weins. „Es wird eine Strafe geben müssen. Sol sieht es nicht gern, wenn wir mit Ungläubigen in Kontakt kommen."

Seren ließ ihren Kopf sinken und spürte bereits die Peitschenhiebe auf ihrem Rücken. Bis jetzt hatte man sie nur einmal bestraft, als sie das Essen hatte anbrennen lassen, und das war auch nur ein schwacher Peitschenhieb gewesen. Doch diesmal würde sie nicht so leicht davonkommen, dessen war sie sich sicher.

„Damit es für dich etwas eindringlicher ist, werde ich nicht dich bestrafen."

Seren sah auf, ihr Herz blieb für einen Moment stehen.

„Anstatt deiner wird jemand anderes morgen zwanzig Peitschenhiebe bekommen."

Seren fühlte sich wie in einem Albtraum gefangen, aus dem es kein Entkommen gab. Das Glas in ihrer Hand fiel zu Boden. Der Wein spritzte auf ihr Gewand, auf den Teppich und die Möbel und ergoss sich wie Blut darauf. „Nein, ich werde die Strafe auf mich nehmen!", rief sie unter Tränen.

„Die Entscheidung ist getroffen", verkündete Amon und zog sie vom Stuhl hoch.

„Nein, bitte", flehte Seren, als er sie bereits zur Tür schob.

„Du kannst gehen." Die Tür wurde vor ihrer Nase geschlossen.

Niedergeschlagen sank Seren auf den Boden. Heiße Tränen rannen ihr über die Wangen und sie schnappte immer wieder nach Luft. Ein Schrei der Verzweiflung drang aus ihrer Kehle und sie raufte sich die Haare. Diese verdammten Traveler, dieser verdammte Tempel und dieser verfluchte Amon.

AMON

Amon drehte sich mit einem Lächeln zum Oberhaupt um. „Das war eine sehr gute Idee. So wird sie lernen, sich nicht mit diesem Abschaum abzugeben."

„Hast du denn schon jemand Bestimmtes für ihre Bestrafung im Sinn?"

Amon ließ sich zurück auf den Stuhl fallen und nippte am Weinglas. Alkohol war ihm immer zuwider gewesen, doch dem Oberhaupt durfte man nichts abschlagen. „Ich habe mich noch nicht entschieden."

Das Oberhaupt nickte. „Ich lasse dir freie Hand. Morgen um zehn Uhr findet die öffentliche Auspeitschung statt."

„Ich danke Euch, Eure Exzellenz. Ich werde Euch nicht enttäuschen."

Amon wusste nicht, wieso, aber Seren brachte sein Blut in Wallung. Vielleicht, weil sie so schön und privilegiert war. Weil sie ohne große Mühe im Tempel anerkannt war. Im Gegensatz zu ihm. Er hatte seinen Namen ändern müssen, um überhaupt im Tempel aufgenommen zu werden.

Ein Schaudern lief ihm über den Rücken, als er an jenen Tag zurückdachte. Amon sah alles noch deutlich vor sich. Sein Vater hatte ein paar Meter von ihm entfernt gestanden, sein Gewicht hatte er auf sein gesundes Bein verlagert und schaute die Auslagen am Stand an. Amon hatte es als Kind geliebt, auf den Markt zu kommen und den Händlern ein paar Leckereien abzuknöpfen. Seine Augen waren so auf die glitzernde Brosche konzentriert gewesen, dass er die lauten Stimmen erst zu spät registrierte. Sein Vater stritt sich mit dem Händler, denn offensichtlich hatte er nicht genug Geld, um zu bezahlen.

Die Traube um seinen Vater wurde größer und die uniformierten Stadtwachen kamen immer näher. Amon wollte sich zu ihm durchkämpfen, blieb dann aber stehen. Die Wachen hatten seinen Vater am Kragen gepackt und ihn in eine Pfütze voller Unrat befördert.

„Verschwinde, du Abschaum!", riefen sie.

Amon würde nie vergessen, wie beschämt und hilflos sein Vater ausgesehen hatte. In diesem Moment hatte er beschlossen, dass er sich nie so fühlen wollte. An jenem Tag verlor er den Respekt vor seinem Vater und machte ihn für all das Unheil, das über die Familie gekommen war, verantwortlich.

Wenn er nur daran dachte, ekelte es ihn an, von so einer Familie abzustammen. Er ballte die freie Hand zur Faust. Dieses Gefühl würde mit Serens Bestrafung vergehen. Dann konnte er endlich wieder seine Macht spüren.

SEREN

Auf dem Vorplatz, der extra für die Zurschaustellung von öffentlichen Maßregelungen angelegt worden war, hatten sich hunderte Menschen versammelt. Die aufgeregte Stimmung war mit bloßen Händen greifbar. Die Luft war stickig und schwül, ein Hitzegewitter war nicht weit entfernt.

Seren fühlte sich wie ein Brot im Backofen. Der Schweiß rannte ihren Körper hinab. Sie hatte ihr Haar wie die anderen Mädchen geflochten und trug ein Kleid, das sie als Anhängerin des Tempels kennzeichnete. So standen sie in Reih und Glied hinter dem Pfahl, an dem gleich eine arme Seele gefesselt würde. Sie ließ ihren Blick über die Menge gleiten. Kinder wurden auf die Schultern ihrer Väter gehoben, um ja keine Sekunde des Spektakels zu verpassen.

Galle stieg in Seren hoch und sie biss sich auf die Unterlippe, so stark, dass sie Blut schmeckte. Das alles war ihre Schuld.

Vioricas Blick ruhte auf ihr, doch sie konnte ihr nicht ins Gesicht schauen. Jeder wusste, dass es Serens Schuld war. An ihr würde hier ein Exempel statuiert werden, um die anderen Mitglieder zu warnen, keine Fehler zu begehen. Seren hatte Angst. Sie wusste, wie grausam Amon war.

Als wüsste der Himmel, wie ihr zumute war, setzte Regen ein, während das Oberhaupt aus dem geschützten Eingang heraustrat. „Liebe Brüder und Schwestern!", rief es über den Platz. „Sol ist gut und gerecht. Sol hat uns dieses Leben geschenkt und mit wunderbaren Sachen bereichert. Er wacht über uns und unsere Lieben. Doch Sol verlangt auch Opfer dafür. Er hat Regeln aufgestellt, an die wir uns halten müssen. Allerdings gibt es immer einige unter uns, die sich erhabener als Sol fühlen. Die denken, sie könnten die Regeln des Tempels mit Füßen treten. Das muss hart bestraft werden."

Tosender Applaus erklang und viele Menschen nickten.

Das Oberhaupt machte eine Handbewegung und Amon kam das Podest hinauf. Sie schrie auf, als sie sah, wen er hinter sich herzog. Es war ein kleines Mädchen, vielleicht gerade einmal sechs oder sieben Jahre alt. Die Tränen rannen ihr über das pausbackige Gesicht.

Viorica wollte losstürmen, doch einige der Mädchen hielten sie zurück. Seren wurde schwarz vor Augen. Ihre Beine zitterten und drohten nachzugeben.

Eira stützte sie und raunte: „Das sollte dir eine Lehre sein."

Amons hasserfüllter Blick traf Serens. *Sieh an, was du getan hast*, schien er ihr zuzuflüstern.

Das Mädchen wurde mit einem dicken Strick, der ihr die Haut aufriss, an den Pfahl gebunden. Die Menge wurde totenstill und nur das Schluchzen des Mädchens war zu hören. Alle warteten darauf, dass der Vollstrecker auf das Podest kam und endlich die Strafe ausführte. Doch dieser hatte Skrupel bekommen. Er diskutierte mit Amon und deutete auf das zitternde Mädchen.

„Alles muss man selbst machen!", rief Amon und riss ihm die Peitsche aus der Hand. Als er ausholte, schienen alle den Atem anzuhalten.

Das Sirren der Peitsche dröhnte durch die Luft. Das Folterwerkzeug kam auf der Robe des Mädchens auf, die sofort zerriss. Der nächste Schlag traf ihre Haut. Seren schrie erneut auf. Sie wandte ihr Gesicht ab. Ein wütender Schrei von Amon war zu hören und Seren sah zum Podest. Das Mädchen war ohnmächtig geworden. Ihr kleiner Körper hing schlaff am Pfahl. Hektik brach aus, Getuschel schwoll an.

„Was soll das, du dreckiger Traveler?"

Serens Augen weiteten sich, als sie erkannte, wer die Person war, die den letzten Peitschenhieb abbekommen hatte. Das rote Haar war unverkennbar.

„Ihr könnt kein Kind auspeitschen, das kann nicht Gottes Wunsch sein!", schrie Yunho.

„Dann werde ich dir das Fleisch von der Haut ziehen." Amon grinste gehässig.

„Versuch es."

Seren sah sich um. Niemand griff ein. Ihr rechter Fuß bewegte sich bereits nach vorne, doch etwas hielt sie zurück. Sie sah zu Viorica, die von Mitgliedern des Tempels behindert wurde. In ihrem Kopf drehte sich alles. Ein Blitz erhellte den Himmel und der Regen wurde immer heftiger.

Die beiden Männer umkreisten sich wie zwei Tiger.

„Du hast wohl einen Todeswunsch", sagte Amon und holte aus. Doch bevor er die Peitsche schwingen konnte, stürmten Traveler den Platz und das Podest. Sie stellten sich vor Yunho.

„Du musst du erst an uns vorbei", sagte eine Frau.

„Weibsbild, du hast hier nichts zu sagen", meinte Amon.

„Dann sage ich es dir." Es war Ace, der mit kühler Stimme sprach. „Wenn du ihn umbringen willst, musst du es auch mit uns tun, vor all den Leuten hier. Wie rechtfertigst du diesen Massenmord?"

Amons Blick wanderte zum Oberhaupt, das kaum merklich seinen Kopf schüttelte.

„Macht, dass ihr verschwindet", zischte Amon.

Yunho hatte inzwischen das Mädchen losgemacht und drückte nun ihren zierlichen Körper an sich.

Seren hatte die ganze Zeit die Luft angehalten. Amons Augen waren auf sie gerichtet. Zorn und Wut lagen darin. Hierfür würde er sie büßen lassen. Doch sie war den Travelern unendlich dankbar. Jede Strafe würde sie ertragen, um das Mädchen in Sicherheit zu wissen.

YUNHO

Yunho war wütend. Er brauchte dringend etwas zu trinken. Gierig danach, sich dem Rausch hinzugeben, stolperte er in die nächste Schenke. Das Mädchen hatte er bei den Frauen im Lager gelassen. Die Wunde an seinem Arm sendete schmerzhafte Signale an seinen Körper. Doch das würde er jetzt betäuben.

„Wirt, gib mir eine Flasche von dem stärksten Zeug, das du hast", sagte Yunho und ließ sich auf den ranzigen Barhocker sinken.

Ihm wurde eine Flasche mit einer klaren, nach Anis duftenden Flüssigkeit gereicht. Das Glas daneben ignorierte Yunho und setzte die Flasche direkt an seine Lippen.

Der Mann hinter dem Tresen sah ihn mit hochgezogenen Augenbrauen an. Die Flüssigkeit brannte in Yunhos Hals, doch das kümmerte ihn nicht. Zum Vergessen war dieses Gesöff genau richtig. Er schob ein paar Solaren über den Tisch und der Wirt ging zufrieden zum nächsten Gast.

Yunho drehte sich auf seinem Stuhl und beobachtete die Leute im Schankraum. Dort spielten die üblichen Verdächtigen Karten. Als er die Flasche wieder an die

Lippen hob, wurde er von hinten angerempelt. Das kostbare Gut ergoss sich auf den Boden.

Er ballte die Fäuste und seine Knöchel wurden weiß, während er die Luft scharf durch die Zähne sog. Die Muskeln in seinem Kiefer spannten sich an, und seine Augen verengten sich. „Hast du keine Augen im Kopf?", fragte er gereizt.

„Was sitzt du hier auch im Weg?", antwortete der andere und entblößte seine fehlenden Zähne.

Yunho sah rot. Mit voller Wucht rammte er dem Mann einen Ellenbogen in die Magenregion.

Dieser war einen Moment verdutzt, schlug dann aber zurück. Der Schlag war heftig und Yunho spürte ein Ziehen in seinen Kiefern.

Mittlerweile hatten sie die Aufmerksamkeit der übrigen Gäste erlangt, doch keiner griff ein. Er schloss seine Hand zur Faust, sodass seine Knöchel weiß hervortraten, und schlug auf die Nase seines Gegenübers. Das Blut spritzte daraus und er taumelte zurück.

„Du verdammter Bastard!", schrie dieser und versuchte, die Blutung mit seiner Hand zu stoppen.

Yunho grinste. „Du hättest mich halt nicht in Fusel baden lassen sollen."

„Ich bringe dich um!", brüllte der andere und versetzte ihm einen Schlag in die Magengrube.

Vor seinen Augen tanzten Sterne und ihm blieb die Luft weg. Er krümmte sich. Mit so einem Angriff hatte er nicht gerechnet, der Kerl sah eigentlich ziemlich schwach aus. Nur wenige Sekunden später spürte er einen Schlag auf dem Rücken. Yunho taumelte, doch hielt sich noch am Tresen fest.

„Dich mache ich fertig", sagte er mit gebleckten Zähnen. Ihm wurde schwarz vor Augen, als ihm der Dreckskerl eine Flasche über den Kopf zog. Blut lief ihm über die Stirn.

„Jetzt reicht es!", rief jemand mit fester Stimme.

Eine starke Hand verfrachtete Yunho aus der Schenke. Ein scharfes Stechen durchfuhr ihn, als er auf dem Boden aufkam, die Arme voran. Zahlreiche Wunden prangten auf seiner Haut. Vorsichtig tastete er seine Lippe ab und spürte die schmerzhafte Schwellung. Das Blut lief ihm noch immer heiß über die Stirn hinunter bis zu seinem Kinn. Sein Schädel dröhnte. Er wusste, dass er so nicht zurück ins Lager gehen konnte. Ace würde keine netten Worte für seinen Zustand finden und er wollte ihn nicht wütend sehen.

Der Regen hatte mittlerweile aufgehört und einen angenehm frischen Wind hinterlassen, der ihm um die Nase wehte. Ganz in der Nähe war ein Fluss und Yunho beschloss, dass dort der beste Ort war, um etwas auszunüchtern. Schwankend ging er durch die Straßen. Als er das Ufer erreicht hatte, ließ er sich schwerfällig im Gras nieder und starrte auf das Licht, das vom Mond auf die Oberfläche geworfen wurde.

Dank des Vorfalls am Tempel hatte sich Yunhos Wut den ganzen Tag in ihm angestaut. Diese Sekte machte nicht mal vor Kindern halt. Zornig riss er ein paar Grashalme aus. Die Laternen, die an der nahegelegenen Brücke befestigt waren, schwankten im Wind und beleuchteten das Ufer. Im schwachen Schein erkannte Yunho einen Schemen. „Ein Nachtschwärmer wie ich", sagte er zu sich selbst.

Doch je näher die Gestalt kam, umso besser erkannte er, um wen es sich handelte: Seren. Sein Hals wurde trocken, mit ihr hatte er nicht gerechnet. Sollte er unauffällig im Gras sitzen bleiben, oder auf sich aufmerksam machen? Yunho haderte mit sich.

Als er noch überlegte, hob Seren ihren Kopf. Ihre Blicke trafen sich. Sie zuckte zusammen, doch dann entspannten sich ihre Gesichtszüge wieder. Zu seiner

Überraschung kam Seren auf ihn zu. Sie holte tief Luft. „Ich wollte ..." Sie stockte, zitterte leicht und sprach erst nach einigen Sekunden weiter: „Ich wollte dir danken."

„Wofür?"

„Dass du das Mädchen gerettet hast."

Yunho hörte Scham, aber auch Wut in ihrer Stimme.

„Ich musste etwas tun. Das kann nicht gerecht sein."

Er beobachtete Seren aufmerksam. Das Licht der Laternen malte Schatten auf ihre Haut.

Ihre Augen weiteten sich. Sie stellte den Korb ab, den sie bei sich trug und in dem sich Kräuter befanden, und griff nach Yunhos Kinn. „Du blutest." Vorsichtig drehte sie seinen Kopf zur Seite und begutachtete ihn. „Es sind keine ernsthaften Verletzungen, aber trotzdem sollten wir sie behandeln."

Yunho wusste nicht, ob er von ihrer Berührung oder dem Schlag über den Kopf benommen war.

Aus der Tasche ihres Umhangs holte sie ein Glasdöschen hervor. Als sie es aufschraubte, nahm er den intensiven Geruch von Schafsgabe wahr. Sie presste die Lippen aufeinander, als sie die Salbe sachte auf seine Wunde auftrug. Serens Blick ruhte unverwandt darauf, als ob sie sich in tiefer Konzentration befände. Ihr Gesicht war seinem so nah, dass er die Sommersprossen auf ihrer Nasenspitze sah. „Lass mich auch deinen Arm sehen."

Den Peitschenhieb hatte er schon wieder vergessen. Er zuckte leicht zusammen, als sie die empfindliche Stelle berührte.

„Du solltest die Wunden säubern, sobald du zu Hause bist. Die Salbe verhindert nur die Blutung." Sie holte ein weiteres Döschen aus ihrem Mantel hervor. „Das ist Engelwurzsalbe, trag sie nach dem Säubern auf. Sie schützt die Wunde vor Infektionen."

Etwas glänzte in ihren Augen, was er nicht zuordnen konnte. Seine Kehle war trocken, als er schluckte und dann sagte: „Danke."

„Seren!", riefen unbekannte Stimmen und zerstörten den Moment.

„Ich muss gehen", sagte sie und raffte ihr Kleid. Sie riss ihm fast den Korb aus den Händen. Die Panik war ihr ins Gesicht geschrieben.

„Wann kann ich dich wiedersehen?", fragte Yunho.

„Ich denke nicht, dass das möglich ist."

Plötzlich war sie zurück, die Eisprinzessin.

„Sieh das Verarzten als Gegenleistung für die Rettung des Mädchens. Wir sind damit quitt. Es gibt keinen Grund, dass du mich nochmals sehen solltest. Sol hat so etwas nicht vorgesehen."

Yunho hätte sie am liebsten angeschrien. Doch stattdessen sah er ihrer kleiner werdenden Gestalt nach, bis sie ganz verschwunden war. Er hörte Schritte hinter sich.

„Hier bist du also", sagte Ace. Er ließ sich neben Yunho im Gras nieder. Sein Körper strahlte Wärme aus und erst jetzt merkte Yunho, wie kalt es geworden war. Das Blut von seiner Nase war auf sein weißes Hemd getropft und in seinem Mund hatte es sich ebenfalls angesammelt. Er sah Ace an, während er das Blut auf die Wiese spuckte.

„Wie ich sehe, hat sich schon jemand um deine äußeren Wunden gekümmert", sagte Ace, in dessen Stimme ein vorwurfsvoller Unterton mitschwang. Er nahm den Lederbeutel von seinem Rücken und kramte darin herum, bis er fand, was er suchte. Ace gab ihm eine Flasche, die mit Wasser gefüllt war. „Wann hast du es satt, dich jeden Abend zu prügeln, nur um etwas zu fühlen?"

Yunho legte seinen Kopf in den Nacken und hielt sich für einen Moment die Nase zu. „Ist es so offensichtlich?"

Ace lachte. „Ich kenne dich gut genug."

„Heute war es aber etwas anderes", sagte Yunho. „Ich war einfach so wütend."

„Warum hast du dich überhaupt eingemischt?", fragte Ace. „Wollten wir uns nicht aus den Angelegenheiten dieser Sekte heraushalten?"

„Wie hätte ich da wegsehen können?"

„Sind deine Schuldgefühle immer noch so groß?", hakte Ace nach und traf damit ins Schwarze. Der Grund, warum er diesem Mädchen, das hätte ausgepeitscht werden sollen, so dringend helfen wollte, war, dass er jemand anderem nicht hatte helfen können.

„Ich kann Luna einfach nicht vergessen." Er schloss für einen Moment die Augen und öffnete sie dann wieder.

„Niemand hat gesagt, dass du sie vergessen musst. Aber hör auf, dir die Schuld daran zu geben, was passiert ist."

Yunho sah auf seine blutigen Hände. Ebenso wie an dem Tag, an dem Luna gestorben war. „Es lässt mich nicht los." Seine Stimme war nur ein Flüstern.

„Rennst du Seren deshalb hinterher?"

Er lächelte schwach. Seinem besten Freund konnte man einfach nichts vormachen. Ehe er antwortete, nahm er einen großen Schluck aus der Flasche. Das kalte Wasser tat gut und ließ seinen von Alkohol vernebelten Kopf etwas klarer werden. „Erst hat sie mich fasziniert, weil sie wie Luna aussieht. Dann habe ich begriffen, dass ich ihr helfen könnte …"

„Denkst du, das nimmt dir die Last, die du trägst?", fragte Ace mit in Falten gelegter Stirn.

Yunho nickte und vermied, ihm in die Augen zu sehen.

„Mein Freund, das ist ein ganz schlechter Plan."

„Aber ich kann sie aus diesem Tempel befreien."

Ace zog die Luft zwischen seinen Zähnen ein. „Hast du schon einmal daran gedacht, dass sie gern im Tempel ist? Du kannst niemandes Leben ändern, nur weil du es für unpassend hältst."

Er wollte etwas erwidern, doch er ließ es. So war es nicht. Ihre Augen erzählten ihm etwas anderes. Er wusste, dass Seren im goldenen Käfig gefangen war.

SEREN

„Was mache ich falsch?", fragte Eira mit einem Schmollmund und rümpfte ihre Nase, während sie auf Serens Pflanze sah.

Die *Species mortuorum* gedieh gut. Die Blätter waren schon handtellergroß und die Blüten öffneten sich langsam. Nur noch eine Weile, dann wäre die Pflanze ausgewachsen und man könnte die Blüten für Tuniken benutzen.

Seren hatte schon immer ein Händchen für Pflanzen gehabt. Von klein auf war ihr von ihrer Mutter beigebracht worden, worauf es bei der Aufzucht ankam. Nicht nur die richtige Wassermenge oder der Dünger waren hier wichtig, sondern auch die Liebe, mit der man die Pflanzen behandelte. Obwohl die anderen Mädchen sie immer dafür verurteilten, sprach Seren mit ihren Pflanzen. Sie waren wie ein Seelentröster, denn sie behielten Geheimnisse für sich.

„Du darfst sie nicht zu oft gießen", mahnte Seren ihre Mitschülerin.

Die Tür zum Klassenraum öffnete sich und Astrid kam noch übel gelaunter als sonst herein. Ihre Mundwinkel waren nach unten gezogen und die Ader auf ihrer Stirn trat deutlich hervor.

Die Mädchen begaben sich hastig zu ihren Plätzen. Seren wusste, dass man ihre Lehrerin an so einem Tag nicht reizen durfte. Mit gesenktem Kopf wagte sie es kaum, zu atmen. Nur das Lachen der männlichen Schüler aus dem Raum nebenan war zu hören.

Seren spähte unter ihrem Haarvorhang zur Tür des Nebenzimmers. Wie gern würde sie diese einfach aufstoßen. Viorica hatte ihr vor ein paar Tagen unwissentlich einen Floh in das Ohr gesetzt.

„Was ist, wenn wir uns einschleichen und uns Bücher ausleihen?", hatte sie während des Essens gefragt, es aber offensichtlich nicht ernst gemeint, denn wie sollten sie jemals in das Klassenzimmer der männlichen Schüler kommen?

Doch sie konnte Vioricas Worte nicht vergessen. Immer wieder hatte sie sich ermahnt, nicht darüber nachzudenken, aber je länger sie mit sich rang, umso verlockender wurde die Aussicht, einmal in einem dieser Bücher lesen zu dürfen. Vor allem die menschlichen Organe und ihre genaue Funktion interessierten Seren. Sie hatte gehört, wie sich die Männer darüber unterhalten hatten, wie sie eine Leiche aufschnitten, um die Positionen zu ermitteln.

„Seren", flüsterte Viorica und stieß sie unter dem Tisch mit dem Fuß an.

Sie sah auf und blickte in Astrids wütendes Gesicht. Ihre Arme hatte sie verschränkt, ihre Augenbrauen hochgezogen.

„Seren, hast du meine Anweisungen verstanden?", fragte die Oberschwester.

Hektisch und hilfesuchend sah Seren sich um und entdeckte, dass die anderen Mädchen damit begonnen hatten, Kamillenblüten zu trocknen.

„Natürlich!" Mit gesenktem Kopf ging sie zu Viorica und half ihr mit den Blüten. Mit ihnen würden die Mädchen einen Tee brauen, der hauptsächlich Bauchschmerzen oder Magen-Darm-Beschwerden linderte. Aber auch zum Inhalieren bei Erkältungen war er verwendbar. Die Mädchen lieferten einige der getrockneten Blüten immer an die Apotheker in der Stadt, die das Material dann zu Tränken und Säften für das Volk verarbeiteten. Zumindest für die, die es sich leisten konnten.

„Woran hast du gedacht?", wollte Viorica wissen.

„An nichts Bestimmtes", log sie und presste ein paar der Blüten.

Seren sah aus dem großen Fenster, das die Sicht auf den Garten freigab. Im Hintergrund vernahm sie Astrids Stimme, doch sie erzählte nichts, was Seren nicht bereits wusste. Sie beobachtete die Vögel, die draußen an der Wasserstelle spielten. Wie töricht war sie, dass sie auf ein paar Tiere eifersüchtig war. Sie war der Vogel, gefangen im Käfig, während alle anderen frei umherfliegen durften. War sie selbstsüchtig? Hier im Tempel hatte sie wenigstens ein Dach über dem Kopf und täglich warme Mahlzeiten, was nicht jeder in Solaris von sich behaupten konnte.

„Einige denken wohl, nicht aufpassen zu müssen." Astrids Tonfall war scharf und Seren schluckte schwer.

„Es tut mir leid."

Die Ohrfeige traf sie mit voller Wucht. Für einen Moment blieb ihr die Luft weg. Ihre Wange brannte. Die anderen Mädchen keuchten auf.

„Geh sofort in den Andachtsraum und bete zehn Gebete an Sol für deine unheilige Seele", befahl Astrid.

Seren, die sich immer noch nicht ganz gefangen hatte, stolperte beim Aufstehen und verließ den Raum.

Der Andachtsraum war um diese Uhrzeit menschenleer. Sie passierte den Rundbogen, in dem die Sonne von

Sol eingemeißelt war. Seren senkte ihren Kopf und ließ sich auf einer der Bänke nieder.

Gedämpfte Schritte kamen näher und wurden lauter. Ein Prediger kam herein. Er war überrascht, sie zu sehen. „Solltest du nicht im Unterricht sein?"

„Ich muss zehn Gebete an Sol richten", nuschelte Seren.

Der Prediger sah sie missbilligend an. „Na gut, dann lass uns beginnen und den heiligen Sol anbeten und ihm gedenken."

Seren faltete ihre Hände ineinander und senkte ihren Blick.

„Heiliger Sol ..."

Sie war froh, der bedrückenden Atmosphäre des Andachtsraums entfliehen zu können. Die Sonne schien ihr entgegen, als sie in den Garten trat. Schmetterlinge flogen zwischen den Blumen umher und Bienen taten ihre Arbeit. Seren fand eine Bank, die etwas abseits lag, und setzte sich seufzend darauf. Sie betrachtete die Statue von Sol, die in einem kleinen Blumenfeld stand. Am Sockel waren die Gebote eingemeißelt.

Viorica betrat ebenfalls den Garten und kam auf sie zu, ehe sie neben ihr Platz nahm. „Wo warst du vorher mit deinen Gedanken?", flüsterte Viorica.

Serens Blick war auf die Statue von Sol geheftet. Sie haderte damit, Viorica die Wahrheit zu sagen. Warum war sie nur so besessen davon, auch die Lehren der Medizin studieren zu dürfen? War es nicht eine Sünde, etwas zu begehren, was andere besaßen? Doch je länger sie wartete, umso schwerer wurde ihr Herz. Sie hatte nicht gewusst, wie schlimm das Gefühl der Sehnsucht war. Der Gedanke daran raubte ihr den Atem.

„Was, wenn wir ein paar Medizinbücher stehlen?", fragte Seren entschlossen.

Viorica grinste. „Es gibt ein Problem."

Seren nickte und biss sich auf die Unterlippe. „Wie kommen wir in den Raum?"

„Genau das ist die Frage", antwortete Viorica. „Aber ich habe im Waisenhaus so einige Tricks gelernt. Ich kann praktisch jedes Schloss knacken."

Seren schwieg und dachte darüber nach. Es war, als könne sie bereits das Pergament unter ihren Fingern spüren. Was würde sie aus diesen Büchern erfahren? Es lag wie ein Schatz vor ihr und Viorica gab ihr die Möglichkeit, diesen zu ergreifen.

„Ich muss dich aber im Gegenzug um einen Gefallen bitten", sagte Viorica.

Sie sah ihre Freundin neugierig an. „Und um welchen?"

„Du musst mir helfen, aus dem Tempel zu verschwinden."

19

SEREN

„Was macht ihr noch hier? Das Frühstück hat bereits begonnen."

Viorica und Seren zuckten zusammen. Sie blickten sich um und entdeckten einen der Prediger. Ertappt sahen sie zu Boden.

„Wir gehen schon", sagte Viorica.

„Meinst du, er hat uns gehört?", fragte Seren, als sie durch die Gänge in Richtung Speisesaal gingen.

„Ich denke nicht."

Die beiden stellten sich ungeduldig in die Essensschlange.

„Wie sollen wir es machen?", fragte Seren. „Hast du einen Plan?" Sie schaute sich über die Schulter, als sie an einem der Tische Platz nahmen. „Ich hätte die Bücher gern jetzt schon in meinen Händen."

Viorica rieb sich das Kinn. „Wir brauchen auch Kleidung, wenn wir den Tempel verlassen. Diese besorgen wir zuerst."

„Kleidung?", fragte Seren irritiert und zog die Stirn in Falten.

„Unauffälligere, aber lass das meine Sorge sein."

„Du willst jemanden besuchen?", hakte Seren noch mal nach, um ganz sicherzugehen. Sie war nicht einverstanden mit Vioricas Plan, doch eine Hand wusch die andere.

Als Eira und Devika zu ihnen an den Tisch kamen, verstummten die beiden sofort.

„Amon scheint heute wieder sehr an dir interessiert zu sein, Seren", sagte Devika, während sie sich neben sie setzte.

Eira kicherte und ihre Wangen röteten sich, als sie Amon mit ihrem Blick folgte.

Seren drehte sich um. Ein Schaudern lief ihr über den Rücken, als sie in Amons kalte Augen schaute. Hatte er sie belauscht? Wie viel hatte er mitbekommen? Wusste er, was sie vorhatten?

Sie atmete tief durch, um sich zu beruhigen. Wieso waren sie so unvorsichtig? Sie musste das Thema über die Flucht vermeiden. Es musste einfach alles gut gehen. Sie durfte gar nicht an das Ausmaß der Bestrafung denken, sollten sie erwischt werden.

Eira schnaubte. „Du hast es gut, Amon wird dich bestimmt am *Tag der Farben* erwählen."

Seren schaute das Mädchen an und entdeckte die Eifersucht in ihrem Blick. Doch Seren war nicht zu beneiden. Sie hätte alles dafür gegeben, nicht von Amon erwählt zu werden, denn sie fand ihn abstoßend und wollte ihn unter gar keinen Umständen heiraten. Dann würde sie ihm gehören und er konnte mit ihr machen, was er wollte.

Übelkeit stieg in ihr auf. Sie wollte lieber gar nicht wissen, was das für Dinge waren. Sie hatte sich zu oft romantischen Vorstellungen von Liebe hingegeben. Ihre Eltern hatten ihr gezeigt, dass eine Ehe nichts mit Liebe zu tun hatte, sondern mit Vorteilen für die jeweilige Partie.

Seren wusste nur zu gut, was sich Amon von einer Ehe mit ihr versprach. Ihr Vater hatte Geld und Land. Doch sie konnte nicht drumherum, zu glauben, es wäre noch etwas anderes, das sie in Amons Augen sah, immer wenn er ihr ins Gesicht blickte. Die Härchen auf ihren Armen stellten sich auf, als sie daran dachte. Seren versuchte, ein Lächeln aufzusetzen. „Ja, ich kann mich glücklich schätzen", presste sie hervor.

Die nächsten Stunden kreisten Serens Gedanken unaufhörlich um Amon und ihr eigenes Verhalten. Seine Blicke hatten sich in ihr Gedächtnis gebrannt. Sie biss sich auf die Unterlippe und starrte zur Zimmerdecke. „Sol, lass alles gut gehen", flüsterte sie.

Doch hatte sie überhaupt das Recht, zu ihm zu beten? Denn sie beging eine Sünde nach der nächsten.

Ein Kribbeln durchfuhr ihre Finger. Vorsichtig schob sie ihre Matratze beiseite und holte das kleine Messer heraus, das sie sorgfältig in ein Stofftuch eingewickelt hatte. Jetzt, wo sie die Klinge betrachtete, wartete sie förmlich darauf, von ihr berührt zu werden, vom scharfen Schmerz, von ihren Gedanken befreit zu werden. Aber bevor sie es an ihre Haut setzen konnte, flog die Tür auf. Sie erschrak und versuchte, alles zu verstecken, schnitt sich jedoch leicht in die Fingerkuppe, als sie das Messer grob in das Tuch einwickelte und unter das Kopfkissen schob.

Ihre Wangen waren heiß und sie ordnete ihre wirren Haarsträhnen. Viorica kam mit einem Bündel unter dem Arm herein. Sie blickte sich nach allen Seiten um, ehe sie die Tür schloss. Ein Schrei entwich ihr, als sie sich zu Seren umdrehte, die auf dem Bett saß.

„Du hast mich erschreckt", keuchte Viorica und kam zu ihr herüber. Das Bündel landete vor Seren und ihre Freundin zog hastig an dem Knoten. „Ich habe uns ein paar Sachen besorgt."

Männerkleidung kam zum Vorschein.

Seren riss ihre Augen auf und rümpfte die Nase. „Das soll ich anziehen? Woher sind die?"

„Hast du gedacht, du könntest dort als Frau hinein-spazieren? Wir sind in Solaris. Frauen dürfen hier nichts, außer Hausarbeit verrichten."

Damit traf Viorica Serens wunden Punkt. Sie hasste es, als Frau in dieser Stadt so benachteiligt zu sein. Sie hatte Geschichten über das Nachbarland Dorado gehört, dort sollen die Frauen angeblich sogar politische Ämter bekleiden dürfen. Doch das konnte alles nur Fantasie sein. Entsprungen aus unreifen Hirnen. Ein Trugbild, so wie manche Völker auch glaubten, dass sie nach dem Tod als Schmetterling wiedergeboren würden, dabei wusste jeder, dass man nach dem Ableben Sol dienen durfte.

„Jetzt bleibt nur noch die Frage, wie du aus dem Tem-pel kommen willst", sagte Seren. „Die Tore sind nachts geschlossen und die Zimmer werden zur Schlafenszeit kontrolliert."

„Lass das mal meine Sorge sein. Wir gehen los, sobald Schwester Astrid unser Zimmer verlassen hat."

Sie versteckten die Männerkleidung unter ihren Bet-ten. Seren schaute mehrmals nach, ob auch wirklich al-les verborgen war. Ihr Herz hämmerte. Warum hatte sie sich nur darauf eingelassen? Ein winziger Teil von ihr wollte den Plan zunichtemachen, doch der größere ver-langte nach dem Wissen, das in den Medizinbüchern steckte.

110

Viorica lugte aus der Tür. Die Kerze in ihrer Hand erleuchtete schwach die Gänge und warf Schatten an die Wand. „Die Luft scheint rein zu sein."

Seren knetete ihre Hände und ihr Puls dröhnte ihr in den Ohren. Was würde passieren, wenn sie erwischt würden? Doch nun wollte sie auf keinen Fall umkehren.

„Los", flüsterte Viorica und sie rannten durch den Korridor.

Immer wieder hielten sie an und versteckten sich hinter den Säulen. Seren hatte das Gefühl, jede Sekunde würden ihre Beine nachgeben und ihr Herzschlag würde sie verraten. Sie lauschten in die Nacht hinein, doch alles blieb still. Als sie das Unterrichtszimmer erreichten, versuchten beide, ihren hektischen Atem unter Kontrolle zu bringen.

Viorica begutachtete das Schloss. „Gib mir deine Haarnadel", bat sie und streckte ihre Hand aus.

Seren war erstaunt, wie ruhig die Hände ihrer Freundin waren, während sie die Nadel im Schloss drehte. Es dauerte nur ein paar Sekunden, bis es aufsprang.

Sie hielt den Atem an, als Viorica vorsichtig die Klinke hinunterdrückte und die Tür öffnete. Ein leises Knarren war zu hören und sie vergewisserten sich noch einmal, dass niemand in der Nähe war. Es war, als hätte Viorica Seren den Schlüssel zum Reich ihrer Träume gereicht. Ihre Kehle fühlte sich trocken an, als sie das Allerheiligste betrat.

Mit großen Augen ging sie näher an die Regale und sah nur die Schätze vor sich. So nah war sie den Büchern noch nie gewesen. Wie oft hatte sie schon überlegt, einfach die Tür aufzubrechen, sich die Bücher zu schnappen, um sie zu lesen?

„Ist es normal, dass mein Herz so schnell schlägt?", fragte Seren mit ehrfürchtiger Stimme, als sie vorsichtig ein Buch aus dem Regal nahm.

Viorica lächelte. „Ich habe einen schlechten Einfluss auf dich."

„Nein, genau das habe ich mir schon lange sehnlichst gewünscht", hauchte sie, schaute sich das Buch noch einmal an und entschied sich, einen weiteren Blick auf die anderen Bücher zu werfen. Sie wollte nicht das Erstbeste greifen und hinauseilen. Sie hatten ein wenig Zeit übrig. Und die würde sie auskosten.

„Ich werde draußen warten. Falls es Schwierigkeiten gibt, versteck dich", schärfte ihr Viorica ein. „Lass dir nicht so viel Zeit. Du weißt, was wir vorhaben."

Seren nickte. Das war ihr nur allzu gut bewusst, auch wenn sie den letzten Teil gern ausgelassen hätte. Sie schritt an den dunklen, an den Wänden aufgereihten Schränken entlang und saugte den Anblick in sich auf. Bücher über Bücher, etliche Seiten, über und über gefüllt mit Wissen. In den einzelnen Fächern waren auch Pergamentrollen fein säuberlich eingeräumt und ein leichter Geruch von Essig lag in der Luft. Damit wurden die Wunden desinfiziert.

Seren blickte sich staunend um. Sie sah sich eine Karte an, die an der Wand hing und auf der das Königreich Scalis abgebildet war. Mit dem Zeigefinger fuhr sie über die Buchrücken und las die verschiedenen Titel.

Wenigstens das Lesen haben sie uns beigebracht, dachte sie.

Woher kam diese Bitternis in ihr?

An einem Buch blieb ihr Blick hängen. „*Adulfuns Bing – Angewandte Medizin*", las sie leise vor und nahm es heraus. Es war schwer und in einem roten Ledereinband geschlagen. Ehrfürchtig strich sie über die Seiten. Über den einzelnen Kapiteln prangte je eine goldene Zierde. Wahrscheinlich das Wappen von Adulfuns Bing.

Das Buch lag einem wertvollen Schatz gleich in ihren Händen.

„Oh, ich muss wohl schlafwandeln", hörte sie Viorica plötzlich dumpf durch die Tür sagen.

Ihr brach der Schweiß aus. Jemand hatte sie entdeckt! Hastig sah sie sich nach einem Versteck um. Ihr Blick fiel auf den massiven Schreibtisch. Schnell verschwand sie darunter und kauerte sich zusammen.

„Ich werde sofort in mein Zimmer gehen", sagte Viorica.

Schritte waren zu hören und dann das Öffnen der Tür.

„Vielleicht haben Sie vergessen, sie abzuschließen", meinte Viorica unschuldig.

Seren spürte die Angst in jeder Faser ihres Körpers. Viel zu blauäugig waren sie in dieses ganze Vorhaben hineingestürzt. Sie hatten sich nicht überlegt, was passieren würde, sollten sie tatsächlich erwischt werden. Seren hatte ihre Hoffnung in Viorica gesetzt, die sicherlich im Waisenhaus schon die ein oder andere brenzlige Situation gemeistert hatte. Doch jetzt kam sie sich unendlich töricht dabei vor.

Die Stimme von Bruder Albert war zu vernehmen. Ein schwacher Lichtschein erhellte das Zimmer. Schnell drückte sich Seren die Hand auf Nase und Mund. Ihr Herz schien zu explodieren. Die Schritte des Bruders kamen immer näher, jede Sekunde könnte er sie entdecken.

„Glauben Sie, ich wäre hier eingebrochen? Es weiß doch jeder, dass Mädchen an diesem Ort keinen Zutritt haben. Wie könnte ich Sols Gesetze verletzen?"

Viorica folgte Bruder Albert und spielte weiter die Unschuldige.

Ein Klirren ließ Seren zusammenzucken.

„Oh, das tut mir leid, ich bin so was von ungeschickt", flötete Viorica.

„Ich muss das melden", sagte Albert.

„Natürlich."

Die Schritte und Stimmen entfernten sich und Seren, die die Luft angehalten hatte, atmete tief aus. Ihr Herz rutschte ihr in die Hose, als sie den Schlüssel im Schloss hörte. Panik machte sich in ihr breit. Bruder Albert hatte sie eingeschlossen.

Anders als Viorica konnte sie kein Schloss mit einer einfachen Haarnadel öffnen. Wenn man sie morgen früh in diesem Zimmer entdecken würde, wäre das ihr Untergang. Warum hatte sie sich nur zu diesem nächtlichen Ausflug überreden lassen?

Ihr Blick fiel auf das Buch in ihrer Hand. Sie seufzte. Warum war das Leben als Frau in Solaris nur so schwer? Da sie hier festsaß, wollte sie ihre missliche Lage wenigstens mit etwas Sinnvollem verbringen. Sie schlug das Buch auf und verlor sich in den Worten und Zeichnungen.

Sie wusste nicht, wie lang sie unter dem Schreibtisch kauerte, versunken in dem Buch, als sie wieder Schritte hörte. Sie hielt ihren Atem an und hätte schwören können, dass ihr Herz für einen Moment aussetzte, weil ein Kratzen im Schloss zu hören war, und danach, wie die Tür geöffnet wurde.

„Seren?", fragte Viorica.

Seren war erleichtert. Sie kroch unter dem Schreibtisch hervor. Ihre Glieder waren ganz steif geworden.

„Wir müssen uns beeilen, sie laufen gerade Patrouille. Ich hoffe, du hast gefunden, wonach du gesucht hast. Wir müssen in unser Zimmer zurück, sonst schaffen wir es nicht aus dem Tor."

„Wollen wir das wirklich weiterhin durchziehen? Wäre es nicht besser, es zu verschieben?", fragte Seren, die noch immer etwas wackelig auf den Beinen war und währenddessen das dicke Buch in eine Umhängetasche steckte.

Vioricas ernster Blick war Antwort genug. Sie konnte sich vor dem nächsten Schritt nicht drücken.

Schwer atmend nickte sie. „Dann sollten wir uns beeilen, ich glaube, ich habe Ewigkeiten unter dem Tisch gesteckt. Es wird sicher schon bald wieder hell."

„Keine Angst, uns bleibt noch genug Zeit."

Leise und mit nur einem kurzen Umweg aufgrund von Wachen, die ihnen entgegenkamen, flüchteten sie zurück in ihr Zimmer. Sorgsam verstaute Seren das Buch unter ihrer Matratze.

„Hast du großen Ärger bekommen, als Bruder Albert dich dort gefunden hat?", fragte sie, doch Viorica winkte ab.

„Zieh das an", sagte sie bloß und holte die versteckten Männerkleider unter ihrem Bett hervor.

Als sie tat, was Viorica ihr sachte befohlen hatte, stellte Seren fest, dass die Kleidung bequemer als angenommen war.

„Du musst deine Haare unter die Mütze stecken", wies Viorica sie an und half ihr dabei. Es schien, als hätte das Waisenmädchen sich schon öfter in solch eine Verkleidung geworfen. Sie sah tatsächlich aus wie ein Mann. Aus ihrer Hosentasche holte Viorica einen Schlüssel. „Wir müssen schnell sein. Wir dürfen uns nicht von Bruder Albert und seinen Wachen erwischen lassen. Sie streifen bestimmt noch durch die Gänge."

„Woher hast du den Schlüssel?"

„Das willst du lieber nicht wissen." Viorica zog eine Augenbraue nach oben. „Komm schon, gehen wir!"

SEREN

Seren und Viorica betraten die Kneipe. Drinnen war es schummrig und bei dem Geruch nach Tabak und Alkohol drehte sich Seren der Magen um. Die Kneipe war gut besucht, wie sie es sich in einem Viertel des äußeren Rings gedacht hatte. Die meisten der Gäste schauten auf, als sie eintraten, was ihr ein mulmiges Gefühl bescherte. Serens Beine zitterten. Viorica hingegen hatte ihr Verhalten perfektioniert. Sie war absolut gefasst und in ihrer Rolle.

Zufrieden lächelnd sah sie sich zu ihr um. „Ist es nicht großartig hier?"

Seren schaute erst sie und dann ihre Umgebung skeptisch an. *Großartig* war nicht das Wort, das sie gewählt hätte. Im Raum verteilt standen Tische und die Wände zierten Bänke, deren Sitzbezüge löchrig und zerfetzt waren. Zu ihrem Glück hatten sich die Gäste wieder ihren Gläsern zugewandt und Seren ging unsicher hinter Viorica her.

Diese steuerte auf den Tresen zu. Eine junge Frau mit dunkelbraunen Locken stand dahinter. Die weiße Schürze wölbte sich um ihre Brüste und den Bauch herum. Als sie die beiden Neuankömmlinge sah, wurde ihr Blick streng.

„Ich habe dir gesagt, du sollst nicht mehr herkommen", zischte die Frau, doch Viorica schien den harten Unterton zu überhören.

„Ich habe dich halt vermisst", sagte sie ohne Umschweife und Serens Ohren begannen, zu glühen.

„Wenn dich mein Vater sieht, wird er nicht mehr so gnädig mit dir ins Gericht gehen wie vor ein paar Wochen."

Vioricas Blick verfinsterte sich. „Soll er doch!" Sie setzte sich auf einen der Hocker.

Die Frau hinter der Bar seufzte und ihr Gesichtsausdruck wurde fast liebevoll. „Das Gleiche wie immer?"

Viorica nickte und deutete auf Seren. „Zweimal, bitte."

Sie drückte sich neben Viorica auf einen Barhocker und sah nun die milchige Flüssigkeit, die ihr in einem versifften Glas zugeschoben wurde.

Ihre Augen weiteten sich. „Ist das etwa Alkohol?"

„Das ist Reiswein. Los, probiere ihn, bevor du urteilst." Viorica trank die Flüssigkeit in einem Zug.

Seren fiel es immer schwerer, diesen Ausflug gutzuheißen.

„Trinkst du deinen nicht?", fragte Viorica und hatte schon die Finger um ihr Glas geschlungen.

Seren schüttelte den Kopf und überließ Viorica das Getränk. Wieso hatte sie sich nur darauf eingelassen? Lohnte sich all das für das eine Buch, welches jetzt unter ihrer Matratze lag? Sie konnte nur hoffen, dass es noch da war. In ihrer Fantasie wurde gerade ihr Zimmer durchsucht und ausgerechnet Amon fand das Buch und würde sich auf die kommende Bestrafung freuen. Unruhig rutschte sie auf dem Hocker hin und her, bis sie aus den Augenwinkeln jemanden wahrnahm. Nein! Das konnte nicht sein.

Sie zog ihre Mütze tiefer ins Gesicht und drehte sich zu Viorica, die sich angeregt mit der Frau hinter der Theke unterhielt. „Viorica!", zischte Seren und stupste sie unauffällig am Bein an. „Wir müssen hier weg! Sofort!"

„Wieso das? Wir haben noch Zeit, mach dir nicht ins Hemd! Riona, gibst du mir einen weiteren?"

„Hast du auch vor, das zu bezahlen?", wollte die Thekenkraft mit hochgezogenen Brauen wissen.

„Ich werde das übernehmen", ertönte eine dunkle Stimme hinter ihnen.

Seren drehte sich erschrocken um und sah den beiden Travelern ins Gesicht, die nur einen halben Schritt von ihnen entfernt standen. Ihr Herz setzte einen Schlag aus. Sie hatten sie also wirklich erkannt. Der Ausflug wurde schlimmer und schlimmer.

„Danke! Ace, nicht wahr?", fragte Viorica und bat ihm den Platz neben sich an.

Seren Augen wurden immer größer, als dieser sich ohne Umschweife setzte.

„Warum diese unförmige Verkleidung?", fragte Yunho an Seren gewandt. „Du brauchst dein schönes Gesicht doch nicht zu verstecken." Mit diesen Worten strich er ihr die Kapuze nach hinten. Eine Haarsträhne, die ihr ins Gesicht fiel, löste sich und sie keuchte vor Schreck. Keiner durfte wissen, wer sie waren! Dieser Ausflug war eine Katastrophe!

„Hey, sieh mal an, Frischfleisch!", rief jemand. Ein dicker Mann mit wenigen Zähnen im Mund deutete auf Seren und Viorica. „Es hat sich tatsächlich junges Gemüse in unsere Gefilde verirrt. Verstecken wollten sie sich!"

Wieder waren alle Blicke auf sie gerichtet, aber dieses Mal verkündeten sie Unheil. Seren erkannte so etwas wie Begierde in den Augen der Männer.

„Na, kommt doch mal her, ihr Süßen", sagte ein anderer und rutschte gefährlich nah.

Die Situation wurde immer brenzliger. Zu allem Überfluss zog Viorica auch noch ein Messer aus ihrem Stiefel.

Yunho stellte sich vor Seren und Ace tat das Gleiche bei Viorica. Sie sah, wie sich alle Muskeln in seinem Körper angespannt hatten.

„Lasst das mal schön bleiben", sagte Yunho mit einem furchteinflößenden Unterton, während er einen Schritt näher an den Mann trat. Seine Schultern waren leicht nach vorne gebeugt, sein Blick durchdringend und seine Hände zu Fäusten geballt. Es war offensichtlich, dass Yunho nicht nur Worte austauschte, sondern bereit war, ihnen auch Taten folgen zu lassen. Seine ruhige, aber bestimmte Art verriet, dass er solche Situationen bereits zuvor erlebt hatte und wusste, wie er sich behaupten musste.

„Ein Traveler will mir Befehle erteilen?", fragte der Mann mit den wenigen Zähnen in spöttischem Ton, wobei Seren Spucketröpfchen entgegenflogen.

Überall im Raum blitzten Klingen auf.

Sie sah nur noch einen Ausweg, auch wenn ihr das bestimmt ein paar Nächte im Verlies im Keller einbrachte. Mutig stand Seren auf und streckte sich zu ihrer vollen Größe. Ihr Herz pochte wie wild, doch im arrogantesten Tonfall, den sie noch zustande brachte, sagte sie: „Wollt ihr euch etwa an einer Tochter des Sols vergreifen?"

Nun waren alle Blicke auf sie gerichtet. Yunho drehte sich langsam zu ihr um, aber Seren beachtete ihn nicht.

„Deine Lügen kannst du jemand anderem erzählen, Mädchen. Was sollte eine Dienerin des Sols hier machen?"

Der Mann kam einen Schritt auf Seren zu, doch Yunho versperrte ihm den Weg. Der faulige Geruch seines

Atems schlug ihr in die Nase. Sie durfte sich nicht beirren lassen.

„Wenn ihr mir nicht glaubt, seht selbst." Seren nestelte an ihrer Kleidung, bis ihr Unterarm frei lag, und zeigte ihn den Anwesenden. Darauf war das Symbol einer Sonne gebrandmarkt.

Stimmen erhoben sich im Raum und einige Entschuldigungen wurden gemurmelt. Die Männer zogen sich zurück, vermutlich, um nicht die Strafe Sols auf sich zu ziehen.

Ace atmete tief durch. „Da haben wir ja noch mal Glück gehabt."

„Es wäre besser, wenn ihr jetzt gehen würdet", sagte Riona und die vier gehorchten.

„Das Messer solltest du lieber wieder wegstecken", meinte Ace, als sie vor der Kneipe standen, und deutete auf die Waffe.

Viorica steckte es nickend zurück in ihren Stiefel.

Vor Serens Augen tanzten Sterne. Sie war froh, dieser Kneipe entkommen zu sein.

Ein Kribbeln lief ihr über den Rücken, und sie drehte sich um. Yunho stand dicht bei ihr, sein Blick fest auf sie gerichtet, ohne zu blinzeln. „Deine Wunde scheint verheilt zu sein", sagte Seren und schielte auf seinen Arm, der dank der hochgekrempelten Ärmel seines Hemdes frei lag.

„Ja, dank dir." Yunho kratzte sich am Hinterkopf.

„Wir sollten uns wohl woanders etwas zu trinken suchen. Wie sieht es aus, wollt ihr mitkommen?", fragte Ace.

Viorica lächelte. „Ich glaube, Seren reicht es für einen Abend."

Erleichtert atmete sie aus. Und ob ihr das gereicht hatte. Schließlich hieß es noch, ungesehen zurückzukommen und in ihr Zimmer zu schleichen. Erst dann würde ihr Herz wieder in einem normalen Rhythmus schlagen.

Die vier verabschiedeten sich und gingen in entgegengesetzte Richtungen.

„Ich zittere noch am ganzen Körper", sagte Seren. „Doch irgendwie ist da auch ein berauschendes Gefühl in mir."

„Wir müssen uns beeilen, es wird bald hell."

Sie eilten durch die dunklen Straßen, immer darauf bedacht, nicht erkannt zu werden. Als sie endlich ihr Zimmer erreicht hatten, spürte Seren ihre Müdigkeit.

Sie zog die Männerklamotten aus und ihr Nachtgewand an. Mit einem kleinen Handspiegel betrachtete sie ihr Lächeln. Sie hatte ihr Gesicht noch nie so glücklich gesehen, selbst ihre Augen schienen regelrecht zu leuchten. Sie legte den Spiegel auf ihren Nachttisch und schlüpfte ins Bett. Dann kuschelte sie sich tief in die Daunen.

AMON

Amon hatte das übliche Etablissement aufgesucht, eine zwielichtige Schankstube am Rande der Stadt, wo dunkle Geschäfte und düstere Gerüchte blühten. Hier, unter dem Schutz der schummrigen Lichter, hatte er das Gerücht aufgeschnappt. Ein Mädchen aus dem Tempel sollte angeblich nur ein paar Straßen weiter in einer heruntergekommenen Kneipe gesichtet worden sein. Die Information hatte sich wie ein Lauffeuer verbreitet, aber sein anfänglicher Verdacht, dass es sich um Seren handeln könnte, hatte sich inzwischen in Zweifel gewandelt. Seren war widerspenstig, keine Frage. Doch er kannte ihre Stärke und Entschlossenheit, sich niemals auf ein derart tiefes Niveau hinabzulassen. Die Vorstellung, dass sie sich an einem Ort wie diesem aufhalten würde, erschien ihm absurd. Ein solcher Ort würde ihrem Stolz nicht gerecht werden.

Die Zweifel nagten an ihm, während er in Gedanken versunken an seinem Becher nippte. Dennoch ließ ihn die Idee nicht los. Er würde herausfinden, wer das Mädchen wirklich gewesen war. Dafür hatte er einen Riecher entwickelt, eine Fähigkeit, die ihm schon oft geholfen hatte, Hintergründe aufzudecken und Geheimnisse zu lüften. Es würde zwar Zeit und Mühe kosten, doch er war entschlossen, die Wahrheit ans Licht zu bringen. So ein Fehlverhalten durfte nicht toleriert werden. Außerdem würde das Oberhaupt wieder ihm die Schuld geben.

Entschlossenheit packte ihn, als er den Becher abstellte und aus der Schankstube trat. Die Nacht war kalt und düster, doch seine Gedanken waren fest auf sein Ziel gerichtet. Um auf Nummer sicher zu gehen, beschloss er, morgen alle Zimmer der Mädchen durchsuchen zu lassen. Denn eins stand für ihn außer Frage: Er musste die Schuldige schnell finden, um weiter in der Gunst des Tempels zu bleiben. Niemand würde ihn davon abhalten können, das Land unter Kontrolle zu bringen. Schon gar kein dahergelaufenes Weibsstück.

SEREN

„Beeil dich!", rief Seren und rannte durch die Gänge.
Viorica war ihr auf den Fersen.

„Das schaffen wir nie." Ihre Freundin keuchte.

Ein strafendes Gesicht blickte den beiden entgegen,
als sie endlich die Türklinke heruntergedrückt hatten
und in den Klassenraum getreten waren. Schwester Silvias Lippen waren zusammengepresst und sie holte das
Buch heraus, in dem sie alle Missetaten notierte.

„Entschuldigung, wir … wir haben uns verspätet",
stammelte Seren und schluckte.

„Das sehe ich", sagte Silvia scharf und schickte sie mit
einem Nicken in Richtung ihrer Bereiche. „Die Materia-
lien liegen auf euren Plätzen. Beeilt euch, um euer Ver-
säumen aufzuholen."

Seren und Viorica setzten sich auf ihre Stühle. Während Viorica noch mit dem Faden haderte, der nicht ins
Nadelloch wollte, begann Seren bereits mit dem Sticken.
Blut tropfte auf den weißen Stoff, als sich ihre Freundin
in den Finger stach. „Aua!", sagte sie und schob sich den
verletzten Finger in den Mund.

„Ich bin so müde", flüsterte Seren und stach zum vierten Mal in das gleiche Loch. „Wieso müssen wir überhaupt lernen, wie man ein Kopfkissen bestickt?"

Schwester Silvia blickte sie streng an.

„Wir sollten lieber ruhig sein. Eine Bestrafung haben wir uns schon eingehandelt."

Es kostet sie alle Mühe, ihre Augen bei der Handarbeitsstunde offen zu halten. Während bei den anderen Mädchen schon ersichtlich war, welche Symbole sie in die Tücher stickten, waren es bei Viorica und Seren eher unförmige Eier, die sie am Ende der Stunde vorweisen konnten. Schwester Silvias missbilligender Blick sprach Bände.

Zerknirscht verließen Seren und Viorica nach der Stunde den Klassenraum und schlurften zum Essen.

„Ich weiß gar nicht, was gerade schlimmer ist. Meine Müdigkeit oder mein Hunger." Seren stöhnte und ließ sich erschöpft auf einer der Bänke im Speisesaal nieder. Vom Haferbrei, den sie sich eben geholt hatte, stieg ein leichter Geruch nach Zimt auf.

„Wie gern würde ich zum Frühstück Geum essen." Viorica seufzte.

„Du hast schöne Träume. Sowas wirst du hier nie zu essen bekommen. Leider."

Geum war eine Frucht, die nur in Solaris wuchs. Ihre Schale sah aus wie aus purem Gold und ihr Inneres war saftig und zart. Der Geschmack war einfach unbeschreiblich. Süß, aber sauer zugleich, und die Frucht zerging auf der Zunge. Wer einmal davon gekostet hatte, würde es nie wieder vergessen.

Trübsal blasend stocherten sie in ihrem Haferbrei herum. Die Unterhaltungen ihrer Mitschüler im Saal schwollen langsam an. Seren sah sich um. Diese Stimmung war außergewöhnlich für den sonst so ruhigen Speisesaal.

„Was ist hier los?", wollte Viorica wissen.

Seren reckte ihren Hals und sah, dass Schüler von Amon nach draußen geführt wurden und das Getuschel sofort lauter wurde.

„Was passiert hier?", fragte ein Mädchen, das neben ihnen am Tisch saß.

Mit geröteten Augen kamen einige Schüler wieder zurück und ein eigenartiges Magengrummeln setzte bei Seren ein.

„Nichts Gutes", prophezeite sie, als Amon auf sie zukam. Das Atmen fiel ihr schwer und ihr Herz klopfte wie wild. Was um Sols Willen ging hier nur vor?

Im nächsten Moment blieb er direkt vor ihnen stehen. „Würdet ihr mir bitte in euer Zimmer folgen? Es wurde eine Durchsuchung angeordnet."

Ein unangenehmes Kribbeln breitete sich in ihrem Magen aus.

„Warum?", fragte sie heiser. Ihr Mund war trocken.

Als Amon ihr tief in die Augen sah, flackerte etwas in seinem Blick auf. Hatte er ihre Unsicherheit erkannt? Sie durfte jetzt keinen Fehler machen.

„Es wurde ein Schlüssel von Bruder Aurelios entwendet", sagte Amon.

Seren versuchte, nicht in Vioricas Richtung zu schauen.

Dort hatte sie den Schlüssel her!

Es wäre ein zu großer Zufall, wenn es sich um einen anderen Schlüssel handeln würde.

„Warum muss ausgerechnet bei uns eine Durchsuchung stattfinden?", fragte Viorica und schob ihr Kinn nach vorne.

Seren schnappte nach Luft. Wieso erlaubte sich ihre Freundin, so mit Amon zu reden? Ihn so anzusprechen, war nicht nur seines Standes unwürdig, sondern es war auch eine Katastrophe, wenn er den Schlüssel bei ihnen im Zimmer finden würde. Allein für diesen Tonfall würde die Strafe mindestens zehnmal höher ausfallen!

Amons zorniger Blick durchbohrte Viorica beinahe an Ort und Stelle, doch sie hielt ihm stand und zuckte nicht einmal mit der Wimper.

„Das ist eine Routinedurchsuchung, ihr seid nicht die ersten Personen", sagte er mit einem fiesen Grinsen. „Aber mir kommt da gerade so eine Ahnung, dass ihr die letzten sein könntet." Grob zog er Seren am Arm nach oben. „Ich will nicht zweimal darum bitten." Sein Tonfall war schneidend.

Viorica verschränkte ihre Arme, was Serens Augen groß werden ließ. Wusste sie nicht, dass sie es noch schlimmer machte? Sämtliche Blicke im Saal hefteten sich auf sie.

Eine Welle der Ohnmacht breitete sich in ihrem Körper aus.

Eine Wache kam und schaute Amon fragend an. Dieser nickte in Vioricas Richtung und er verstand sofort. Ohne eine weitere Aufforderung umfasste er ihren Oberarm und zog das Mädchen hinter sich her. Seren sah, wie sich ihre Haut unter seiner Hand rötete, so fest packte er ihre Freundin. Als sie Amon und den anderen folgte, dachte sie verzweifelt an das Buch unter ihrer Matratze. Sie hatte gestern auch nicht mehr danach gefragt, wo Viorica den Schlüssel versteckt hatte.

Ihr Leben glich einem persönlichen Albtraum.

127

Als die Zimmertür aufgestoßen wurde, rasten Serens Gedanken und ihr Herz gleichermaßen. Zwei Wachen waren bereits hier und hatten begonnen, ihre Sachen zu durchsuchen. Ihre Situation war ausweglos. Sie würden das Buch finden und dann würde alles auffliegen.

„Ihr werdet hier sowieso nicht fündig, ihr sucht im falschen Zimmer. Schaut euch gern um." Viorica deutete auf ihren Schrank und ihr Bett.

Was war in sie gefahren? Doch Seren hatte bereits eine Vermutung, weshalb ihre Mitbewohnerin so bereitwillig ihre Sachen durchsuchen ließ.

Amon nickte kurz und zwei Männer schritten gleich zur Tat. Sie schüttelten die Betten aus, knöpften die Bezüge auf, schauten unter die Laken und die Matratzen, selbst danach, ob etwas unter den Rost geklebt worden war. Seren betete und versuchte, sich zu beruhigen, doch ihre Atmung wurde stetig flacher.

Die Männer waren sehr gründlich. Als sie im Schrank die Kleider herauszogen, tasteten sie jede Naht und jede Tasche ab. Als sie das erste Hemd vom Schrankboden an sich nahmen, schluckte Seren und schrie innerlich um Hilfe. Da war die Männerkleidung also. Viorica musste sie abends schnell in den Schrank geworfen haben.

Einer der Wachen zog das zerknüllte Bündel hervor und sah es argwöhnisch an.

Amons Adleraugen hatten es bereits gesehen. Triumphierend nahm er es in Empfang. „Hatte ich dir diese Flausen nicht das letzte Mal mit dem Rohrstock aus dem Körper geschlagen?", spottete Amon in Vioricas Richtung. Er faltete die Kleidung auseinander und betrachtete sie. „Interessante Wahl." Er sah zu Seren. „Tragen Traveler nicht solche Kleidung?"

„Wisst ihr eigentlich, wie unbequem es ist, diese Kleider zu tragen?", verteidigte sich Viorica und zog an ihrem Kleid. „Wenn ihr euch mehr für die Menschen in Solaris interessieren würdet, wüsstet ihr, dass diese einfachen Hosen nicht nur die Traveler tragen."

Er hob ein Hemd an und der Schlüssel, den Viorica darin versteckt hatte, kam zum Vorschein.

Amon lachte höhnisch. „Das Einzige, was mich momentan interessiert, ist, wer den Schlüssel entwendet hat, und wie es aussieht, muss ich nicht länger suchen. Ich denke, wir können unsere Suche hier abbrechen. Nehmt die beiden mit. Bei Seren steht noch eine Bestrafung wegen Zuspätkommens aus."

Auch wenn Seren sich hätte wehren können, ihr Körper ließ es nicht zu. Sie stand unter Schock. Was würden sie mit Viorica machen? Sie sah in das Gesicht ihrer Freundin und ihre Vermutung bestätigte sich. Viorica hatte ihre Sachen mit Absicht zuerst durchsuchen lassen. Somit war das Buch und ebenso Serens Geheimnis geschützt.

„Wegen der wenigen Kleidung? Weil ich gern eine Hose tragen möchte?", fragte Viorica aufgebracht.

„Sei still und komm mit!", zischte eine Wache und umfasste grob ihren Oberarm.

Sie protestierte lautstark, auch auf dem Flur, und versuchte damit, so vermutete Seren, all die Aufmerksamkeit auf sich zu lenken.

Erst jetzt wurde Seren bewusst, dass sie ganz allein mit Amon in ihrem Zimmer war. Ein dicker Kloß bildete sich in ihrem Hals. Mit großen Augen schaute sie erst ihn an, dann blickte sie zu Boden.

Er schritt zur Tür und schloss sie, blieb jedoch im Raum. „Seren, Seren", säuselte er und kam ihr ganz langsam näher.

Sie roch seinen starken Duft nach Vanille.

„Jetzt sag mir … war etwa nur deine Zimmergenossin ein böses Mädchen? Oder findet sich unter deiner lieblichen Schale auch ein kratzbürstiger, widerspenstiger Kern?"

Seren schluckte und wagte kaum mehr, zu atmen, als er seine Finger nach ihr ausstreckte und ihr federleicht den Arm hinaufstrich. Ein Wimmern kämpfte sich in ihrer Kehle empor.

„Für wen war das zweite Paar Kleidung?", fragte Amon. Er ging um sie herum und blieb direkt hinter ihr stehen. „Du kannst deine Bestrafung noch mildern. Sag mir, was ihr mit dem Schlüssel wolltet."

Sie keuchte, als sie seinen Atem an ihrem Nacken spürte. Sie schüttelte den Kopf, unfähig, einen Laut von sich zu geben.

„Ich habe da ein Gerücht gehört. Ein unschönes. Jemand vom Tempel soll sich in Kneipen rumgetrieben haben. Aber das kannst natürlich nicht du gewesen sein, oder?"

Er fuhr mit seinem Daumen ihre Halsschlagader nach, worauf Serens Puls sich sofort beschleunigte. Sie keuchte und wischte sich die feuchten Hände an ihrem Kleid ab. Wenn er es bereits wusste, dass sie es angeblich nicht gewesen war, warum quälte er sie dann noch? Sie wäre am liebsten in Tränen ausgebrochen, doch diese Genugtuung wollte sie Amon nicht geben.

„Deiner Freundin würde ich es aber durchaus zutrauen." Er packte Seren an den Schultern und drehte sie zu sich um, damit sie ihm ins Gesicht sehen musste.

Wollte er, dass sie Viorica beschuldigte?

Er schaute sie durchdringend an, sein Gesicht war viel zu nah an ihrem. Er griff nach ihrem Kinn und fixierte es. Sie war gezwungen, ihn anzusehen. Er betrachtete ihre Lippen. „Ich könnte auch sanfter zu dir sein." Seine Finger strichen über ihre Kinnlinie zu ihrem Ohr und den Hals hinab.

Jede Zelle schrie. Sie wollte weg. Aber ihre Beine schienen mit Beton gefüllt zu sein.

Viorica hätte Amon wahrscheinlich weggestoßen. Und was tat Seren? Sie stand untätig im Zimmer, ohne auch nur einen Schritt zurückweichen zu können, und ließ sich von Amon anfassen.

„Wie entscheidest du dich?" Er strich ihr jetzt in Richtung Brustansatz, was sie hektisch nach Luft schnappen ließ. „Ah, dir gefällt das?" Er zog sie dichter an sich.

Seren schüttelte den Kopf, aber Amon schien die Geste nicht zu bemerken, so fixiert war er auf ihr Dekolleté. Sein Blick war glasig und er leckte sich über die Lippen, während er seinen Leib an ihren drückte.

„Halt, bleib stehen!", donnerte eine Stimme von draußen.

Die Tür wurde aufgerissen. Amons Körper spannte sich augenblicklich an und er trat ruckartig zwei Schritte zurück.

„Viorica?", hauchte Seren und ahnte sogleich Schreckliches. Mit erleichtertem Blick stand ihre Freundin im Türrahmen und sah Seren einfach nur an. Sie schickte einen Dank an Sol. Sie hatte sie gerettet – aber gleichzeitig hatte Viorica sich noch mehr in ihr Verderben gestürzt, weil sie den Wachen entwischt war.

Tränen verschleierten Seren die Sicht, als nun drei Wachen ihre Freundin fassten und hinter sich herschliffen. Auch Amon packte ihren Arm und ging mit ihr im Schlepptau hinterher.

Nur mit Mühe unterdrückte Seren ein Schluchzen, weil sie jetzt realisierte, in welchen Schwierigkeiten Viorica und sie wirklich steckten. Trotzdem war Viorica zurückgekommen und hatte Seren vor Amon gerettet. Als hätte sie es gespürt. Oder hatte Sol sie geschickt?

Was würden sie jetzt aber mit Viorica machen? Mehrere Vergehen wurden ihr angelastet, das war unbestreitbar.

Immer wieder fiel Amons Blick auf Seren. Sie sah den Ärger darüber, dass ihre Zimmergenossin ihn gestört hatte. Das bösartige Funkeln in seinen Augen war eindeutig.

„Was macht ihr mit ihr?" Serens Stimme war dünn.

Amon blieb stehen – eine seiner Wachen mit ihm – und positionierte sich vor Seren. Seine dunklen Augen hatten ihre fest im Griff. „Du machst dir ausschließlich Gedanken um andere. Dafür könnte man dich fast bewundern. Aber solltest du dir nicht lieber Sorgen um dich selbst machen?" Er zog seine Augenbrauen in die Höhe. „Ich werde deine Bestrafung persönlich ausführen." Er seufzte zufrieden, als könnte er es kaum erwarten. „Und keine Sorge, ich werde sehr kreativ sein."

Serens Füße gaben nach, doch bevor sie zu Boden sank, hatte Amon sie schon gepackt und übergab sie einer der Wachen.

„Bringt sie in den Keller und lasst dieses Mal keinen entkommen, sonst steht ihr draußen am Schafott."

SEREN

Seren musste an Viorica denken, die ihr erzählt hatte, dass exakt fünfzig Stufen in den Kerker führten. Fünfzig Stufen trennten sie von Amons Bestrafung. Ihr Herz hämmerte wie wild, doch sie sorgte sich eher um Viorica. Sie wusste, Amon würde ihre Freundin schwer verletzen, nur um sie zu foltern.

Ich werde keine Angst haben, redete Seren sich ein, aber konnte das Zittern ihrer Hände nicht unterdrücken.

Sie hatten den Kerker erreicht und ihr schlug ein grauenhafter Geruch von Fäulnis entgegen. Sie musste all ihre Kraft aufbringen, nicht zu würgen. Die kargen, nassen Wände waren nur von einzelnen Laternen beleuchtet.

Amon gab ihren Augen keine Zeit, sich an die Dunkelheit zu gewöhnen. Er stieß ihr in den Rücken und drückte sie mit einer Hand auf die Knie. Amon leckte sich über die Lippen und umkreiste Seren wie ein wildes Tier. „Welches dieser Spielzeuge werde ich wohl verwenden?" Er betrachtete die Foltergegenstände an der Wand.

Die anderen Männer, die ihnen gefolgt waren, lachten leise.

Serens Nackenhärchen stellten sich auf. Egal, was er vorhatte, sie würde nicht schreien. Diese Genugtuung wollte sie ihm nicht geben.

Amon nahm die Peitsche aus Ziegenleder in die Hand und ließ sie auf seiner Handfläche aufkommen. „Schätzchen, wir werden viel Spaß haben." Er gab einem der Männer mit einem Nicken zu verstehen, was er wollte.

Er riss an ihrem Kleid. Die Knöpfe flogen quer durch den Raum und legten ihre Haut frei. Sie versuchte, ihre Arme vor der Brust zu verschränken, denn sie fühlte die Blicke der Männer auf sich, ganz besonders den von Amon.

Seine Augen fixierten sie. Ein leichtes Lächeln umspielte seine Lippen.

Der erste Schlag brannte wie Feuer auf Serens Haut und obwohl sie sich vorgenommen hatte, keinen Laut von sich zu geben, entwich ihr ein Keuchen. Beim zweiten Schlag presste sie ihre Kiefer aufeinander und versuchte, an etwas Schönes zu denken. Jeder Hieb zuckte wie ein Blitz durch ihren Körper und grub sich fester in ihr Fleisch. Der Schmerz war unerträglich und die Tränen, die ihr Gesicht hinabrollten, ließen sich nicht unterdrücken.

Konnte diese Bestrafung im Sinne von Sol sein? Seren biss sich so stark auf die Unterlippe, dass sie zu blutete. Sie versuchte, das höhnische Gejohle der Männer auszublenden. Wie konnten sie an so etwas Spaß finden?

Es fühlte sich an, als wären Stunden vergangen, als Amon endlich beschloss, es genug sein zu lassen. Er ging in die Hocke und hob ihr Kinn mit seinen Fingern an. Durch ihren Tränenschleier blickte sie genau in Amons dämonische Augen. „Hat das nicht Spaß gemacht?" Er grinste breit.

Serens Rücken stand in Flammen und sie war unfähig, etwas zu sagen.

„Ich freue mich schon darauf, wenn wir das nächste Mal zusammen spielen." Amon ließ sie los und erhob sich. „Bringt sie zurück! Jetzt werde ich mich dem anderen Mädchen widmen."

Um zu protestieren, war sie zu schwach. Ihre Seele schien ihren Körper verlassen zu haben. Sie spürte nur den scharfen Schmerz in ihrem Rücken.

Seren konnte nicht sagen, wie sie aus dem Kerker in ihr Zimmer gekommen oder was danach passiert war. Alles, was sich in ihren Gedanken abspielte, waren die Hiebe auf ihrem Rücken und Amons schauderhaftes Lachen. Bäuchlings lag sie auf ihrem Bett, um die Schmerzen in ihrem Rücken nicht zu verschlimmern. Die Tür zu ihrem Zimmer wurde geöffnet und Eira kam herein. Sie keuchte.

„Geh weg", versuchte Seren zu sagen, doch brachte nur ein heiseres Husten zustande.

Eira biss sich auf die Lippe und zögerte, ging dann aber doch auf Seren zu. Ihre Augen huschten über die Wunde.

„Ich habe dir Medizin mitgebracht. Amon hat mich darum gebeten."

Ihre Augenbrauen schossen in die Höhe. Was für ein krankes Spiel spielte dieser Mann?

„Mund auf", sagte Eira und flößte Seren eine Flüssigkeit ein.

Die Medizin schmeckte bitter und Seren hustete, was ihre Schmerzen verstärkte.

„Es wird die Schmerzen betäuben", erklärte Eira, als wüsste sie das nicht. Sachte berührte sie Serens nackten Rücken mit ihren kalten Fingern, um die Wunden zu inspizieren. Seren zog die Luft ein und wollte abrücken, doch Eira hielt sie davon ab.

„Ich werde dir Spitzwegerichumschläge anlegen, dann sollte die Heilung besser verlaufen."

Die Behandlung lief schweigend ab. Seren sah an Eiras Mimik, dass sie etwas sagen wollte, doch sie hielt sich aus irgendeinem Grund zurück, und Seren hatte nicht das Bedürfnis, etwas zu erklären.

„Du solltest schlafen."

Tatsächlich fühlte sie sich mit einem Mal sehr müde. Sie schloss die Augen, hörte Eira noch das Zimmer verlassen, aber im nächsten Moment überrollte sie schon eine Welle der Erschöpfung.

Als sie erwachte, fiel Sonnenlicht in ihr Zimmer. Ihr Blick wanderte zum Bett neben ihr. Es war immer noch leer. Seren hatte ein schlechtes Gewissen, weil sie gestern nicht mehr nach Viorica gefragt hatte. Ein Schauder überkam sie, wenn sie daran dachte, wie sehr Amon ihre Freundin vermutlich gequält hatte.

Behutsam tastete sie ihren Rücken ab. Die Haut war noch wund, doch fühlte sich schon besser an. Langsam richtete sie sich auf, das Stehen und Gehen war schwierig. Ihr Rücken schmerzte trotz der Medizin. Seren humpelte zur Tür, um im Tempel nach Viorica zu suchen.

„Ich werde nur kurz nach ihr sehen", hörte sie eine Stimme von draußen und trat von der Tür zurück.

Eira kam ins Zimmer. Sie zuckte zusammen, als sie Seren sah. „Du sollst dich noch nicht bewegen!"

„Wo ist Viorica?", platzte es aus Seren heraus.

Eira richtete den Blick auf den Boden.

Das Blut rauschte in Serens Ohren, ein dröhnender Klang, der jede andere Geräuschkulisse übertönte. Ihre

Hände begannen zu zittern und Hitzewellen erfassten ihren Körper.

„Es ist schlimm ..." Mehr brachte Eira nicht hervor.

Seren war, als hätte ihr jemand in den Magen geboxt. „Wo ist sie?", fragte sie mit Nachdruck. Sie fasste Eiras Hände und sah sie flehend an.

„Auf der Krankenstation, aber Amon hat angeordnet, dich nicht zu ihr zu lassen."

Am liebsten hätte Seren geschrien. Das Zimmer um sie herum schien kleiner zu werden, die Luft dünner.

„Ist alles in Ordnung?", fragte Eira sanft, ihre Stimme voller Sorge.

„Ich muss hier raus!"

SEREN

Sie achtete nicht darauf, wo sie hinging. Sie musste nur weit weg vom Tempel. Sie gab sich die Schuld an allem, was passiert war. Als sie am Marktplatz angekommen war, atmete sie schwer. Seren setzte sich an den Brunnenrand, um zu verschnaufen. Gedankenverloren hielt sie die Finger ins Wasser und fuhr auf der nassen Oberfläche entlang.

Ihr Rücken tat bei jeder kleinen Bewegung weh. Sie seufzte, wischte ihre Finger an der Robe ab. Sie wollte zu Viorica, doch würde sie erwischt, war das, was gestern passiert war, wahrscheinlich ein Kinderspiel gegen die neue Bestrafung.

Am Ende des Platzes erspähte sie ein bekanntes Gesicht. Er beobachtete sie. Ihre Blicke trafen sich, sofort wandte sich Seren ab. Das hatte ihr gerade noch gefehlt.

Sie wollte aufstehen, doch ihre Kraft reichte nicht aus. Ihre Beine waren wackelig und der brennende Schmerz ließ sie aufstöhnen. Sie zwang ihren Körper dennoch, sich zu erheben. So schnell, wie es ihre Schmerzen zuließen, verließ sie den Platz. Yunho folgte ihr jedoch, das hörte sie an seinen Schritten.

Gereizt sah sie über ihre Schulter. „Warum verfolgst du mich?"

„Du hast mich neugierig gemacht", sagte er. „Die Zeit während des Festes kann auch langweilig sein und ich brauche etwas Ablenkung. Darf ich eine Vermutung aufstellen?" Ohne auf eine Antwort zu warten, fuhr er fort: „Ich glaube, dass du dein Glück nicht in den Lehren des Sols findest. Du wirkst für mich nicht glücklich und ausgelassen."

Seren biss ihre Zähne fest aufeinander und beschleunigte ihre Schritte. Ein Zischen entfuhr ihr, als das schmerzhafte Brennen ihre Wunden aufriss. „Geh!", fauchte sie.

„Ich kann dir helfen, aus den Klauen des Tempels zu entkommen."

„Ich brauche deine Hilfe nicht!", schrie sie und drehte sich ruckartig zu ihm um. Weil sie alles andere als sicher auf den Beinen war, geriet sie ins Straucheln. Yunho war sofort bei ihr und packte sie rechtzeitig am Arm, um sie aufrecht zu halten.

Der Schmerz pochte heiß durch ihren Körper. Seren verzog ihr Gesicht.

„Hast du dir wehgetan?", fragte er und sein sarkastischer Unterton wich einem besorgten.

„Nein."

Er legte seine Stirn in Falten. „Du hast doch etwas", stellte er fest und betrachtete sie mit zusammengekniffenen Augen.

Seren hielt seinem Blick nur kurz stand und wich dann aus. „Bitte lass mich los", sagte sie kraftlos.

„Uns sieht und hört hier niemand", sagte Yunho und sah nach rechts und links. Die Gasse, in der sie standen, war menschenleer.

Seren lächelte schwach. Yunho war naiv. Der Tempel hatte seine Augen und Ohren überall, das hatte sie gestern auf die harte Tour gelernt. Doch sie hatte keine Kraft, sich gegen ihn zu wehren. Auch ihre Gedanken waren verlangsamt und ihr Kopf wie in Watte gepackt.

„Ach, du willst, dass ich dich nach Hause trage?", fragte Yunho mit hochgezogener Augenbraue. Er lächelte und deutete an, seine Hand unter ihre Knie zu schieben, doch sie wich hektisch und mit geweiteten Augen zurück.

„Nicht", flüsterte sie.

Er bückte sich und hob ihre Robe wenige Zentimeter an. „Also, deine Knöchel sind es nicht. Die sehen ganz zauberhaft aus und sind nicht verletzt."

Seren schnappte nach Luft. Hatte er ihr gerade unter den Rock geschaut? So viel Dreistigkeit konnte sich auch nur ein Traveler erlauben!

„Willst du es mir jetzt erzählen, oder soll ich weiter danach suchen?" Er schenkte Seren sein strahlendes Lächeln.

„Wage es nicht!", Sie hob ihren Finger, um ihre Worte zu verdeutlichen.

„Sonst was?" Yunho hüpfte gespielt vor ihr her. „Müssen wir uns dann duellieren?" Auch er hob seinen Zeigefinger und pikste damit wie mit einem Dolch in ihre Richtung.

Ihre Schultern bebten und ihre Mundwinkel zuckten. Doch allein diese kleinen Bewegungen reichten, um den lodernden Peitschenhieben erneut nachzufühlen. „Mein Rücken!", keuchte sie und krümmte sich zusammen. Sterne tanzten vor ihren Augen und sie musste sich an Yunhos Schultern abstützen.

„Kleine Sonne, du kannst mir vertrauen."

Sie versuchte, in den Schmerz zu atmen. „Ich wurde bestraft."

Seine Augen weiteten sich. „Du meinst, so wie …"

Doch seine Worte hingen in der Schwebe. Dachte er gerade an das Mädchen, das öffentlich ausgepeitscht worden war?

Er zog Serens Kopf an seine Brust, strich ihr über die Haare und sie ließ es erstaunlicherweise zu. „Ich bringe dich zu unserer Schamanin", flüsterte er an ihren Scheitel. „Sie wird deine Wunden heilen."

„Willst du gar nicht wissen, was ich getan habe?", fragte Seren. „Wofür ich bestraft wurde?"

„Ganz gleich, was es war, es rechtfertigt nie eine Auspeitschung. Selbst wenn du gemordet hättest. Man kann nicht Gleiches mit Gleichem vergelten."

Seren öffnete ihren Mund, schloss ihn aber wieder.

„Unsere Schamanin kann deine Wunden heilen. Versuch, mir zu vertrauen."

Seren machte sich langsam los von ihm. „Du willst mich zu einer Hexe bringen?"

„Sie ist keine Hexe, sie ist eine Heilerin."

„Ich habe selbst die Kunst des Heilens erlernt, doch Schamanen sind anders. Sie wenden gefährliche Tricks an."

Yunho lachte. „Vielleicht wenden sie sogar Magie an."

„So etwas wie Magie gibt es nicht."

„Es ist seltsam. Ihr betet zu einem Geschöpf, das alles erschaffen hat und das ihr nie gesehen habt, aber an Magie glaubt ihr nicht."

Serens Wangen wurden heiß. Wollte er ihr jetzt weismachen, dass diese Schamanin magische Hände besaß?

Und doch hat er recht, dachte sie.

Im nächsten Moment verurteilte sie sich für diesen Gedanken.

„Einfache Traveler können das auch nicht verstehen", fauchte Seren. Sie hatte genug davon.

„Das stimmt, ich verstehe nicht, wie man einem Mann und einer *heiligen Schrift* bedenkenlos folgen kann." Sein Ton triefte vor Spott.

Seren schnappte nach Luft. „Ihr Traveler seid eine Plage."

Er hatte ein Lächeln aufgelegt, als würden ihre Worte ihn nicht treffen. Vermutlich hatte er das schon viel zu oft gehört. „Du bist frostig wie eine Eiskönigin, doch ich sehe, dass etwas in dir lodert. Eine kleine Sonne, die aus dem tristen Alltag entfliehen will. Ich kann dich nicht nur auf magische Weise heilen lassen, sondern dir auch einen Weg zeigen, wie das Leben viel bunter wird."

Seren schloss ihre Augen und schnaubte. Seine Worte bewegten etwas in ihr, womit sie aber nicht zurechtkam. Etwas, das nicht sein durfte. Sie musste hier weg, und zwar sofort.

Schnell drehte sie sich um und machte sich auf den Rückweg zum Tempel. Zu ihrer Erleichterung folgte Yunho ihr nicht.

25

SEREN

„Ich habe nicht erwartet, dich schon auf den Beinen zu sehen", begrüßte Amon sie, als sie unter großen Schmerzen die letzte Stufe zum Tempel erklomm. Scheinbar desinteressiert betrachtete er seine Fingernägel.

Seren konnte nicht antworten.

„Ich war etwas enttäuscht, dass du mich nicht auf Knien angefleht hast, Viorica besuchen zu dürfen." Jetzt sah er sie an.

Seren konnte ihre Gesichtszüge nicht mehr kontrollieren und warf ihm einen vernichteten Blick zu.

Er stieß sich von der Wand ab, an der er gelehnt hatte, und schlenderte auf sie zu. Sie zuckte zusammen, als er ihr eine Haarsträhne hinter das Ohr strich. „Wärst du mir nur etwas entgegengekommen, hätte ich dich deine Freundin besuchen lassen."

Seren war angewidert. Sie machte sich Sorgen um Viorica, doch sie wollte Amon nicht nachgeben. Ihre Zimmergenossin würde das verstehen, dessen war Seren sich sicher.

„Willst du gar nicht wissen, wie es dem kleinen Waisenmädchen geht?" Er hatte seinen besorgt wirkenden Gesichtsausdruck perfektioniert.

Kein Wunder, dass alle auf ihn hereinfallen, dachte Seren.

„Ich glaubte wirklich, sie würde sterben, als sie in einer Lache aus ihrem eigenen Blut lag, aber sie scheint zäher zu sein als gedacht."

„Was hast du ihr angetan?", presste Seren zwischen den Zähnen hervor.

Amons Grinsen wurde breiter. „Wenn ich dir das erzähle, macht es bei dir nicht mehr so viel Spaß." Er tippte ihr gegen die Stirn.

Er drehte sich weg, doch wandte sich dann ein weiteres Mal an sie. „Ach Seren, ich habe ein Geschenk für dich. Vergiss nicht, mir meinen Gefallen zu erwidern."

Eine Gänsehaut überzog Serens Arme. Plötzlich war der Wunsch nach Geborgenheit sehr groß. Sie wünschte sich jemanden, an den sie sich anlehnen konnte. Dieses sehnsuchtsvolle Gefühl hatte sie schon einmal gespürt, als Yunho sie im Arm gehalten hatte. Schnell versuchte sie, diesen Gedanken loszuwerden.

Als sie in ihr Zimmer kam, wusste Seren, von welchem Geschenk Amon gesprochen hatte. Viorica lag mit geschlossenen Lidern auf ihrem Bett. Einige Verbände waren um ihre Arme, Beine und den Bauch geschlungen. Serens Beine gaben beinahe nach, so erleichtert war sie, ihre Freundin lebendig zu sehen.

„Viorica", hauchte sie und ließ sich erschöpft neben dem Bett nieder.

Viorica öffnete ihre Augen und ein Lächeln umspielte ihre Lippen. „Ich lebe noch", sagte sie mit schwacher Stimme.

Serens Augen füllten sich mit Tränen. „Es tut mir so leid. Das ist alles meine Schuld."

„Rede dir das nicht ein. Ich bin erwachsen genug, um für mich selbst zu entscheiden, und die Sache mit der Kneipe war meine Idee."

„Es war nicht nur die Kneipe, ich hätte das Buch und den Schlüssel gleich zurückbringen müssen", sagte Seren mit gesenktem Kopf.

„Es ist nicht deine Schuld!"

Seren bewunderte ihre Stärke. Machte ihr das alles nichts aus? „Was hat er mit dir gemacht?", fragte sie vorsichtig.

Viorica schloss kurz ihre Augen.

„Du musst es nicht erzählen", flüsterte Seren.

Viorica schüttelte den Kopf. „Ich berichte dir ein anderes Mal davon. Aber sag ... Wie geht es dir?"

„Die Wunden auf meinem Rücken heilen nur langsam, das wird schon wieder." Seren wollte nicht über sich sprechen, ging es ihrer Freundin doch viel schlechter. „Mir geht es gut. Brauchst du ein paar Sachen? Soll ich dir etwas holen?"

Viorica schüttelte den Kopf. „Bleib bitte bei mir, bis ich eingeschlafen bin."

„Es tut mir leid", flüsterte sie noch einmal, aber Viorica schien sie nicht mehr wahrzunehmen.

„Oh, du kommst mit leeren Händen zurück?", fragte Viorica.

In den letzten Tagen hatten sie sich langsam erholt. Sie saß mit dem Rücken an die Wand gelehnt in ihrem Bett.

„Tut mir leid, sie sagen, ich darf dir keinen Kuchen geben. Aber ich habe das hier." Seren hielt ein Fläschchen mit einem pflanzlichen Tonikum hoch, das die Wundheilung verbesserte. „Wie geht es dir heute?"

Viorica lächelte, doch es erreichte nicht ihre Augen. „Kuchen wäre mir deutlich lieber gewesen."

„Wenn ich nur Medizin lernen könnte. Dann könnte ich dir viel mehr helfen." Seren seufzte und ließ sich auf ihrem Bett nieder. „Das Buch aus der Bibliothek habe ich jetzt schon zum dritten Mal gelesen."

„Wie sehr willst du Medizin erlernen?", fragte Viorica plötzlich.

„Ich würde alles dafür geben", erwiderte sie. „Es ist mein größter Herzenswunsch."

„Wusstest du, dass Bruder Rowan auf Liebesromane steht?"

Seren lachte überrascht. „Manchmal komme ich mit deinen sprunghaften Gedanken nicht mit."

Viorica grinste. „Er hat es Schwester Astrid erzählt, als ich im Krankenzimmer lag. Sie dachten, ich schlafe."

„Bruder Rowan sieht gar nicht aus wie ein Romantiker", meinte Seren. „Aber woher hat er die Romane? Er kann schlecht in die Bibliothek gehen und sie dort ausleihen."

„Es gibt wohl einen Buchhändler, der verbotene Bücher verkauft."

„Verbotene Bücher?", hakte Seren neugierig nach.

„Bücher aus dem Königreich Dorado. Auch Medizinbücher."

„Schlag dir das aus dem Kopf", wiegelte Seren ab. „Es ist zu gefährlich." Sie stand auf und ging zu Viorica hinüber. „Lass mich deine Verbände wechseln." Seren nahm ein paar frische Stoffverbände vom Nachttisch, um diese mit dem Tonikum zu tränken. Ihre Hände waren erfahren und flink, doch sie war abwesend. Immer wieder musste sie die Stoffbahnen neu aufwickeln.

„Rein aus Neugierde", sagte Seren irgendwann. Es dauerte, bis sie sich traute, zu Viorica aufzusehen. „Wo finde ich diesen Buchhändler?"

26

YUNHO

Die Gasse war von schwachem, schummrigem Licht durchzogen, das die schattenhaften Konturen der umliegenden Gebäude nur vage hervortreten ließ. Yunho tastete sich langsam an der rauen Steinmauer entlang, seine Bewegungen unsicher und zittrig. In seinem Kopf drehte sich alles. Er hatte eine Flasche zu viel von dem bitteren, berauschenden Getränk geleert. Seine Sinne waren benebelt, und die Welt um ihn herum verschwamm in einem Chaos aus Eindrücken.

„Verdammt, wo ist Ace?", murmelte er vor sich hin. Er suchte die Dunkelheit nach dem Vertrauten ab. Yunho brauchte dringend jemanden, der ihn aus dieser verworrenen Lage rettete und ihn nach Hause brachte. Doch Ace war unauffindbar, höchstwahrscheinlich vertieft in eines seiner zahlreichen leidenschaftlichen Abenteuer.

Yunho stolperte beinahe über einen losen Stein, während er weiter durch die Gasse taumelte. Sein Blick fiel auf die verschwommene Silhouette eines Wirtshauses, aus dem das gedämpfte Murmeln von Trunkenbolden und das Klirren von Gläsern drangen. Die Vorstellung, sich erneut in ein Trinkgelage zu stürzen, ließ sein Inneres rebellieren. „Nie wieder Alkohol", flüsterte er sich zum hundertsten Mal zu, doch er wusste nur allzu gut, dass er dieses Versprechen am nächsten Tag wieder brechen würde. Der Rausch der Nächte verblasste stets in der Nüchternheit des Tageslichts. Ein unerwarteter Stoß brachte ihn fast zu Fall, und ein überraschtes Stöhnen entwich seiner Kehle. Sein Kopf brummte, und er rieb sich mit einer Hand über die Stirn, als könne er die Schmerzen vertreiben.

„Hey, pass doch -" Die Worte blieben ihm im Hals stecken. Er blinzelte und versuchte den Nebel vor seinen Augen zu vertreiben. Vor ihm stand eine Gestalt, deren Konturen sich langsam aus der Dunkelheit herauslösten – eine Gestalt, die er auf den ersten Blick erkannte.

Die Überraschung durchzuckte seinen berauschten Geist wie ein Blitzschlag. Er starrte auf die Person vor sich, seine Sinne schlagartig klarer.

27

SEREN

„Was machst du hier?", fragten Yunho und sie einander gleichzeitig.

Seren sah sich gehetzt um. Im spärlichen Licht konnte sie jedoch niemanden erkennen. „Was ich hier tue, geht dich nichts an!"

„Aber du kannst hier nicht alleine herumlaufen."

Seren funkelte ihn an und machte auf dem Absatz kehrt. „Lass mich in Ruhe."

Sie hörte jeden Schritt, den er machte. „Kleine Sonne, lauf doch nicht so schnell!", sagte Yunho viel zu laut.

Ihr lief ein Schauder über den Rücken. Er würde sie noch auffliegen lassen. Schnaubend drehte sie sich um. „Komm mit." Seren zog ihn am Ärmel hinter sich her. Sie bogen um die nächste Ecke, erst dort gab sie Yunho eine Verschnaufpause.

„Das ist nicht der richtige Ort für dich", sagte Yunho, dem erst jetzt bewusst zu werden schien, wo sie sich befanden. Sie hatte sich an ihn gedrückt, sodass die spärliche Straßenbeleuchtung sie auf keinen Fall erfassen konnte. Ausnahmsweise war Seren froh gewesen, dem Traveler zu begegnen. Sie hatte mehr Angst, als sie sich eingestand.

Viorica hatte darauf bestanden, mitzukommen, aber sie konnte kaum mehr als drei Schritte aus dem Bett machen. Sie hatten einen handfesten Streit darüber gehabt. Doch Seren hatte alle Warnungen in den Wind geschlagen. Zu groß war der Drang, die Medizinbücher in den Händen zu halten.

„Ich brauche deine Hilfe", sagte Seren. „Du hast bei unserer letzten Begegnung gesagt, ich kann dir vertrauen. Gilt das uneingeschränkt und noch immer?"

„Ja." Yunho nickte mit Nachdruck.

Seren sah sich um, dann kam sie dicht an sein Gesicht. „Ich suche einen Buchhändler, der verbotene Bücher verkauft", flüsterte sie. „Er soll hier in der Gegend sein."

„Ich kenne ihn, jedoch ist es gefährlich, wenn sie dich erwischen."

Sie senkte ihren Kopf. „Ich weiß, aber ich muss wirklich dringend dorthin."

Er zog eine Augenbraue in die Höhe und musterte sie. „Was ist so wichtig, dass du dein Leben riskierst?"

„Das musst du nicht wissen."

„Wenn ich dir helfen soll, wäre das aber schon hilfreich."

Yunho verschränkte seine Arme und grinste Seren an.

Sie versuchte, seinem intensiven Blick auszuweichen. „Dann hilf mir eben nicht", sagte sie trotzig und war im Begriff, zu gehen.

Er hielt sie am Handgelenk zurück und drückte sie noch näher an die Hausmauer. Er duftete nach Minze und Zitrone und Seren spürte seine warme Haut auf ihrer. Was war das für ein komisches Gefühl in ihrem Magen? Und warum schlug ihr Herz so schnell?

„Was muss ich tun, um dir zu beweisen, dass du mir vertrauen kannst?" Seine Lippen waren jetzt so nah an ihren.

Seren schluckte und war in seinen grünen Augen gefangen. Ihre Gedanken waren in Watte gepackt und ohne es zu wollen, sagte sie: „Es gibt Bücher, die ich unbedingt lesen muss. Es ist mein Traum, mein Wissen über die Medizin zu erweitern." Seren wusste, wie kindisch sie klang. Noch nie hatte sie von einer Frau gehört, deren Träume erfüllt worden waren. Plötzlich kam ihre die Idee, den Buchhändler zu suchen, albern vor.

Doch da Yunho griff nach ihrer Hand, als hätte er ihr Zögern bemerkt. „Na, dann führe ich dich hin." Er nahm ihre Hand fester und zog sie mit.

Es kribbelte in ihrer Magengegend. War es die Aufregung oder Angst? Noch nie hatte sie sich so gefühlt.

Seren wusste nicht, was sie von einer geheimen Buchhandlung erwartet hatte. Das jedenfalls nicht. Sie sah von außen ungemütlich und dreckig aus. Verwitterte Holzbalken waren an die Fassade angebracht. Die Fenster waren mit Stofffetzen verhangen.

„Bist du dir sicher, dass wir hier richtig sind?", wollte sie von Yunho wissen.

Er zwinkerte. „Das bin ich."

Die beiden betraten den Laden durch die schief hängende Holztür. Das Innere spiegelte das Äußere der Buchhandlung wider. Abgerundete Holzbalken, an denen Laternen hingen, trugen das Obergeschoss. Die Regale an den Wänden bogen sich bereits unter der Last der Bücher. Der Staub und die Spinnweben hinderten Seren allerdings daran, genau hinzusehen. Der Laden war fast vollständig verlassen, die wenigen Leute, die sich ebenso wie sie hierherverirrt hatten, schwiegen, doch ihre Blicke huschten hin und her, als hätten sie Angst, ertappt zu werden. Die Kundschaft erschien

Seren zwielichtig und möglicherweise gefährlich. Sie war froh, dass Yunho sie begleitete.

Ein Mann hinter der Theke – vielleicht der Besitzer – beobachtete sie genau, während er an seiner Pfeife zog. Seren schob die Kapuze weiter in die Stirn.

„Kann ich euch helfen?", fragte eine tiefe Stimme hinter ihnen.

Seren zuckte zusammen und wirbelte herum. Gerade so unterdrückte sie einen Schrei. „Ich … Ich bin auf der Suche nach … einem Buch", stammelte sie.

Der junge Mann vor ihr, sie vermutete, es war ein Verkäufer, zog eine Braue nach oben. „Sind das nicht alle hier?"

„Es ist ein spezielles Buch."

„Die Liebesromane aus Dorado befinden sich in Gang zwei", sagte er gelangweilt und wandte sich ab.

„Ich suche ein Medizinbuch." Sobald dieser Satz über ihre Lippen gekommen war, hätte Seren ihn am liebsten wieder zurückgenommen.

Der Verkäufer drehte sich ruckartig zu ihr herum. Aus zusammengekniffenen Augen funkelte er sie an. „So etwas haben wir nicht."

Serens Herz rutschte ihr in die Hose.

„Ich denke, das habt Ihr sehr wohl, wenn Ihr das hier seht", mischte sich Yunho ein. Flink ließ er eine Münze zwischen seinen Fingern erscheinen und wieder verschwinden.

Als Seren die Solaren sah, wurde ihr schlagartig klar, wie naiv und dumm sie war. Was hatte sie geglaubt, wie sie die Bücher bekommen würde? Sie hatte keine Sekunde an Geld gedacht. Für sie war es normal, dass der Tempel und seine Mitglieder alles bekamen, was sie wollten. Aber das galt natürlich nicht für geschmuggelte oder verbotene Ware. Wer würde auch freiwillig preisgeben, vom Tempel zu sein, wenn man Verbotenes tat?

Serens Wangen wurden heiß, so maßlos ärgerte sie sich über sich selbst.

Die Gier in den Augen des jungen Mannes war kaum zu übersehen. „Ich denke, ich könnte im Lager nachsehen. Wartet einen Moment."

Seren, die die Luft angehalten hatte, atmete aus. Sie ging hinüber zu einem der Regale, die nur mit wenigen Spinnweben behangen waren, und fuhr mit dem Finger die Schrift auf den Einbänden nach. Yunho war ihr gefolgt und behielt sie zwischen den Regalen im Blick, das bemerkte Seren aus den Augenwinkeln.

„Warum beobachtest du mich?", fragte sie.

„Weil du so schön bist, kleine Sonne."

Sie antwortete nicht, sondern ging in den nächsten Gang, um seinem Blick auszuweichen.

Wie ein Hund seinem Herrchen lief er ihr nach. „Wie bist du überhaupt aus dem Tempel entkommen?"

Seren knetete ihre Hände. „Ich habe den Wachen ein natürliches Schlafmittel untergemischt", flüsterte sie. „Amon hat vor ein paar Tagen die Wachen vor unserem Zimmer abgezogen. Er dachte, die Bestrafung hat mich wohl das Fürchten gelehrt." Sie ballte die Hände zu Fäusten.

„Es scheint, als hätte er dich nur noch entschlossener gemacht."

Seren sah ihn das erste Mal an diesem Abend richtig an. „Denkst du nicht manchmal darüber nach, wie ungerecht die Welt ist?"

Yunho lehnte sich an eines der Regale und beobachtete sie aufmerksam. „Jeden Tag. Ich bin ein Traveler, wir werden mit der Ungerechtigkeit der Welt seit unserer Geburt konfrontiert."

„Ich habe wirklich versucht, an Sol zu glauben", sagte sie, jedoch mehr zu sich selbst. „Aber in meinem Herz ist dieses Loch, das sich nach etwas sehnt, und je länger ich warte, desto größer wird es."

„Es ist deprimierend, eine Sache haben zu wollen, die man nicht haben kann", antwortete er.

Hinter ihnen waren Schritte zu hören und als Seren sich herumdrehte, war der junge Verkäufer nur noch zwei Meter entfernt. „Deine Bücher", verkündete er.

Sie nahm die zwei entgegen und betrachtete ihren Einband. *Anatomie und Physiologie* und *Innere Medizin* stand darauf.

„Mehr haben wir momentan leider nicht vorrätig, aber komm in ein paar Tagen wieder, dann kann ich neue beschaffen." Sein Blick huschte zu Yunho. „Meine Aufwandsentschädigung beträgt zwei Solaren."

Yunho drückte ihm die Münzen in die Hand. Er umfasste sachte ihren Arm. „Lass uns gehen."

Seren atmete tief durch. Eine warme Welle der Erleichterung schwappte durch ihren Körper, als sie endlich die Schwelle des düsteren Ladens überquerte.

Ein sanftes Lächeln schlich sich auf ihre Lippen, während sie die schweren Bücher in ihre Tasche stopfte. Das beklemmende Gefühl, das eben noch wie ein Stein in ihrem Magen gelegen hatte, war verschwunden.

„Wie kann ich dir die zwei Solaren vergüten?", fragte sie Yunho, als sie den Laden verließen. „Leider habe ich kein Geld dabei."

„Mir fällt da schon etwas ein." Er zog sie an sich.

Sein Gesicht kam näher und Seren wusste, dass sie sich wehren sollte, aber eigentlich wollte sie das gar nicht. In seinen Armen fühlte sie sich geborgen. Ihr Hals war trocken und sie schluckte. Yunho fixierte ihre Lippen. Automatisch schloss sie ihre Augen. Sie konnte seinen Atem auf ihrem Gesicht spüren.

„Was ist das?", fragte Yunho.

„Was?" Verwirrt öffnete Seren die Augen. Er blickte sich panisch um. Da hörte auch sie es – das nächtliche Wachsignal. „Die Nachtwache!", entfuhr es ihr. „Ich muss sofort zurück zum Tempel."

„Ich habe eine Idee."

„Nein, lass mich runter!", protestierte Seren, als Yunho sie über seine Schulter warf. Ihr Herzschlag beschleunigte sich vor Überraschung, aber auch Angst vor der Nachtwache. „Ich kann alleine laufen!", sagte sie zu ihm, doch Yunho ignorierte ihre Worte und rannte los.

„Es tut mir wirklich leid, aber so geht es schneller."

SEREN

„Was wirst du heute machen?", fragte Seren Viorica. Es war Besuchstag bei ihren Familien, doch als Waisenkind konnte sie niemanden besuchen.

„Mach dir keine Sorgen um mich, ich komme gut allein klar", sagte Viorica. „Ich werde mich um die Verbesserung meiner Stickkünste kümmern." Die beiden lachten.

„Da muss ich ja eine ganze Woche bei meiner Familie bleiben."

Die Tür zu ihrem Zimmer wurde geöffnet und Eira schob ihren Kopf durch den Spalt. „Seren, bist du fertig?"

Sie nickte und sah zu Viorica.

„Geh endlich!", sagte diese mit Nachdruck und scheuchte sie mit einer Handbewegung fort.

Seren schaute sie skeptisch an.

„Los, ich finde schon eine für mich passende Beschäftigung. Geh raus und amüsiere dich." Sie zwinkerte ihnen zu und winkte zum Abschied.

Eira griff nach Serens Hand und zog sie hinter sich her. „Freust du dich auf zu Hause?", fragte sie, während sie den Tempel hinter sich ließen und den Berg hinabliefen.

„Ich sehe es eigentlich nicht mehr als mein Zuhause, so wenig Zeit, wie ich dort verbringe."

Mit sechs Jahren war es üblich, dass die Kinder das Haus verließen und sich dem Tempel und somit Sol anschlossen. Bevor sie in den Tempel gegangen war, hatte Seren ein gutes Verhältnis zu ihrer Mutter gehabt. Sie erinnerte sich gern an die Spaziergänge im Garten zurück, wenn ihre Mutter ihr von neuen Pflanzenarten und deren nützlichen Eigenschaften erzählt hatte. Der Gesichtsausdruck ihrer Mutter war dabei so entspannt und glücklich gewesen.

Doch mit den Jahren im Tempel und Serens Abwesenheit hatten sich Mutter und Tochter immer weniger zu sagen. Ihr Vater war Seren ein Fremder. Er hatte sich nie um die Kindererziehung gekümmert, sondern nur um seine Stellung im Land und war als Abgesandter des Tempels oft in die Hauptstadt Thalam zum König gereist.

Eira nickte. „Ja, es fühlt sich komisch an, aber bald wirst du mit Amon dein eigenes Zuhause haben."

Serens Blick verfinsterte sich. Zum Glück lag die Weggabelung vor ihnen. Es war kein weiter Weg gewesen. Ihr Zuhause lag im ersten Ring.

„Wir sehen uns!", sagte Seren und verließ Eira fluchtartig. Mit den Händen schirmte sie ihre Augen vor der Sonne ab, die in den letzten Tagen noch erbarmungsloser geworden war. Das Kleid klebte ihr schweißnass am Rücken und sie war froh, als sie in den Vorhof des Elternhauses abbog, wo große Bäume Schatten spendeten.

„Seren!", rief die Hausangestellte ihrer Eltern freudig und kam auf sie zugelaufen.

Sie strahlte, denn Juna war ihr all die Jahre eine treue Freundin geblieben. „Es ist so schön, dich zu sehen."

Seren umarmte die ältere Frau, die ihre Großmutter hätte sein können.

Juna lachte und drückte fest zu. „Lass das nicht deine Mutter sehen!", schimpfte sie spielerisch und zog Seren noch mal in ihre Arme. „Du bist so dünn geworden, ich werde dir gleich etwas zu essen zubereiten."

Seren nickte begeistert, denn Junas Essen schmeckte so viel besser als der Brei im Tempel.

„Da will dich wohl noch jemand begrüßen", stellte die Hausangestellte fest.

Eine kleine, schlanke Katze mit grauem Fell kam aus dem Schatten der Holzstelen hervor. Das Haus ihrer Eltern ruhte nicht auf der Erde, sondern auf Holzpfosten, die im Erdreich verankert waren. Der schmale Zwischenraum, der entstand, bot der Katze den perfekten Schutz vor der Hitze.

„Neva!", rief Seren und nahm das Tier hoch.

Neva schnurrte sofort und leckte über ihre Nase.

„Dich habe ich am meisten vermisst."

Juna stieß ein gespieltes Schnauben aus. „Mach, dass du ins Haus kommst!"

Seren behielt Neva auf dem Arm und kraulte sie hinter dem Ohr, während sie das Haus ihrer Eltern betrachtete. Es hatte sich in all den Jahren nicht verändert. „Lässt dich meine Mutter immer noch die Dachziegel putzen?", fragte Seren an Juna gewandt.

Den Reichtum der Leute konnte man in Solaris an den Dachziegeln ablesen. Während die ärmlicheren Menschen in den äußeren Ringen ihr Dach meist mit Stroh oder Holz bedeckten, hatten die höherrangigen Bürger aufwendig gearbeitete Dachziegel. Auch das Dach ihrer Eltern mit seinen tief heruntergezogenen Ecken war charakteristisch für die reiche Gesellschaft.

„Dafür hat dein Vater jetzt extra jemanden eingestellt."

Seren spähte durch die Fenster mit den dunklen Rahmen. Niemand war im Inneren des Hauses zu erkennen.

Sie atmete einmal tief durch, hatte sie doch vor, ein Gespräch mit ihrer Mutter zu führen, das ihr schwerfiel.

„Sie wird dich schon nicht fressen." Juna deutete ihren Gesichtsausdruck richtig und schob sie durch die Haustür. Im Haus war es durch die Wände aus Lehm, Holz und Naturstein angenehm kühl.

„Ich bin da!", rief Seren.

„Deine Mutter ist oben im Nähzimmer."

Seren ging die schmale Treppe in den ersten Stock hinauf. „Mutter, ich bin hier", kündigte Seren sich an, während sie das Nähzimmer betrat, in dem ihre Mutter die meiste Zeit des Tages verbrachte.

Diese blickte von der Stickarbeit auf. Es war keine Regung in ihrem Gesicht zu erkennen. Sie sah immer noch schön aus. Ihre Haut war kaum gealtert, die dunkelblonden Haare waren sorgfältig zu einem Knoten gekämmt. Hier und da blitzten graue Strähnen hindurch. „Gut, du kannst dich nützlich machen. Die Hosen deines Vaters müssen gekürzt werden."

Seren war überrascht. Sonst hätte ihre Mutter so eine Arbeit immer den Hausangestellten überlassen.

„Juna hat die Arbeit schlampig erledigt, so konnte dein Vater keinesfalls herumlaufen", fügte sie hinzu, wahrscheinlich, weil sie Serens verwirrten Blick bemerkt hatte.

Seren wusste, dass Juna stets sorgfältig arbeitete, doch für ihre Mutter reichte es niemals aus. Selbst ihre eigene Tochter war ihr nie gut genug.

„Wie sieht dein Kleid aus? Bekommt ihr nicht gezeigt, wie man Kleidung ordentlich bügelt?"

Ihre Mutter spitzte ihre Lippen und Seren kam sich wieder wie ein kleines Mädchen vor. Warum wollte sie überhaupt ein Gespräch mit ihr führen? Vielleicht, weil sie sehnlichst darauf wartete, dass jemand anders auch so fühlte wie sie und dieselben Zweifel am Tempel und den Regeln dort hatte.

Seren sah sich in dem Raum um. Hier hatte sich so gut wie nichts verändert. Ihre Eltern liebten die Beständigkeit. Frustriert schnappte sie sich das Nähkästchen auf dem Regal und nahm eine Hose von dem Stapel. Sie ließ sich neben ihrer Mutter auf das kleine Bodenkissen fallen. Seren begutachtete die verschiedenen Farben der Fäden im Kästchen und entschied sich für ein helles Rot, um eine filigrane Blume auf die Hose zu sticken.

Während sie den Faden durch das Nadelöhr fädelte, sagte ihre Mutter: „Ich habe gehört, Bruder Amon hat ein Auge auf dich geworfen. Er wird dich sicherlich als Braut auserwählen."

Seren nickte nur.

Ihre Mutter ließ für einen Augenblick die Stickarbeit sinken und sah sie mit strengem Blick an. „Du weißt, was für eine Ehre das für dich und uns als deine Familie ist?", fragte sie mit scharfem Unterton.

„Wenn du nur wüsstest, wie er wirklich ist", murmelte sie und hätte den Satz am liebsten sofort zurückgenommen.

„Sein Charakter ist gleichgültig. Er wird dich auserwählen und du wirst ihm dienen, wie es eine Frau tun sollte."

Seren ballte die Fäuste. „Warum müssen wir Frauen immer zurückstecken?" Ihre Worte waren eine Mischung aus Frustration und Empörung. „Warum haben wir nicht die gleichen Rechte wie die Männer?" Ihre Fingernägel bohrten sich in die Handinnenflächen. „Ich würde auch gern die Medizin erlernen und nicht nur Heilkräuter sammeln."

„Wie kannst du so etwas fordern?"

„Jeder sollte das Recht auf die gleiche Bildung haben."

„Denkst du, du kannst in diesem Land über Nacht alles verändern?"

„Jemand muss es versuchen!", sagte Seren trotzig.

„Warum ausgerechnet du?" Ihre Mutter lachte höhnisch.

„Wenn nicht ich, wer dann? Ich kann nicht noch länger zusehen, wie Mädchen und Frauen in diesem Land unwissend und von ihren Männern abhängig sind. Ich ertrage die Menschen nicht, die denken, wir sind schwach."

Ihre Mutter sah Seren traurig an. „Ich werde gehen", sagte sie harsch. Als sie aufgestanden war, wandte sie sich Seren noch einmal zu. „Vergiss diese Gedanken. Dein Schicksal ist längst entschieden. Ich hoffe, du weißt, dass ich dich nur beschützen will."

Frustriert trat Seren einen Stein nach dem anderen fort, der auf ihrem Weg lag. Sie hatte sich mehr Unterstützung von ihrer Mutter erhofft. Sie war dumm gewesen, ihre Mutter hatte sie doch schon immer enttäuscht, wenn es um die Gefühle ihrer Tochter ging.

Das Abendessen war unter eisigem Schweigen verlaufen, auch wenn Juna versucht hatte, die Stimmung etwas aufzulockern.

Es war noch ein wenig Zeit, bis sie zurück zum Tempel musste, deswegen nahm Seren einen Umweg über die Große-Sol-Brücke. Diese Brücke war reich geschmückt: kunstvoll geschnitzte Holzgeländer, die geschwungenen Bögen waren mit goldenen Sonnen und Malereien von den Wohltaten des Sols verziert. Bunte Lampions hingen an den Pfosten und verbreiteten ein sanftes, warmes Licht. Überall waren aufwendige Blumenarrangements angebracht, deren Düfte die Luft erfüllten und die

Brücke in dieser Stunde besonders bezaubernd aussehen ließen.

Seren blieb wie angewurzelt stehen, als sie die Gestalt erkannte, die da an der Brüstung lehnte und gen Himmel starrte. Ihre Gedanken überschlugen sich. Sollte sie so tun, als hätte sie Yunho nicht gesehen und einfach weitergehen? Oder sollte sie sich zu ihm gesellen, obwohl sie jeder sehen könnte?

Ihr Herz hämmerte und ihr wurde flau im Magen.

Seren bewegte sich nicht von der Stelle, während sie Yunho heimlich beobachtete. Er sah anders aus als sonst, irgendwie verloren.

Sie schüttelte alle Bedenken ab und entschloss sich, zu ihm zu gehen. Seren lehnte sich an die Brüstung und sah ebenfalls hinauf zum Vollmond. Plötzlich richtete Yunho das Wort an sie, sah sie dabei aber nicht an.

„Kleine Sonne, wie gehe ich mit etwas um, das ich nicht vergessen kann?"

Diese Frage verwirrte sie so sehr, dass ihr keine passende Antwort einfallen wollte.

„Ich habe einmal ein Mädchen geliebt, das wie der Mond war", fuhr Yunho fort. „Es hat so hell geschienen und jede Dunkelheit vertrieben. Doch der Mond ist so weit weg und ich kann ihn nicht bei mir haben. Manchmal stelle ich mir vor, das Mädchen tanzt gerade dort oben auf einem gespannten Seil zwischen zwei Sternen und lächelt zu uns herab. Mal hasse ich den Mond dafür, dass er mich an sie erinnert. An anderen Tagen bin ich froh, dass er da ist."

Seren hatte ihn noch nie so traurig gesehen. Lange betrachtete sie ihn, bevor sie antwortete. „Was ist mit dem Mädchen passiert?"

„Sie ist gestorben." Seine Stimme war brüchig und leise. „Meinetwegen. Ich hätte nicht so gedankenlos sein dürfen. Ich sah die Zeit mit ihr als selbstverständlich an.

Obwohl jeder Moment unendlich kostbar war, doch das wurde mir erst bewusst, als es zu spät war. Ich bereue es so sehr."

Im schwachen Licht der Lampions sah Seren die Tränen, die über Yunhos Wangen rollten. Ohne darüber nachzudenken, legte sie ihre Hand auf seine, welche auf der Brüstung ruhte.

Er blickte zu ihr herüber und strich ihr vorsichtig eine Haarsträhne aus dem Gesicht. „Durch dich wurde mir aber eines klar", sagte Yunho mit fest klingender Stimme, „jeder Moment ist ein Geschenk. Seit ich dich traf, habe ich das Gefühl, meine Tage sind nicht mehr mit Reue gefüllt."

Seren spürte den Kloß in ihrem Hals. Yunho hatte sie verhext, davon musste sie ausgehen, oder was würde sonst ihr Herzklopfen rechtfertigen?

Abrupt zog sie ihre Hand zurück und nestelte an dem Saum ihres Kleides. Ihr Blick wanderte auf die Wasseroberfläche. „Du musst aufpassen, ich habe die Vermutung, dass Amon etwas gegen euch Traveler plant."

„Danke für die Warnung, aber ich weiß mich zu verteidigen", erwiderte Yunho. „Wir Traveler sind schon oft gejagt worden. Auch ein Grund, dass unser Lager gut versteckt liegt."

Seren schwieg. Kurz versuchte sie, sich vorzustellen, wie so ein Lager aussah, verwarf den Gedanken aber wieder. „Glaub nicht, ich hätte dich gewarnt, weil wir Freunde sind."

„Nicht? Was sind wir dann, kleine Sonne?" Er rückte ein Stück näher.

Seren stockte der Atem. „Hör auf, mich so zu nennen." Selbst sie bemerkte anhand der lasch ausgesprochenen Worte, dass ihr Widerstand unecht klang.

„Ich dachte, unser Abenteuer letztens hätte uns zusammengeschweißt", fügte Yunho hinzu. „Danke, dass ich mich dir anvertrauen konnte. Normalerweise halte ich meine Gefühle unter Verschluss. Ich möchte mich entschuldigen, dass sie vor dir so herausgebrochen sind."

„Das brauchst du nicht. Aber ich sollte gehen."

Sie war sich seiner Nähe zu sehr bewusst und das machte Seren mehr Angst, als sie zugab. Ihr Herz hämmerte, sie verlor sich in seinen Augen. Sie sah hinunter zu seinen Armen, die ihre fast berührten. Serens Kehle wurde trocken. Was geschah hier?

„Ich muss zurück", sagte sie und riss sich von Yunho los, um zum Tempel zu laufen.

SEREN

„Du glaubst gar nicht, wie froh ich bin, gleich wieder nach draußen zu kommen", sagte Viorica und streckte sich vorsichtig. Den Schmerz auf ihrem Gesicht konnte sie nicht verbergen.

„Meinst du wirklich, das ist eine gute Idee?", fragte Seren besorgt.

„Ja", erwiderte Viorica mit fester Stimme und lächelte Seren an. „Du hast mir übrigens noch gar nicht erzählt, wie es bei deiner Familie war."

„Da gibt es nicht so viel zu erzählen. Ich bin kritisiert worden, wie immer. Meine Mutter hofft auf eine baldige Heirat mit Amon." Bei diesen Worten bekam Seren eine Gänsehaut.

„Warum wird Amon eigentlich von jedem für etwas Besonderes gehalten?", fragte Viorica. „Als ich ihn das erste Mal gesehen habe, ist mir sofort ein Schauder über den Rücken gelaufen. Seine Augen sind so eiskalt. Na, umso besser, dass ich dich jetzt auf andere Gedanken bringen will."

Seren ließ sich von Viorica aus der Tür schieben.

Einige der anderen Mitglieder des Tempels waren ebenfalls auf dem Weg in die Stadt, als Viorica und sie kurze Zeit später aus dem Gebäude traten. Das Gemurmel und die finsteren Blicke verfolgten sie auch jetzt. Viele der Mitglieder hätten es gern gesehen, wenn Viorica an ihren Verletzungen gestorben wäre. Sie hatte sie tuscheln hören, im Speisesaal, in den Gängen oder im Klassenzimmer. Die Mitglieder des Tempels hielten es für die gerechte Strafe, wenn man sich Sol und seinen Gesetzen widersetzte. Sie dachten, Amon wäre gutmütig, doch Seren wusste, dass es noch grausamer von ihm gewesen war, Viorica am Leben zu lassen, denn so hatte er ein Druckmittel gegenüber Seren. Natürlich wagte es niemand, ihnen ins Gesicht zu sagen, was sie dachten. Seren störte das, doch Viorica schien es gar nicht zu bemerken. Auf ihren Lippen lag ein strahlendes Lächeln.

„War gestern noch etwas Besonderes?", fragte Viorica plötzlich, während sie die Stufen, die zur Stadt führten, hinabstiegen.

Ihre Wangen wurden heiß. „Was ... was meinst du?"

„Du hast nicht zufällig jemanden getroffen?"

Seren fühlte sich ertappt. „Nein."

Viorica grinste. „Dafür hast du aber ganz schön oft jemandes Namen im Schlaf gemurmelt."

Seren blieb fast die Luft weg. Mit großen Augen sah sie ihre Freundin an und dann verlegen auf die Stufen unter ihr. „Es ist nicht, wie du denkst", flüsterte sie.

„Was glaubst du denn, was ich denke?" Viorica grinste von einem zum anderen Ohr und zog ihre Brauen in die Höhe.

Seren blieb stehen und sah sich um. Erst als kein Mitglied des Tempels in Sichtweite war, fasste sie Mut und fragte: „Ist es normal, dass ich nicht aufhören kann, an ihn zu denken?"

Viorica klopfte ihr auf die Schulter. „Dich hat es ja ganz schön erwischt."

„Womit erwischt?"

„Du bist in ihn verknallt."

Serens Augen wurden noch größer und sofort schaute sie sich erneut um. „Sag das nicht so laut!"

„Was ist an der Liebe so verkehrt? Gib es doch zu." Viorica lachte.

„Nein, nein, das kann nicht sein. Er ist ein Traveler. Das darf nicht sein."

„Die Liebe kennt eben keine Gesetze und keine Klassen oder Hautfarben oder Geschlechter."

„Nein, ich denke bestimmt nur an ihn, weil er mir mit dem Buchhändler geholfen hat", rechtfertigte Seren sich und kaute auf ihrer Unterlippe herum. „Er war es letztendlich, der mir den Weg in die Buchhandlung gezeigt hat. Allein hätte ich den Weg womöglich nie gefunden. Ich habe sicherlich nur seinen Namen im Schlaf gemurmelt, weil ich ihm noch etwas schuldig bin. Schließlich hat er mein Buch bezahlt, obwohl ich das nicht wollte."

„Rede es dir nur weiter ein", sagte Viorica grinsend.

Als sie den Marktplatz erreicht hatten, sah Seren sich um und entdeckte den Stand, den sie gesucht hatte.

„Ich würde gern einige Heilkräuter kaufen."

Viorica nickte. „Und ich würde sterben für ein paar Süßigkeiten. Treffen wir uns gleich wieder hier, ich gehe nur kurz Karamellbonbons kaufen."

Sie tat, als würde sie sich für die Heilkräuter interessieren, die ihr der eifrige Händler anbot. Ihr Blick huschte immer wieder hinüber zu dem bunten Wagen, den sie schon von Weitem erspäht hatte. Davor tanzten zwei Frauen in ihren auffälligen Kleidern. Doch eigentlich interessierte sie sich nicht für die Darbietung, sondern für die Flöte spielende Person neben den Frauen – Yunho. Die Sonne schien auf sein rotes Haar und ließ es wunderschön schimmern. Seine Augen glänzten freudig und verleiteten Seren zu einem Lächeln.

Sofort sah sie sich um, ob sie jemand beobachtete. „Was fällt dir ein, einen Traveler so gedankenverloren anzustarren?", sprach sie sich zu. Sie schlug sich sachte mit beiden Händen gegen die Wangen, um wieder zu sich zu kommen.

„Im Lager habe ich noch getrockneten Beifuß", sagte der Händler.

Seren schüttelte den Kopf und verließ den Platz. Sie musste aufhören, sich von Yunho in Versuchung bringen zu lassen, Sol zu betrügen.

„Warum warst du so in Eile?", ertönte es hinter ihr.

Seren zuckte zusammen. Hektisch blickte sie sich um. Ihr Herz hämmerte, als Yunho sie in die nächste Seitengasse zog. Was dachte er sich dabei? Es war mitten am Tag.

„Was soll das?", zischte Seren. „Niemand darf uns sehen. Geh zurück zu deinen Tänzerinnen." Die letzten Worte hatte Seren schnippischer ausgesprochen, als sie beabsichtigt hatte.

„Höre ich da etwa Eifersucht aus deiner Stimme?", fragte er sichtlich vergnügt.

Seren warf ihm den finstersten Blick zu.

„Kleine Sonne, darf ich wagen zu behaupten, dein Herz verlangt nach mir?"

„Ich habe gesagt, du sollst mich nicht mehr so nennen."

Yunho zog eine Augenbraue nach oben. „Ach, du leugnest es nicht."

„Was machst du hier?", fragte Seren, um die Situation zu umgehen.

„Ich betreibe Nachforschungen."

Seren sah sich in der Gasse um. „Worüber?"

„Über ein Mädchen, das mich interessiert." Ein Lächeln umspielte seine Lippen. „Oh, was ist das?" Er zog die kleine Haarnadel mit der Sonne aus Serens Haaren. „Die werde ich als Andenken an dich behalten."

Seren wich zurück, die Muskeln in ihrem Körper waren angespannt und ihr Kiefer mahlte. „Deswegen mögen euch die Leute nicht. Ihr nehmt euch einfach, was ihr wollt." Seren ging einen Schritt auf ihn zu und hielt ihm ihre ausgestreckte Hand entgegen.

„Denkst du auch so von mir? Dass ich mir alles nehme, was ich begehre?"

„Augenscheinlich ja", antwortete Seren und deutete auf die Haarnadel.

„Kleine Sonne." Er seufzte und schüttelte den Kopf. Langsam streckte er seinen Arm aus und präsentierte die Nadel. Doch kurz bevor Seren sie zu fassen bekam, hob er den Arm in die Höhe.

Seren fauchte und kam noch einen Schritt näher. „Gib sie mir!"

„Wo sind denn deine Manieren hin? Kein Bitte mehr?" Yunho lächelte, während er sie gespielt empört ansah.

„Wer von uns keine hat, ist ja wohl offensichtlich." Wieder hielt Seren ihm ihre offene Hand hin und berührte dieses Mal sein Hemd mit den Fingerspitzen. Sofort schoss ein Kribbeln durch ihren Körper.

„Hol sie dir." Seine Stimme war rau und verführerisch, so wie der Duft, der von ihm ausging. „Ich wehre mich auch nicht. Du musst sie dir nur nehmen."

Er hielt seine Hand über sie und Seren streckte sich. Trotz der Tatsache, dass sie jetzt auf Zehenspitzen stand, fehlten nur wenige Zentimeter.

„Bitte", flehte sie und geriet aus dem Gleichgewicht. Sie drohte zu stolpern, doch sofort umklammerte Yunho mit der freien Hand ihre Hüfte und zog sie an sich. Sie sprang wie ein kleines Kind an seinem lang ausgestreckten Arm empor und kam somit seinem Gesicht immer näher.

„Ach, darauf hast du es angelegt", sagte er. „Du wolltest mich küssen."

Die Zeit schien stillzustehen.

„Wenn ich mir jetzt nehmen würde, was ich möchte ..." Er verstummte und blickte auf ihre Lippen. „Sag ja!", flehte er und strich mit seiner freien Hand ihren Rücken hinauf. „Sag, dass du mich küssen willst."

Serens Herz raste. Sie wollte etwas sagen, wusste, dass sie ihn von sich stoßen sollte, doch sie konnte nicht. Sie fuhr sich mit der Zunge über ihre Lippen und ihre Wangen wurden heiß.

Yunho blickte ihr tief in die Augen. „Du bist wunderschön, kleine Sonne. Du lässt mich an nichts anderes mehr denken. Sag mir, dass es dir genauso ergeht und du das Gleiche fühlst." Mit seinem Daumen fuhr er über ihre Lippen.

Sie konnte nichts sagen, nickte nur. Sie fühlte jeden Zentimeter seines Körpers, der ihrem so nah war, spürte das Prickeln, das sein Daumen ausgelöst hatte, noch immer auf ihren Lippen. Sie wollte von ihm geküsst werden.

Sein Kuss, so sanft wie eine Feder, traf ihre Lippen. Die Welt um sie herum schien für einen Augenblick innezuhalten, als wären sie die einzigen beiden Wesen, die in diesem Universum existierten.

Die Berührung ihrer Lippen war zart und dennoch elektrisierend, ein zärtlicher Hauch, der sich wie Magie anfühlte. Tausend Gefühle strömten gleichzeitig auf Seren ein, ein Wirbelsturm von Empfindungen, die sie überwältigten und doch seltsam vertraut waren. Hingabe und Verlangen, Freude und Unsicherheit, all das vermischte sich zu einem Wirrwarr in ihrem Inneren. Es war, als würde ihr Herz mit einem warmen Glühen erfüllt, das sich langsam in jeder Faser ihres Seins

ausbreitete. Ihr Atem verschmolz, als wären sie dazu bestimmt, gemeinsam zu atmen. Die Wirklichkeit verschwamm, fernab von Raum und Zeit.

In diesem kostbaren Moment wurde jeder Zweifel hin-
fort gefegt, jede Sorge verblasste. Es gab nur sie beide
und die ungesagten Worte, die zwischen ihnen hingen.

Langsam lösten sie sich voneinander, doch der Zauber
des Kusses schwebte noch in der Luft. Seren öffnete die
Augen und blickte in Yunhos. Die Welt setzte sich wieder
in Bewegung und sie war fast traurig deshalb.

SEREN

Sie befühlte ihre Lippen, während sie aus der Gasse trat. Was war gerade geschehen? Ihr Herz pochte immer noch wie wild und ihr Magen schien mit Schmetterlingen gefüllt.

„Seren?"

Sie erwachte aus ihrer Starre. Viorica eilte auf sie zu.

„Alles okay bei dir?"

„Ja ... ja, alles okay."

„Warum grinst du so?", bohrte Viorica nach.

Seren legte ihre Hand über den Mund und nuschelte durch ihre Finger: „Tue ich doch gar nicht."

Viorica spähte in die Gasse, aus der Seren gerade gekommen war. Wahrscheinlich hatte sie Yunho entdeckt, denn ihr Lächeln wurde breiter.

„Hast du deine Karamellbonbons bekommen?", fragte Seren, um vom Thema abzulenken.

Triumphierend hielt Viorica ein kleines Bündel hoch. „Ich muss mich zusammenreißen, nicht alle auf einmal zu essen."

„Dann lass uns zurück in den Tempel gehen", sagte Seren und hoffte, auf dem Weg dorthin ihre Gedanken ordnen zu können.

Seren eilte durch die Gänge. Wo hatte sie nur die kleine Schere hingelegt, die sie immer zum Blumenschnitt benutzte? Hektisch kramte sie in ihrer Tasche.

Die anderen Mädchen warteten wahrscheinlich bereits auf sie, sie sah jetzt schon Astrids missbilligenden Blick vor ihrem geistigen Auge.

Plötzlich ertastete sie etwas und zog es aus der Tasche. Es war ein Buch. Verwundert sah sie es an.

„Das menschliche Gehirn", las sie, doch was sie am meisten überraschte, war der Namen der Autorin: Katrin Wood. Noch nie hatte sie ein Buch von einer Frau in der Hand gehalten, geschweige denn gesehen. Schnell öffnete sie das Buch und sah eine kleine handschriftliche Notiz.

„ Weil ich immer an unser Treffen an der Brücke denken muss. "

Seren schnappte nach Luft. Wann hatte Yunho es in ihre Tasche getan? Schmetterlinge tanzten in ihrem Bauch. Das Buch war eindeutig aus dem Königreich Dorado. War Yunho etwa noch mal in die verbotene Buchhandlung zurückgekehrt? Automatisch schlich sich ein Lächeln auf ihre Lippen.

„Seren!"

Eine Gänsehaut breitete sich in ihrem Nacken aus. Diese eiskalte Stimme konnte nur einem gehören. Sie blickte auf und sah Amon auf sie zukommen. Schnell versuchte sie, das Buch wieder in ihrer Tasche zu verstauen, doch es verfing sich im Innenfutter.

Seine Augen waren starr auf sie gerichtet. Kurz darauf blieb er dicht vor ihr stehen, worauf Seren den Atem anhielt. Sein stechender Blick verursachte ihr Übelkeit. Mit langen dünnen Fingern angelte Amon nach dem Buch. Seine Braue glitt nach oben, als er den Titel las.

„Woher hast du das?", fauchte er, während er es so fest umklammerte, dass seine Knöchel weiß hervortraten. „Woher hast du das?", fragte er mit Nachdruck.

„Ich habe es gefunden."

Er schnaubte. „Hältst du mich für so dumm? Hat dir eine Bestrafung nicht gereicht?"

„Ich sage die Wahrheit", erwiderte Seren, doch ihre Stimme klang schwach.

„Deswegen war ich dagegen, dass Frauen überhaupt das Lesen lernen dürfen." Er schien nicht direkt auf Seren wütend zu sein, sondern auf etwas anderes. „Komm mit!", befahl er und packte sie am Arm.

Das wunderschöne Gefühl, das Seren nach ihrem Besuch in der Stadt gehabt hatte, war auf einmal verschwunden. Was würde sich Amon dieses Mal ausdenken, um sie zu demütigen? Eigentlich war sie selbst schuld, denn warum konnte sie sich nicht einfach an die Gesetze des Tempels halten?

Amon schleifte Seren den Gang entlang, bis sie vor der Tür des Oberhauptes standen. Er klopfte zweimal und trat dann ein. Das Oberhaupt saß an seinem Schreibtisch und schaute mit vor Überraschung geweiteten Augen von einer Schriftrolle auf.

„Das habe ich gerade bei Seren gefunden." Amon warf das Buch auf den Schreibtisch, als würde es irgendwelche ansteckende Krankheiten übertragen.

Das Oberhaupt nahm es entgegen und musterte es. „Woher hast du das?"

„Es lag einfach in meiner Tasche." Sie konnte nur von Glück sagen, dass keiner der Männer das Buch aufgeschlagen und Yunhos Nachricht gelesen hatte.

„Offensichtlich eine Lüge", mischte sich Amon ein und seine Augen erschienen Seren noch eisiger als sonst.

„Oberhaupt, jetzt könnt Ihr meinen Vorschlag nicht mehr ignorieren. Es ist augenscheinlich, dass die Frauen in unserem Land außer Kontrolle geraten."

Das Oberhaupt strich sich mit der Hand über das Gesicht. Der Mann sah nicht glücklich aus. Abermals fragte sich Seren, wer hier im Tempel eigentlich das Sagen hatte.

„Gut, dann machen wir es, wie du es vorgeschlagen hast, Amon. Lass alle Bücher zusammensuchen und verbrennen."

Seren keuchte. Sie wusste, dass es nicht ihre Schuld war, dass man Bücher verbrennen würde, doch sie war der Auslöser, auf den Amon vermutlich gewartet hatte.

„Nehmt dieses gleich mit", befahl das Oberhaupt und drückte ihm das Buch in die Hand, ehe er sich an Seren wandte. „Wie viele Warnungen brauchst du noch?"

Seine Stimme war ruhig, doch sie konnte die Drohung darin hören. Seren schluckte und biss sich auf die Zunge. Der Knoten in ihrem Magen zog sich immer enger.

„Sobald wir verheiratet sind, werde ich ihr die Flausen austreiben", sagte Amon und leckte sich über die Lippen.

Also war es tatsächlich beschlossene Sache. Seren hatte keine Chance, ihm und dem Tempel zu entkommen.

Die Mitglieder des Tempels strömten durch die Straßen und hinterließen Verwüstung und Chaos. Jedes Buch wurde eingesammelt. Frauen, bei denen verbotene Bücher entdeckt wurden, wurden an den Pranger gestellt oder öffentlich ausgepeitscht. Dieses Mal machten ihre Ränge keinen Unterschied. Auch die Leute im Tempel wurden nicht ausgenommen. Alle Schwestern hatten sich im Speisesaal versammeln müssen.

„Hiermit gebe ich offiziell bekannt, dass Frauen nur noch für den Unterricht notwendige Bücher besitzen und lesen dürfen."

Ein synchrones Keuchen kam von den Schülerinnen, doch sofort verstummten sie unter Amons Blick.

„Wer sich seiner Lasten entledigen will, wird verschont. Bringt sämtliches Frauenwerk bis Sonnenuntergang auf den Marktplatz. Finden wir danach weitere Bücher, so werden auch diejenigen auf dem Feuer brennen."

Es war so ruhig, Seren hätte eine Stecknadel fallen hören können.

Die Schülerinnen sahen sich geschockt an. Ihre Freiheiten wurden immer weiter eingeschränkt. Frauen waren in Solaris nichts mehr wert.

„Was ist da gerade passiert?", fragte Viorica, als sie und Seren wieder in Richtung ihres Zimmers gingen. „Ich kann es immer noch nicht glauben. Träume ich?"

„Ich denke, das ist meine Schuld", sagte Seren kleinlaut. „Amon hat mich mit einem Buch aus der verbotenen Buchhandlung erwischt." Sie ließ ihren Kopf hängen. Könnte ihr Leben noch schlimmer werden?

„Du warst nur der Vorwand für Amons krankes Spiel", erklärte Viorica. „Aber wie kann es sein, dass so etwas von einer Person entschieden werden kann? Sollten wir nicht an den König schreiben?"

„Du weißt, dass der König seit Jahren vergeblich versucht, Einfluss auf den Tempel zu nehmen", zischte Seren. „In Wahrheit regiert der Tempel dieses Land."

Seren wusste das schon lang, denn ihr Vater hatte wieder und wieder damit geprahlt, wie groß der Einfluss des Tempels war. Der König war auf dessen Gold angewiesen, ebenso auf den Zugang zum Hafen. Er würde dem Oberhaupt nie in den Rücken fallen. Sie hatten ihn in der Hand.

In ihrem Zimmer wurden sie bereits von ein paar Mitgliedern des Tempels erwartet. Wieder einmal gab es eine Durchsuchung, doch Seren und Viorica hatten nach der letzten Überprüfung alles weggeschafft. Die Bücher waren nun in Seidenpapier eingewickelt unter den Rosen, die im Tempelgarten wuchsen, vergraben.

„Das Zimmer ist sauber", verkündete einer der Männer. Mit den anderen rauschte er aus dem Raum, sodass Seren und Viorica allein zurückblieben.

AMON

Als die Sonne unterging, war der Turm mit den Büchern, der sich auf dem Marktplatz befand, einige Meter hoch. Mit jedem Buch stärkte sich Amons Macht. Er spürte dieses berauschende Gefühl, während er den Wachen zusah, die eine Verbrecherin nach der anderen anschleppten. Nur zu gern hätte er Seren bestraft, aber das Oberhaupt glaubte ihr.

Er ballte seine Hände zu Fäusten. Bald würde sie ihm gehören, dann könnte nur er über sie bestimmen.

Im Vorbeigehen griff Amon nach einem der Bücher und blätterte darin. Er konnte sich ein Grinsen nicht verkneifen. Wie ungebildet die Frauen doch waren. Sie glaubten die Lügen, die über das Königreich Dorado verbreitet wurden.

„Herr, wir sind so weit", sagte einer der Männer und Amon warf das Buch wieder auf den Stapel.

„Dann treibt die Frauen zusammen, auch die Schülerinnen. Sie sollen es aus nächster Nähe betrachten." Er nickte und verließ eilig den Vorplatz. Amon konnte es kaum erwarten, alles brennen zu sehen.

„Dir scheint das hier sichtlich Spaß zu machen", sagte das Oberhaupt, das sich an seine Seite gesellte.

„Ich bin nur ein bescheidener Diener von Sol und führe seine Anweisungen aus", erklärte er und verfluchte den alten Mann innerlich. Sobald er Seren geheiratet hatte, würde er mithilfe ihres Vaters das Oberhaupt stürzen und selbst im Tempel regieren. Das Oberhaupt dachte immer noch, dass der eigentliche Plan war, den König zu stürzen und dem Tempel mehr Macht zu verleihen. Jeden Tag fiel es ihm schwerer, die Fassade aufrecht zu halten.

Doch bevor er etwas sagen konnte, kamen die Schülerinnen und die anderen Frauen auf den Vorplatz. Die Angst stand ihnen ins Gesicht geschrieben.

„Gebt mir die Fackel", wies Amon seine Handlanger an. „Sollte ich noch einmal eine Frau erwischen, die ein Buch liest, das nicht vom Tempel autorisiert ist, ist sie die nächste, die auf diesem Scheiterhaufen brennt."

Er sah Seren an, die zusammen mit ihrer Freundin in der vordersten Reihe stand.

Wie passend, dachte er.

Amon warf die Fackel auf den Haufen und sofort fraß sich das Feuer durch das Papier. „Eine kleine Überraschung habe ich noch", sagte er, während die Flammen vor seinen Augen tanzten.

SEREN

Serens Atem stockte für einen Moment, als sie auf den Vorplatz des Tempels sah. Das durfte nicht wahr sein. Sie kannte die zwei Männer, die gerade an ihren Fesseln hinaufgezogen wurden. Der Besitzer der Buchhandlung und sein Helfer.

„Was passiert hier?", fragte sie und konnte das Zittern in ihrer Stimme nicht verbergen.

„Habt ihr es nicht gehört?", fragte einer der Schüler. „Einige der Frauen haben verraten, woher sie die Bücher hatten."

Seren begegnete dem ängstlichen Blick des Verkäufers. Schuldbewusst senkte sie ihr Haupt. Amon zwang sie wirklich, die Hinrichtung dieser beiden Männer anzusehen.

Er höchstpersönlich band sie an die Pfähle, die direkt neben den brennenden Büchern aufgebaut waren. Es dauerte keine Sekunde, bis einer der Funken auf die Kleidung des Verkäufers übersprang.

Seren wollte sich die Ohren zuhalten, als sie die Schreie der Männer vernahm, doch sie wusste, dass sie das nicht durfte. Sie starrte weiterhin auf den Boden und versuchte, an etwas anderes zu denken. Kalte Finger schoben sich unter ihr Kinn.

„Schau genau hin", flüsterte Amon ihr ins Ohr und zwang sie, anzusehen, wie die beiden Männer bei lebendigem Leib verbrannten. Immer wieder schluchzten einige der Frauen, doch die Stille, als die beiden tot waren, war ohrenbetäubend.

„Ich kann nicht zurück in mein Zimmer", sagte Seren. Ihr wurde übel bei dem Geruch der verbrannten Haut.

„Soll ich mitkommen?", fragte Viorica und legte Seren eine Hand auf die Schulter.

„Nein!" Ihre Antwort war schroff, doch sie wollte jetzt allein sein.

„Du hast noch eine Stunde bis zur Ausgangssperre", sagte Viorica.

Seren würde diese nach dem heutigen Tag nicht mehr ignorieren.

Mit von Tränen verwaschenem Blick wanderte sie in der Stadt umher. Die Türen der Häuser standen zum Teil immer noch offen und nur langsam konnten die Bewohner in ihr Zuhause zurückkehren. Wenn sie nur wüssten, dass alles Serens Schuld war. Allein ihre Existenz hatte diese Leute verdammt. Vielleicht sollte sie sich in den Fluss stürzen, dann hätte Amon keinen Grund mehr, anderen Leuten wehzutun. Aber wem machte sie etwas vor? Er würde ein neues Spielzeug finden.

„Seren!" Jemand packte sie an den Schultern, wirbelte sie herum. Es war Yunho. Er zog sie in eine Umarmung. Sie vernahm den Geruch nach Holz. Kurz war sie beruhigt, doch dann fiel ihr ein, was gerade passiert war.

Sie schob Yunho grob von sich weg.

„Geht es dir gut?", fragte er, während seine Augen ihr Gesicht absuchten.

„Fass mich nicht an."

Yunho legte die Stirn in Falten. „Du musst sofort den Tempel verlassen."

„Du denkst, das wäre so leicht?"

„Ich helfe dir."

„Deine Hilfe hat alles verschlimmert!", schrie Seren.

Yunho trat zwei Schritte zurück. „Siehst du nicht, was gerade passiert ist?"

„Weil ich es sehe, kann ich den Tempel nicht verlassen. Es war alles meine Schuld. Du sagst so leicht, du wirst mir helfen, dort wegzukommen. Was wird dann aus meiner Familie? Was ist mit meinen Freunden? Ich würde sie alle zurücklassen."

„Aber ..."

„Versuch nicht, über mich zu urteilen. Verschwinde einfach. Sprich mich nicht mehr an und berühre mich nie wieder."

„Seren ...", sagte er und wollte nach ihrem Arm greifen, doch sie zog ihn weg und ließ ihn stehen.

SEREN

Die Nacht der brennenden Bücher, wie das Geschehen betitelt worden war, war jetzt drei Tage her. Die Aufregung war immer noch zu spüren. Es lag ein Schleier aus Trauer, Wut, Furcht und Hilflosigkeit über Solaris. Amons Wut und die des Oberhauptes kannten keine Grenzen. Nicht nur die Menschen des äußeren Ringes, sondern auch die reichen Einwohner hatten es zu spüren bekommen. Was diese Nacht umso bedeutender machte.

In den Mauern waren vor allem die Mädchen darauf bedacht, nicht in Amons Ungnade oder die des Oberhauptes zu fallen. Ersterer strotzte förmlich vor Macht. Sobald er den Flur durchquerte, senkte jeder, der ihm begegnete, ehrfürchtig den Kopf, und Gespräche erstarben sofort.

Seren vermutete sogar, die Blumen würden verwelken, wenn er nur in der Nähe war. Seit einigen Tagen war sie deswegen nicht aufzumuntern. Nichts bereitete ihr Freude.

„Die Wäsche kann auch nichts dafür", sagte Viorica, die Seren zugesehen hatte, wie sie auf die Kleidung eindrosch, welche sie auf einem kleinen Holzbrett im Wasser ausgebreitet hatte.

„Er versteht es einfach nicht", beklagte Seren sich und hieb noch mal das Laken ein.

„Er macht sich Sorgen um dich." Sie hatte also erkannt, dass es um Yunho und nicht um Amon ging.

„Wie kann er von mir verlangen, ich soll mein ganzes Leben und meine Familie aufgeben, nur weil er nicht mit unserer Gemeinschaft einverstanden ist?"

„Können wir euch helfen?", fragte eine bekannte Stimme hinter ihnen.

Beide fuhren herum. Seren verdrehte die Augen, als sie Yunho und Ace erkannte, und nahm das nächste Laken aus dem Korb. „Geht weg."

„Du machst dir doch Sorgen, dass uns jemand sehen könnte, oder?", fragte Ace Seren und streckte fordernd eine Hand nach Viorica aus. „Gib mir deine Kleidung. Sie ist zwar etwas eng, aber es wird gehen."

„Dreht euch weg", bat Viorica.

Seren sah sie ungläubig an. „Du wirst doch nicht … hier … vor ihnen?"

„Es wäre für uns alle besser, wenn ihr zwei redet." Viorica löste langsam den Gürtel ihres Gewandes.

Seren funkelte sie an, aber Viorica lächelte und zuckte mit den Schultern, als würde sie nicht wissen, was dieser Blick bedeutete. „Macht, was ihr wollt!", fauchte sie und wandte sich wieder der Wäsche zu.

„Hast du Lust, dir etwas die Beine zu vertreten?", fragte Viorica an Ace gerichtet.

Seren schnaubte. Was war Viorica nur für eine Freundin? Das würde sie ihr nicht verzeihen. Sie wollte nicht mit Yunho allein sein. Sie wollte nicht, dass er bestraft würde, wenn sie erwischt würden, und in seiner Nähe bekam sie Herzrasen.

Yunho setzte sich an Vioricas Stelle und nahm eines der Laken aus dem Korb. Unauffällig wandte sie sich nach ihm um. Er sah absolut lächerlich in Vioricas

Gewand aus. Doch von hinten würde ihn niemand auf den ersten Blick erkennen. Er sagte nichts, was Seren noch mehr störte. Sollte sie den ersten Schritt machen? Nein, er sollte sich zuerst entschuldigen.

Yunho hatte seine Unterlippe zwischen die Zähne gezogen, was er immer tat, wenn er sich konzentrierte. Sie hatte ihn ein paar Mal bei seiner Feuershow beobachtet.

Komm zur Vernunft, mahnte sie sich selbst und klatschte mit dem Wäscheklopfer auf den Stoff.

„Dein Gesicht", sagte Yunho in die Stille.

„Was ist mit damit?", fragte sie gereizt.

Er hatte aufgehört, die Wäsche zu klopfen. Yunho nahm ihr Gesicht zwischen seine Finger und zwang sie, ihn anzuschauen. „Du siehst verärgert aus."

Seren würde gleich vor Wut platzen. Sie schlug seine Hand weg. „Ich gehe jetzt."

Sie stand auf, doch Yunho hielt sie an ihrem Arm fest. „Geh nicht."

„Lass mich los." Seren löste sich aus seinem Griff.

Yunho stand blitzschnell auf und versperrte ihr den Weg. „Bitte, kleine Sonne. Ich habe dein Gesicht vermisst."

Ihr fiel es schwer, nicht in seinen Augen zu versinken. Sie schüttelte ihren Kopf und wollte an ihm vorbeigehen, doch er trat ihr entgegen. Seren wich automatisch zurück. Die Steine unter ihr waren nass und rutschig und sie musste aufpassen, dass sie nicht in den Fluss stürzte. Am liebsten hätte sie Yunho gesagt, dass sie ihn auch vermisst hatte, doch sie wollte ihm nicht diese Genugtuung geben. Dann hätte er gewonnen.

„Bleib stehen!" Er griff nach ihrem Kleid, aber etwas zu fest.

Seren konnte ihr Gleichgewicht nicht mehr halten und fiel in den Fluss.

Er runzelte die Stirn, als er Seren sanft nach oben zog. „Alles in Ordnung?"

Sie hatte Wasser geschluckt und hustete.

Er nahm ihr Gesicht zwischen beide Hände und sah sie an. „Hast du dich verletzt?"

Doch alles, was Seren in diesem Augenblick wahrnahm, waren seine grünen Augen. Ihr Blick wanderte zu seinen leicht geöffneten Lippen und sie schluckte. Sie fühlte die Hitze, die von ihm ausging. Ohne es richtig zu wollen, hob sie eine Hand und fuhr mit dem Finger seine Unterlippe nach, so wie er es bei ihr getan hatte. Sie spürte, wie sich sein Körper anspannte und sein Atem flacher ging.

„Seren", hauchte er.

Er hatte ihren Namen gesagt. Eigentlich mochte sie es, wenn er sie kleine Sonne nannte, aber das würde sie ihm nicht sagen.

Yunho schob Seren eine nasse Haarsträhne aus dem Gesicht und betrachtete sie.

„Sei still", sagte sie zu ihm und zog seinen Kopf näher.

Seine Lippen schmeckten süß, als sie ihre berührten. Serens Herzschlag überschlug sich fast und sie zog Yunho enger an sich. Ein wohliger Schauder lief ihr über den Rücken und fast hätte sie geseufzt. Sie wusste nicht, wie sie sich jemals von ihm lösen sollte. All die Sorgen um den Tempel und ihre Zukunft waren vergessen. Ihr Atem ging schwer, als sie sich voneinander trennten.

„Heißt das, du verzeihst mir?", fragte Yunho mit diesem unwiderstehlichen Grinsen.

Als Antwort bespritzte Seren ihn mit Wasser. „Vielleicht."

„Damit kann ich leben", sagte er und tat es ihr gleich.

„Hey, wir sind keine Kinder mehr." Seren hob mahnend den Zeigefinger.

„Das sagt die Richtige."

„Untersteh dich, sonst rufe ich die Wachen", drohte Seren mit gespielt entrüstetem Gesicht.

Yunho trat provozierend auf sie zu. „Das würdest du tun?"

„Fordere mich nicht heraus."

„Dann versuch es doch." Er zeigte Seren wieder das Lächeln, das sie so sehr liebte. Yunho schob seine Hand in ihren Nacken, um sie an sich zu ziehen. Seine Lippen berührten sachte erst ihre Nase, danach ihren Mund.

„Wie ich sehe, habt ihr euch versöhnt", sagte Ace, der wieder mit Viorica aufgetaucht war.

Yunho und Seren fuhren hoch. Seren strich mit dem Handrücken über ihre erhitzten Wangen und blickte hektisch zu Viorica. Hatten sie und Ace alles gesehen?

„Aber es geht gar nicht, dass ihr ohne uns Spaß habt, oder was denkst du?", fragte Ace an Viorica gerichtet.

Diese schüttelte den Kopf und nahm die von Ace angebotene Hand.

Viorica tauchte nach einigen Sekunden prustend und hustend auf. Ace hingegen drückte den Kopf seines Freundes unter Wasser. „Dein Hitzkopf braucht in letzter Zeit ganz schön viel Abkühlung." Ace grinste Seren an.

Sie versuchte, seinem Blick auszuweichen.

„Ich bin froh, dass ihr euch versöhnt habt, sonst liegt Yunho mir wieder den halben Abend in den Ohren, wie sehr er dich vermisst."

„Hey!", rief Yunho, der wieder aufgetaucht war, und nahm Ace in den Schwitzkasten.

Seren lachte und Viorica stimmte mit ein. Sie wusste nicht, wann sie zuletzt so gelacht hatte. Wahrscheinlich noch nie. War das die Freiheit, die sie sich erträumte?

SEREN

Seren strich sich eine Träne von der Wange und versuchte, nicht mit dem Messer in ihrer Hand abzurutschen. Der Geruch der Zwiebel, die sie gerade zerteilte, stach in ihrer Nase und brachte sie zum Weinen. Hätte sie doch lieber Kartoffeln geschält wie die anderen.

Sie sah sich im Gewölbekeller um, in dem die Küche untergebracht war. Jeder ging seinen zugeteilten Aufgaben nach. Immer wieder fragte Seren sich, warum hier unten nie einer der männlichen Schüler helfen musste. Jeden Tag, den sie länger im Tempel verbrachte, wuchsen ihre Zweifel an Sol und den Mitgliedern. Seit sie Yunho getroffen hatte, stand ihre ganze Welt kopf.

„Seren!", rief jemand durch die Küche.

Sie drehte sich um und erblickte ihre ehemalige Zimmerkollegin. „Gwen!", antwortete sie freudig und stürmte auf sie zu, ehe sie ihre Freundin umarmte.

„Du drückst mir ja noch die Luft ab", sagte Gwen und Seren ließ sie los.

„Ich bin so froh, dich zu sehen."

„Seren, du bist nicht mit deiner Arbeit fertig!", polterte Astrids Stimme durch die Küche.

„Ich helfe dir", sagte Gwen und nahm eine Schürze vom Haken.

„Warum bist du hier?", fragte Seren. „Ich dachte, ich würde dich nur noch einmal zum *Tag der Farben* sehen."

„Mein Ehemann hat eine Besprechung mit Amon."

Schon allein bei seinem Namen bekam Seren eine Gänsehaut. „Wie ist das Leben auf dem Hof?", fragte sie, um sich von Amon abzulenken.

Gwen lächelte schwach. „Es ist nicht viel anders als hier. Nur dass ich die ganze Hausarbeit allein machen darf und dass ich niemanden habe, mit dem ich reden kann." Ihr Gesicht verdunkelte sich.

„Kannst du nicht fragen, ob du öfter kommen darfst?" So würde es Seren auch bald ergehen, sollte sie keinen Ausweg finden, um Amon nicht heiraten zu müssen.

Anstatt zu antworten, hielt sich Gwen die Hand vor den Mund, als müsse sie gleich erbrechen.

„Ist alles okay?", fragte Seren besorgt.

„Ja, nur der Geruch der Zwiebel ..."

Seren half ihr. „Vielleicht wäre es besser, wenn du dich etwas ausruhst." Sie sah hinüber zu Astrid.

Die war nicht angetan von der Idee, stimmte aber zu. „Eira, übernimm Serens Aufgaben. Bring Gwen in dein Zimmer."

„Kannst du gehen?", erkundigte sie sich, worauf Gwen nickte, doch Seren stützte sie dennoch.

Als Seren die Tür aufstieß, war sie überrascht, Viorica zu sehen.

„Ist alles okay mit ihr?", fragte diese.

„Kannst du vielleicht etwas Hagebuttentee holen?", war ihre Antwort.

Viorica stand auf und ging hinaus. Seren nahm auf dem Stuhl in der Ecke Platz, während sie Gwen beobachtete. Immer wieder glitt ihre Hand zu ihrem Bauch.

„Astrid wird dich wegen des Vorfalls mit mir morgen wahrscheinlich härter arbeiten lassen", sagte Gwen. „Es tut mir leid."

Seren winkte ab. Mit ziemlicher Sicherheit musste sie tatsächlich ihre Fehlstunde wettmachen, doch das nahm sie gern in Kauf.

„Wie ist deine neue Mitbewohnerin?", fragte Gwen.

Seren überlegte, wie sie Viorica am besten beschreiben sollte. „Sie ist das komplette Gegenteil von dir. Aber ich mag sie sehr gern."

Gwen lächelte und dieses Mal war es echt. „Das freut mich, ich habe mir Sorgen um dich gemacht."

Seren hob ihre Brauen. „Um mich?"

„Ich habe von der Bestrafung gehört." Gwens Blick verdüsterte sich.

Ein Knoten bildete sich in Serens Magen, der sich enger und enger zog. Ehe sie antworten konnte, wurde die Tür geöffnet und Viorica trat mit einer Tasse in der Hand ein.

„Hier ist der Tee." Viorica schloss die Tür und reichte Gwen das Getränk. Diese nahm es dankend an. „Du wurdest am *Tag der Farben* auserwählt, richtig?", fragte sie an Gwen gerichtet, nachdem sie sich auf ihr Bett gesetzt hatte.

„Ja, es war eine Ehre. Aber Seren, du wirst ja auch bald heiraten und es selbst erleben. Ich hörte, Amon wird dich auserwählen. Du hast so ein Glück."

„Habe ich das wirklich?", fragte Seren, die ihre Hände zu Fäusten ballte. Sie konnte es nicht mehr hören. In den letzten Tagen hatte sie sich tatsächlich überlegt, wie es wäre, einfach mit Yunho zu verschwinden. Doch dies wäre unmöglich. Sie müsste alles hinter sich lassen, und dafür war sie zu feige. Mit Yunho ein freies Leben zu führen, war nichts als Tagträumerei.

Doch ihr Herz sagte ihr etwas anderes.

„Kann ich dir eine Frage stellen?", wollte Seren wissen.

„Natürlich", antwortete Gwen.

„Erwartest du ein Kind?"

Viorica sah von Gwen zu Seren und wieder zurück.

„Ich wusste, dass ich es vor dir nicht verbergen kann. Deswegen bist du die talentierteste Heilerin hier im Tempel, ach was, in ganz Scalis."

„Das freut mich wirklich für dich", sagte Seren. „Doch ich habe den Eindruck, du freust dich nicht darüber. Seit du hier bist, siehst du traurig aus. Sicherlich nicht nur, weil du mich vermisst hast, oder?"

„Du kennst mich einfach zu gut", antwortete Gwen und ließ ihre Schultern hängen. Tränen stiegen ihr in die Augen. „Es ist nicht so, dass ich mir kein Kind gewünscht hätte, aber nicht auf diese Weise." Ihre Stimme brach.

„Was meinst du damit?", fragte Viorica.

„Ich war so naiv. Ich dachte, alles wäre wie in den Büchern, die wir heimlich gelesen hatten. Am Abend meiner Hochzeit war ich so aufgeregt. Da stand ich mit meinem Kleid bei meinem Mann in diesem trostlosen Raum. Inmitten eines riesigen Betts. Mir zitterten die Knie und ich war keineswegs bereit für das, was kam. Mein Mann versuchte, mich zu beruhigen, und strich mir besänftigend über das Haar. Dann küsste er mich. Tief und innig wurde immer drängender und fordernder. Es machte mir Angst." Gwen schluckte und Tränen traten in ihre Augen.

Seren starrte sie mit offenem Mund an.

„Ich wollte ihn von mir stoßen, ich brauchte Luft zu atmen, doch er ließ es nicht zu", erzählte Gwen. „Er hat mich auf das Bett gedrückt und mir den Mund zugehalten. Er sagte, ich hätte gleich Gelegenheit, zu schreien und zu stöhnen. Ich solle es einfach geschehen lassen und genau so, wie es ist, wäre es richtig. Nichts davon fühlte sich richtig an. Nicht, als er mir das schöne Kleid zerriss, welches mein Vater extra für mich hatte anfertigen lassen, nicht, als er mir auch noch mein Höschen von den Beinen riss und mir damit wehtat."

„Hast du dich gewehrt oder um Hilfe geschrien?", fragte Viorica, doch Gwen schüttelte den Kopf.

„Als ich mich weigerte und gesagt habe, dass ich das nicht wolle, schlug er mich ins Gesicht. Er drückte mich mit Gewalt nieder und drang kurz danach in mich ein. Nichts davon war wie in den Büchern. Ich habe meine Augen geschlossen. Ich dachte, es liegt an mir."

Gwen brach in Tränen aus und ließ das Gesicht in die Hände fallen.

„Das reicht", sagte Seren und ging auf Gwen zu, um sie zu umarmen. Seren bebte vor Wut. „Ein Grund, warum ich Männer abscheulich finde."

„Hast du es außer uns jemandem erzählt?", fragte Viorica.

„Wem soll ich es erzählen? Uns wird weisgemacht, dass es normal ist, dass sich ein Mann alles nehmen darf. Ich habe versucht, mit meiner Mutter darüber zu reden, doch sie meinte, das seien eben die Pflichten einer Frau."

Viorica sprang auf und ballte die Hände zu Fäusten. „Nein, das sind sie nicht."

„Ich hätte es euch nicht erzählen sollen. Ich schäme mich so dafür, dass ich Zweifel an meinem Glauben habe. Dass ich meinem Mann nicht gehorchen will." Gwen vergrub ihr Gesicht erneut in ihren Händen.

Alles, was Seren und den anderen Mädchen beigebracht worden war, war, fromm und gläubig zu sein und Männern zu gehorchen. Doch jetzt geriet ihre ganze Welt ins Wanken. Seren hatte es nicht für möglich gehalten, dass ein Mann einer Frau so etwas antun könnte. Sie dachte daran, wenn sie an Gwens Stelle gewesen wäre.

„Das können wir nicht so weitergehen lassen. Du wirst sicher nicht die Erste gewesen sein." In Seren regte sich der Wille, gegen diese Ungerechtigkeit anzugehen. Noch nie hatte sie das so stark gespürt: das Auflehnen gegen Regeln und das Kämpfen für die eigenen Rechte.

Gwen sah auf, das Gesicht von Schreck gezeichnet. „Was willst du tun?"

Seren rannte hinaus und auf direktem Wege zum Büro des Oberhauptes. Sie wusste, dort durfte man nur auf Einladung hinein, doch es war ihr egal. Vor ihren Augen sah sie alles in einem roten Schleier. Sie durften nicht die Kunst der Medizin erlernen, sie mussten immer ein paar Schritte hinter den Männern stehen, sie mussten für sie kochen, ihre Wäsche machen und vieles mehr, und jetzt nahmen sie sich auch noch das Einzige, was nur ihnen gehörte: ihren Körper.

Die Wachen vor dem Zimmer des Oberhauptes sahen sie mit großen Augen an. „Du darfst hier nicht sein!", mahnte die größere Wache. Doch Seren war das egal.

„Geht zur Seite!" Ihre Stimme zitterte vor Wut.

„Mädchen, mach, dass du gehst, solange wir noch gnädig sind."

Verächtlich zog Seren einen Mundwinkel in die Höhe. Keine Bestrafung könnte sie mehr aufhalten. Sie ging schnurstracks auf die Tür zu, doch beide Wachen schubsten sie zurück.

„Lass das!", rief der Riese.

„Was sonst? Lasst ihr mich wieder auspeitschen?" Forsch streckte sie ihr Kinn nach vorn.

„Du Göre!" Die andere Wache erhob ihre Hand und schlug Seren ins Gesicht.

Es brannte. Tränen der Wut rannen ihr über die Wangen. Unablässig versuchte sie, zu Tür zu kommen. Sie schrie und kreischte. Das Schauspiel lockte immer mehr Beobachter an. Die Wachen begannen, sich unruhig zu bewegen, ihre Miene verriet, dass ihnen die steigende Aufmerksamkeit unangenehm wurde. Seren sah, wie sie mit sich rangen. Würden sie ihren Posten verlassen und Seren wegschleifen oder würden die beiden sie weiterhin einen Aufstand ausführen lassen?

„Sie ist durchgedreht", sagte jemand.

„Lasst mich rein!" Sie schaffte es kurz, mit den Fäusten gegen die Tür zu hämmern, wodurch sie aufgerissen wurde.

Das Oberhaupt blickte sie mit zusammengekniffenen Augen an. „Was soll dieser Lärm?"

„Ich muss mit Euch sprechen." Seren keuchte.

Die Miene des Mannes war unergründlich. Mit einem viel zu süßen Tonfall sagte er: „Lasst sie rein."

Die Wachen traten zur Seite, das Oberhaupt ebenfalls und Seren ging ins Zimmer. Es war das erste Mal, dass sie ohne Amon hier war.

„Seren, was kann ich für dich tun?", fragte das Oberhaupt, während es sich hinter seinen Schreibtisch setzte.

„Dies alles muss ein Ende haben! Wir Frauen und Mädchen werden in diesem Tempel wie Dreck behandelt. Ihr lasst uns unwissend, ihr demütigt uns und wollt auch noch über unseren Körper verfügen. Das alles tut ihr im Schutz von Sols Gesetz."

Sie griff die Worte auf, die Yunho verwendet hatte, nämlich dass der Tempel das Gesetz als Ausrede für alles nahm.

Der Knoten in ihrem Magen zog sich immer enger.

Das Oberhaupt sah überrascht aus, doch dann schlich sich ein Lächeln auf seine Lippen, was Seren noch wütender machte. „Ich weiß nicht, wovon du redest."

Doch er wusste es genau, das konnte Seren an seinen Augen ablesen. „Ihr lasst zu, dass die Männer, an die ihr uns verschenkt, mit uns tun und lassen können, was sie wollen. Gegen unseren Willen."

Das Oberhaupt stand auf. „Eine Frau sollte keinen eigenen Willen haben. Sie ist allein dazu da, uns Männern und Sol zu dienen."

Ohne darüber nachzudenken, erhob Seren ihre Hand und schlug ihm so hart sie konnte ins Gesicht.

Das Oberhaupt keuchte und schrie: „Wie kannst du es wagen!"

Als hätten die Wachen draußen gelauscht, wurde die Tür aufgerissen. Die beiden stürmten ins Büro und sahen von Seren zum Oberhaupt und wieder zurück. Serens Handabdruck war deutlich auf der Wange des alten Mannes zu erkennen. Langsam begriff sie, was vorgefallen war. Die Männer packten Seren unter den Armen.

„Bringt sie weg!", befahl das Oberhaupt.

Kreischend beförderten sie Seren aus dem Raum. Ihre Blicke waren eiskalt und sie wusste, dass sie mit heftigen Konsequenzen rechnen musste. Aber sie war stolz auf sich. Sie konnte es nicht mehr ertragen, all die irrsinnigen Gesetze Sols stumm hinzunehmen.

„Mädchen, hast du Todessehnsucht?", fragte der mindestens zwei Meter große Wachmann.

„Sie werden dich hart bestrafen!", sagte der andere.

Seren war selbst überrascht, dass sie nicht gleich in eine der Zellen im Keller gesperrt wurde. Aber wahrscheinlich würde sich das Oberhaupt erst mal mit Amon beraten, was er ihr Grausames antun könnte.

Die beiden ließen sie los und Seren lief rasend vor Wut durch die Gänge, bis sie endlich an die frische Luft kam. Dort atmete sie tief durch.

Sie wusste, wen sie jetzt sehen wollte. Seren stürmte die Stufen, die den Berg hinabführten, hinunter. Immer wieder rempelte sie jemanden an, doch es kümmerte sie nicht. Sie schenkte niemandem Beachtung, als würde sie zielgerichtet mit Scheuklappen in Richtung Stadtmitte laufen. Sie war sich nicht einmal sicher, ob sie Yunho hier antreffen würde, aber einen Versuch war es wert.

Seren hielt inne, als sie Yunho auf dem Marktplatz sah. Unauffällig gesellte sie sich zu den anderen Zuschauern, während ihr Blick ununterbrochen auf ihm ruhte. Es war, als hätte er sie gespürt, denn er hob seinen Kopf und ihre Blicke begegneten sich. Er beförderte die zwei Fackeln, die er in den Händen hielt, immer wieder abwechselnd in die Luft. Ace neben ihm warf ihm die nächste zu. Yunhos Blick huschte unaufhörlich zu Seren.

Sie keuchte auf. Er hatte danebengegriffen. Die Flamme hatte seinen Unterarm gestreift und fiel zu Boden.

„Auch so was kann dem Besten passieren", sagte Ace und hob sie auf.

Yunho wirkte besorgt und Seren war, als wüsste er, was in ihr vorging. Mit einem unauffälligen Nicken deutete er auf den Wagen, der ganz in der Nähe stand.

„Sollen wir einen neuen Versuch starten?", fragte Ace an die Zuschauer gerichtet, was mit Applaus belohnt wurde. Er sah zu Yunho. Dieser nickte kurz.

„Zur Strafe werden es jetzt acht Fackeln", verkündete Ace.

Seren nutzte die Gunst der Stunde, während alle auf die beiden Männer konzentriert waren, und schlüpfte zwischen den Menschen hindurch und hinter den Wagen.

Es dauerte mehrere Minuten, bis die Leute applaudierten, weil die Aufführung vermutlich zu Ende war, und Yunho kurz darauf endlich vor ihr stand. Erst jetzt fiel ihr auf, wie sehr sie sich gewünscht hatte, ihn zu sehen.

Seine Stirn war schweißnass und einige Hautstellen waren mit Ruß bedeckt. Seine roten Haare hingen ihm in die Stirn und die goldene Farbe, die er unter den Augen trug, war verlaufen. Seren hatte nie einen schöneren Menschen gesehen.

Erschöpft fiel sie ihm in die Arme. Er roch nach Rauch, doch das war ihr egal. Sie brauchte einfach die Nähe eines Menschen, der ihr guttat, eines Menschen, der ihr Herz wild pochen ließ, eines Menschen, der sie voller Glück erfüllte, eines Menschen, der sie zum Lachen brachte.

Sanft strich er ihr über das Haar. „Was ist passiert?", fragte er mit sorgenvollem Tonfall.

Tränen rollten über Serens Gesicht. Sie vergrub es an seiner Schulter. „Ich kann nicht länger im Tempel bleiben." Seren schluchzte.

Yunho drückte sie sachte eine Armlänge von sich und wischte ihr mit dem Daumen die Tränen von den Wangen. „Kleine Sonne, ich werde mit dir bis ans Ende der Welt gehen, wenn es sein muss."

Noch nie hatte Seren so ein überwältigendes Gefühl für jemanden empfunden. Sie konnte nicht aufhören, an ihn zu denken, wollte am liebsten jede Sekunde mit ihm verbringen, seine Hand halten und seine Wärme spüren. „Wirst du für immer bei mir bleiben?"

Er lächelte. „Ja, für immer."

Plötzlich vernahm Seren Stimmen, die gefährlich nah klangen.

Yunho sah sich hektisch um. „Hier draußen ist es zu unsicher, darüber zu reden." Er öffnete die Tür des Wagens, schob Seren hinein und folgte dann. Er nahm ihre Hände in seine. „Wir können jederzeit verschwinden, wenn du möchtest."

„Das halte ich für eine schlechte Idee", war von der Tür aus zu hören.

Die beiden zuckten sofort zusammen.

Ace trat ein. „Wo wollt ihr denn ohne Geld, Kleidung, Proviant und vor allem einen Plan hin? Die Anhänger des Tempels würden euch in weniger als einem Tag finden und hinrichten."

„Ich kann sie nicht zurücklassen", sagte Yunho und sah ihn verzweifelt an.

„Davon spreche ich auch nicht, aber wir brauchen einen Plan. Ihr könnt nicht einfach am helllichten Tag verschwinden."

„Aber …"

Seren legte Yunho ihre Hand auf die Brust. „Er hat recht. Außerdem würde ich mich gern von Viorica verabschieden. Sie würde sich Sorgen machen, wenn ich einfach ohne ein Wort verschwinden würde."

„Du kannst nicht zurück in den Tempel."

Seren sah die Angst in Yunhos Augen. „Ich habe bis jetzt auch dort überlebt." Sie lächelte ihn aufmunternd an, doch sein Blick ruhte weiterhin besorgt auf ihr.

„Kennst du die alte Weide am Stadtrand?", fragte Ace.

„Ja", sagte Seren mit fester Stimme.

„Wann kannst du aus dem Tempel kommen, ohne dass dich jemand sieht?"

„Es gibt eine Wachablöse um Mitternacht, da wird für eine kurze Zeit nicht in den Gängen patrouilliert."

„Gut, geh um Mitternacht von dort aus zwanzig Schritte nach Osten und von dieser Stelle dreißig Schritte nach Norden, dann erreichst du unser Lager. Yunho wird auf dich warten."

Seren wiederholte seine Anweisung in Gedanken. „Ich werde jetzt gehen", sagte sie und drückte Yunhos Hand zum Abschied. Sie spürte, wie schwer es ihm fiel, sie loszulassen.

„Sei vorsichtig", mahnte er und zog sie in eine Umarmung. Sie ließ es zu und sie verharrten kurz in dieser

Position. Dann machte sie sich los und wischte sich mit dem Ärmel die Tränen vom Gesicht.

Ace spähte aus dem Wagen. „Es ist niemand in Sicht, du kannst gehen."

Seren trat hinaus und fragte sich, wie sie die Stunden bis Mitternacht verbringen sollte. Erst jetzt kam ihr in den Sinn, dass sie Gwen und Viorica einfach zurückgelassen hatte. Bestimmt machten die sich schon Sorgen.

Als sie den Tempel betrat, zitterten ihre Beine bei jedem Schritt stärker, als würden sie gleich unter ihr nachgeben. Mit angespannten Muskeln und klopfendem Herzen spähte Seren um jede Ecke, doch niemand lauerte ihr auf. Geradewegs ging sie in ihr Zimmer, in dem ihr Viorica entgegensprang. Auch Gwen stand von ihrem Stuhl auf, sah besorgt zu Seren.

„Wo warst du?", fragte Viorica. „Wir dachten, sie hätten dich eingesperrt."

Sie erzählte den beiden, was vorgefallen war.

„Ich war danach so wütend, dass ich noch herumgelaufen bin. Ich brauchte dringend frische Luft."

Ihr Treffen mit Yunho verschwieg sie. Sie wollte vor allem Gwen nicht weiter beunruhigen. Doch an ihr nagte auch das schlechte Gewissen. War es egoistisch, nur sich retten zu wollen?

„Ich will mir deine Bestrafung gar nicht vorstellen und das alles nur meinetwegen", sagte Gwen und hob die Hände vors Gesicht. Sie schluchzte.

Seren setzte sich neben sie und legte tröstend eine Hand auf ihre Schulter. „Es ist nicht deine Schuld, bitte mach dir keine Gedanken."

„Bist du sicher, dass du zurechtkommst?", fragte Gwen. „Ich könnte versuchen, mit Amon zu reden."

„Nein!", riefen Seren und Viorica wie aus einem Mund.

„Mach dir wirklich keine Sorgen", sagte Seren.

„Ich sollte so langsam gehen. Ich habe meinem Mann gesagt, dass ich warten will, bis du sicher zurück bist." Sie stand vorsichtig auf und hob schützend ihre Hand vor den Bauch. Mit traurigem Gesicht umarmte sie ihre Freundin. „Ich hoffe auf ein weiteres Treffen in nächster Zeit."

Seren konnte darauf unmöglich antworten, denn wenn sie wirklich mit Yunho weglief, würde sie Gwen vermutlich nie wiedersehen. „Pass auf dich auf." Seren begleitete sie zur Tür. Sie wollte Gwen am liebsten nicht gehen lassen, nicht zu diesem Mann. Doch es blieb ihr nichts anderes übrig.

Als Gwen die beiden verlassen hatte, wandte sich Seren an Viorica. „Ich habe Yunho getroffen und ich muss dich um etwas sehr Gefährliches bitten."

Viorica schien mit einem Mal hellwach zu sein. „Um was?"

„Ich werde den Tempel verlassen. Du musst mich decken."

Seren schreckte aus dem Schlaf hoch. Doch nicht ihre Aufregung hatte sie geweckt. Es war jemand anderes als Viorica in ihrem Zimmer.

Bevor sie das Licht anmachen konnte, drückte jemand sein ganzes Gewicht auf ihren Körper. Seren wollte schreien, aber ihr wurde der Mund von einer zweiten Person zugehalten. Eine Lampe erschien ganz nah an ihrem Gesicht. Sie sah Viorica, die in einer Ecke stand, ein Messer an ihrer Kehle. Tränen waren in ihren Augen zu sehen.

Amon beugte sich über Seren. „Dann wollen wir dich doch mal lehren, deinen Mund zu halten."

35

YUNHO

Yunho wartete am vereinbarten Treffpunkt und machte sich Sorgen, ob Seren die Stelle auch wirklich finden würde. Ungeduldig trat er von einem Fuß auf den anderen. „Vielleicht sollte ich ihr entgegenlaufen", sagte er zu sich selbst, verwarf den Plan jedoch sofort.

Er versuchte, ruhig zu atmen und seine Ungeduld zu zügeln. Angestrengt lauschte er in die Nacht, ob er Serens Schritte vernahm. Doch statt diesen wehte ein unangenehmer Geruch nach verbranntem Holz zu ihm herüber.

Es dauerte nicht lange, bis er die Quelle des Gestanks gefunden hatte. Yunho rannte los. Das Feuer, das gerade dabei war, den Abendhimmel zu erleuchten, kam aus der Richtung, in der das Lager der Traveler lag. Je näher er dem Platz kam, umso deutlicher konnte er die Stimmen, Rufe und das Weinen hören.

„Warum brennt es?", fragte er Ace, der ihm in einer Straße entgegenlief.

„Die Mitglieder des Tempels haben alles in Brand gesteckt", keuchte dieser. „Wir wurden überrannt."

Sie hatten für diese Situation eines Überfalls schon tausendmal geprobt, aber dieses Szenario wirklich zu erleben, war etwas ganz anderes.

Yunho sah sich um. Es herrschte Chaos, überall rannten Menschen umher, versuchten, vor dem Feuer zu fliehen oder ihr Hab und Gut zu retten. Templer mit Pferden preschten durch die Reihen und zündeten ein Zelt und einen Wagen nach dem anderen an.

„Den Typen packe ich mir", sagte Yunho und lief los. Er sprang von hinten auf das Pferd und rangelte mit dem Templer, der sichtlich erschrocken war. Die Fackeln in seiner Hand fiel hinunter und traf eines der Zelte, welches gerade ausgeräumt wurde. Yunho konnte sich jetzt nicht darum kümmern.

Sein Gegner war stärker als gedacht. Mehrfach bekam er den Ellenbogen in die Rippen, doch er schaffte es, den Templer vom Pferd zu holen. Gemeinsam landeten sie hart auf dem Boden. Noch bevor der andere Mann sich aufraffen konnte, verpasste Yunho ihm einen Kinnhaken. „Wir haben euch nichts getan!", brüllte er ihn an und packte ihn am Kragen, während er ihn schüttelte.

Dieser lächelte ihn nur an. „Ihr werdet alle sterben." Er spuckte Yunho ins Gesicht.

Mit einem kräftigen Schlag beförderte er den Templer in die Ohnmacht. Yunho wandte sich an Ace, der gerade ein paar Habseligkeiten aus einem der Wagen rettete. „Wo ist Jasmin?"

„Sie bringt die Kinder in den Wald", erklärte Ace. „Ich habe ihr gesagt, sie soll sich dort so lange verstecken, bis wir sie holen. Die Templer konzentrieren sich momentan nur auf das Lager, sie sollten zwischen dem Gestrüpp und Holz erst mal sicher sein. Trotzdem müssen wir schauen, dass wir so schnell wie möglich hier wegkommen."

Yunho nickte und verschaffte sich erneut einen Überblick über die Situation. Wut und Trauer kamen in ihm auf. Ein paar der Traveler konnten nicht mehr gerettet werden. Sie waren den Templern zum Opfer gefallen.

„Wir sollten die Leichen später holen und verabschieden", sagte Ace, der Yunhos Blick gefolgt war. „Taemin versucht, die Verletzten zu finden und sie in Sicherheit zu bringen."

„Am liebsten würde ich sie alle zu Brei schlagen!", antwortete Yunho und ballte seine Hände zu Fäusten.

Ace legte eine Hand auf seine Schulter. „Ich weiß, aber wir müssen hier weg. Wir sollten versuchen, ein paar der Wagen zu retten. Hol die anderen Männer, allein schaffen wir das nicht."

„Wie willst du das machen, ohne dass sie dich sehen?", fragte Yunho besorgt.

„Gar nicht, wir müssen die Verfolgung wohl oder übel in Kauf nehmen."

„Aber mit den Wagen sind wir nicht so schnell wie sie mit den Pferden." Yunho war nicht überzeugt, doch tat, wie Ace es ihm aufgetragen hatte. Er holte tief Luft und stieß dann einen Ruf aus, der dem Seeigeladler ähnelte. Das war das vereinbarte Zeichen der Traveler, um Schutz zu suchen. Er wiederholte es weitere zweimal.

Die Traveler, die noch übrig gewesen waren, hatten sich jetzt in alle Himmelsrichtungen verteilt. Sie würden sich früher oder später wiederfinden. Sie hatten gelernt, sich im Wald zu verstecken und zu tarnen. Wenn es sein musste, würden sie auch fünf Tage ohne Essen auskommen.

Yunho kam mit Taemin und einem anderen Traveler angestürmt. Im Schlepptau hatten sie vier Pferde, zwei davon hatten sie den Templern abgenommen, denn sie hatten goldenes Zaumzeug. Sie würden damit nur vier Wagen retten können, aber das war besser als keinen.

Während das Feuer um sie tobte, versuchten die vier Männer möglichst unauffällig, die Pferde vor die intakten Wagen zu spannen. Doch die Tempelmitglieder waren so damit beschäftigt, alles zu verwüsten, dass sie den Männern nicht wirklich Beachtung schenkten. Erst als sich der erste Wagen in Bewegung setzte, fiel es ihnen auf.

Mit einer Geschwindigkeit, dass wahrscheinlich bald die Achse der Wagen brechen ließ, ritten sie los. Die Pferde waren gut trainiert und konnten so ein Tempo lange durchhalten. Doch das würden sie vielleicht nicht müssen, denn die ersten Templer hatten sie bereits eingeholt.

Taemin sah über seine Schulter und schoss einen Pfeil nach dem nächsten ab. Er war gut im Umgang mit dem Bogen, doch bei dieser Schnelligkeit alle zu treffen, war ein Ding der Unmöglichkeit. Immerhin fielen drei Templer verletzt zurück.

Ein Traveler hatte kurzerhand eine Steinschleuder an sich genommen. Der erste Schuss traf ein Tempelmitglied an der Stirn und ließ es vom Pferd fallen. Jetzt waren nur noch zwei Verfolger übrig. Sie waren hartnäckig. Außer ihren Fackeln hatten die Angreifer keine Waffen. Das Feuer würde ihnen sowieso nützlicher sein. Einer der beiden warf die Fackel auf den Wagen, den Yunho führte.

„Scheiße!", fluchte dieser, als das Holz langsam zu brennen begann. Die Hitze versengte die Härchen in seinem Nacken. Ihm blieb nichts anderes übrig, als den Wagen zurückzulassen.

„Taemin, kümmere dich um die beiden", wies Ace an und schwang sich vom Pferd. Er half Yunho, sein Tier vom Wagen loszumachen.

Taemin legte seinen Bogen erneut an und traf durch das reduzierte Tempo dieses Mal einen Templer nach dem anderen.

So schnell, wie es ihnen möglich war, verschwanden sie.

„Woher wussten sie, wo wir sind?", keuchte Ace, dessen Haare angesengt waren, während sein Gesicht rußverschmiert war.

„Ich weiß es nicht", sagte Yunho.

Konnte es sein, dass Seren ihn verraten hatte? Sie war die einzige Außenstehende, die wusste, wo das Lager war. Alles in ihm zog sich zusammen. Sie war stur und hätte die Traveler nur verraten, wenn man ihr etwas angetan hätte. Die Frage war nur: Was, und wie schlimm hatte es sie getroffen?

SEREN

Seren öffnete ihre Augen und blinzelte gegen das Licht. Sie wollte nach Hilfe schreien, doch ein Schmerz brannte sich in ihr Inneres. Tränen liefen ihr über die Wangen, als sie mit zitternden Fingern nach ihrem Gesicht tastete.

Verzweiflung flammte in ihr auf, als sie die Fäden spürte, die sich über ihren Mund zogen. Es war also kein Traum gewesen.

Amons Worte kamen ihr in Erinnerung. „Dann wollten wir dich doch mal lehren, deinen Mund zu halten."

Schmerzlich fuhr sie über den dicken Faden und schluckte. Noch immer schmeckte sie den eisernen Blutgeschmack in ihrem Mund. Ihr stieg Gallenflüssigkeit den Rachen hinauf. Sie unterdrückte den Reflex, den Mund zu öffnen, um sich nicht übergeben zu müssen. Sie erinnerte sich an letzte Nacht.

Die Bilder würden ihr nie wieder aus dem Gedächtnis verschwinden. Für immer würde sie das Gesicht von Amon sehen, der sich über sie beugte und sie mit schiefem Lächeln anstarrte. Sie hatte gezappelt, sich gewehrt, versuchte, ihm zu entkommen. Der Griff der Wache hinter ihr war nur fester geworden und hatte ihr die Luft abgedrückt. Hätte Amon es nur hinter sich gebracht und ihr Leben an Ort und Stelle beendet. Alles wäre besser gewesen, als sich ihm auszusetzen.

Sie hatte zugesehen, wie er den Faden auf die Nadel fädelte und sich langsam zu ihr herumdrehte. „Das Schweigen wirst du heute lernen, das habe ich dir versprochen. Und ich habe meine Worte schon immer ernst gemeint."

Er stach die Nadel ohne einen Hauch Mitgefühl durch die Wange. Blut und unendlicher Schmerz breiteten sich aus und schwollen mit jedem Stich an. Seren schrie, lehnte sich gegen den Griff des Mannes hinter ihr. Ein Entkommen war aussichtslos.

Zwölf Stiche. Nach jedem weiteren hoffte sie auf die Erlösung, auf das Entgleiten in die Schwärze, doch sie kam nicht. Nicht einmal die Bewusstlosigkeit gönnte man ihr. Immer wieder schlug Amon hart auf die schon blutende Wange, wenn sie ihre Lider schloss und ihm nicht mehr auf Befehl in seine von Grauen gefüllten Augen schaute.

Erst jetzt drangen Stimmen an ihr Ohr und Seren realisierte, wo sie sich befand. Ihre Hände waren mit einem dicken Strick umwickelt, der an eine Halterung in der Tempelmauer endete. Hier wurden normalerweise die Pferde angebunden. Doch jetzt war Seren das Tier, das zur Schau gestellt wurde. Sie hatte nichts außer ihrem Nachthemd an, das mit Blut verdreckt war und nach kaltem Schweiß roch. Ihre Haare hingen ihr strähnig in die Stirn. Sie sah die Gesichter der vor ihr stehenden Personen. Sie spiegelten Abscheu, Mitleid, aber auch Genugtuung.

Schlampe und Miststück waren die harmlosesten Schimpfwörter, die Seren zu hören bekam.

„Siehst du das? So etwas passiert, wenn man die Ehre des Sols beschmutzt und sich gegen seine Regel auflehnt", sagte eine Mutter zu ihrem Kind und spuckte dann in Serens Richtung.

Wenn es Sol wirklich gab, warum würde er diese Dinge zulassen? Seren schüttelte ihren Kopf, als wieder Amons Gesicht vor ihrem inneren Auge auftauchte. Er war so hasserfüllt gewesen und hatte es genossen, sie zu quälen.

Eine Tomate flog ihr entgegen. Sie versuchte, sich wegzuducken, doch jede Bewegung verursachte ihr Schmerzen. Seren spürte jeden einzelnen Stich. Das hatte Amon wahrscheinlich auch beabsichtigt. Denn er hatte ihr bei jedem Stich die Regeln, die sie zu befolgen hatte, aufgezählt.

„Du sollst Sol ehren, du sollst Sol dienen."

Natürlich konnte er seine persönlichen Vorlieben nicht außen vor lassen.

„Wenn du erst mal meine Frau bist, wirst du mir stets folgen. Du wirst demütig deine Aufgaben erledigen. Du wirst dich mir hingeben und mich lieben."

„Du bist eine Schande!", rief jemand und riss sie aus ihren Gedanken.

Die anderen Umstehenden lachten.

Das war sie in der Tat. Was würden nur ihre Mutter und ihr Vater denken, wenn sie hiervon erfuhren? Sie hatte Schande über sie gebracht. Was würde man wohl mit so einer Tochter tun? Amon hätte sie töten sollen, das wäre das Beste gewesen. Doch dieses Zugeständnis würde er ihr nicht erweisen, dafür ergötzte er sich zu sehr an ihrem Leid.

Die Sonne brannte erbarmungslos auf Seren nieder. Es gab keine Möglichkeit, sich davor zu schützen. Ihre Kehle war staubtrocken und sie hatte das Gefühl, zu verdursten. Den Wassertrog hatten sie mit Absicht so platziert, dass er in ihrer Nähe, aber unmöglich zu erreichen war.

Für einen Moment schloss sie die Augen und dachte daran, wie kaltes klares Wasser über ihre Lippen floss. Nur unterbewusst nahm sie eine Stimme wahr und bemerkte, dass sie jemand an der Schulter berührte. Nicht grob, sondern sachte und liebevoll. Mit aller Kraft öffnete sie ihre Augen und sah rotes Haar, das in der Sonne schimmerte. Yunho war gekommen, um sie zu retten.

YUNHO

Yunho war rasend vor Wut, als er sich mit seinem Pferd zum Tempel aufmachte. Sollten die Mitglieder ihn doch festnehmen, er wollte Seren in die Augen sehen, wenn sie ihren Verrat gestand. Was ihn aber vor dem Tempel erwartete, hätte er sich in solch einer Grausamkeit nie ausmalen können.

Jemand hatte Seren wie ein Vieh angeleint. Doch das wirklich Grausame hatten die Mitglieder ihrem Gesicht angetan. Mit Garn war ihr der Mund zugenäht worden. Blut klebte verkrustet an ihrem Gesicht, ihrem Hals und den Händen. Sie schien gerade das Bewusstsein zu verlieren, als Yunho sie erreichte.

Die Menschenmenge um sie herum wich überrascht und angewidert zurück. Niemand hielt ihn auf, als er nach einem Messer griff, die Fesseln durchschnitt und Seren hochhob. Keiner durfte den Gefangenen helfen, sonst drohte der Person dasselbe Schicksal. Wenn Sol eine Bestrafung ausgesetzt hatte, dann entschied er auch darüber, ob derjenige dabei starb oder nicht. Ace hatte ihm einmal davon erzählt, als er mal wieder zu viel über Seren und den Tempel des Sols gegrübelt hatte. Also warum sollten die Einwohner einen Traveler aufhalten, der sich sowieso am Ende der Nahrungskette befand?

Seren wog erstaunlich wenig, als er sie hochhob. Ihr Kopf sackte an seine Brust und Yunhos Herz krampfte sich zusammen. Er wollte nicht schon wieder jemanden verlieren.

Er hievte Seren auf den Pferderücken und schwang sich selbst hinauf, sodass er hinter ihr Platz nahm, um ihren Körper zu stützen. Er fluchte, als ihm bewusst wurde, dass er kein Wasser dabeihatte, um Seren dieses einzuflößen. Doch in all seiner grenzenlosen Wut war er einfach nur losgeritten. Er hoffte inständig, dass er das nicht bereuen würde.

„Hast du Wasser?", fragte er die zu ihm aufblickende Frau.

Mit weit aufgerissenen Augen schüttelte sie den Kopf.

Er hätte es sich denken können. „Hilft hier keiner? Ist das im Sinne des Sols? Eures Gottes? Ist das in eurem Sinne, dass jemand sein Leben lassen muss, obwohl er nichts Unrechtes getan hat?"

„Ein Gott bestraft nicht", antwortete ein Mann. „Ein Gott liebt!"

„Sieht Liebe so aus? Dann lasst euch alle genauso von Sol lieben!"

Er drückte seine Hacken an die Flanken des Pferdes und sofort preschte es los. Seren stöhnte, was ihn beruhigt aufatmen ließ. Ein Zeichen, dass sie noch lebte, war besser als gar keines.

So schnell er konnte, ritt er aus der Stadt. Leider musste er ein paar Umwege in Kauf nehmen, sollten ihnen die Templer gefolgt sein. Wahrscheinlich hatten Mitglieder des Tempels Seren ohne Bewachung gelassen, um ihr weiszumachen, die Traveler wären zu Asche geworden, oder zumindest nicht so dumm, um noch mal in die Stadt zu kommen. Doch sobald dieser Amon herausfand, dass Seren fort war, war sich Yunho sicher, würde er alles in Bewegung setzen, um sie zu finden.

Sie hatten das provisorische Lager außerhalb der Stadt aufgeschlagen. Es war nur notdürftig ausgestattet, doch Enya, die Heilerin unter den Travelern, würde Seren trotzdem behandeln können. Er presste seine Hacken fester in die Flanke des Pferdes. Er musste sie retten, er durfte nicht wieder am Tod eines wichtigen Menschen schuld sein.

Mit jedem Meter, mit dem er sich aus der Stadt entfernte, wuchs seine Wut. Die Sonne brannte erbarmungslos auf sie nieder, und Yunho spürte, wie Seren immer wieder nach links rutschte und er mehr Kraft benötigte, um sie zu halten. Doch er konnte sein Tempo nicht verlangsamen.

Als er auf den Feldern vor der Stadt ankam, erkannte er, dass sie nicht verfolgt wurden.

Die bunten Zelte ihres Lagers tauchten am Horizont auf. Es war nicht optimal, da es nicht so versteckt war wie im Wald, doch etwas anderes hatten sie in der kurzen Zeit nicht finden können. Er war völlig überfordert mit dieser Situation. Er hatte schon viele schlimme Verletzungen gesehen, die er sich selbst oder auch anderen beim Training zugefügt hatte. Aber nie war etwas so vorsätzlich passiert. Nur Barbaren konnten sich an einem Mädchen vergehen und ihr den Mund zunähen. Er wollte sich gar nicht vorstellen, was für Schmerzen Seren haben musste.

Völlig außer Atem kam er im notdürftig hergerichteten Versteck der Traveler an. Ace rannte auf ihn zu.

„Was ist passiert?", wollte er wissen.

Mit Tränen schaute Yunho auf Seren, die leblos in seinen Armen lag.

Ace riss die Augen auf. Er brauchte keine Beschreibung von Yunho, er musste nicht erzählen, was passiert war. Ace sah es. Den zugenähten Mund, all das Blut auf Serens Gesicht und ihrer Kleidung und Yunhos Todesangst, die sich vermutlich in seinem Blick widerspiegelte.

„Scheiße. Lebt sie noch?"

„Sie muss es schaffen! Wo ist Enya?" Yunhos Atem ging stoßweise.

„Ich nehme sie dir ab", bot Ace an, doch Yunho schüttelte den Kopf. Er wollte Seren auf keinen Fall loslassen.

„Enya!", rief Ace und eilte zu einem der Wagen, der vom Feuer verschont geblieben war. Die Tür ging auf und Enya schlug sich die Hand vor den Hund, ein ersticktes Keuchen war zu hören.

Yunho legte das Mädchen behutsam auf das Bett.

„Was ist mit ihr passiert?", fragte Enya. Ihre Augen weiteten sich immer mehr.

„Jemand aus dem Tempel muss ihr das angetan haben", war das Einzige, was Yunho hervorbrachte.

„Kannst du ihr helfen?", fragte Ace an Enya gerichtet.

Diese legte den Kopf schief und berührte sachte Serens Gesicht. Sie drehte es und sah sich die Verletzung genau an, dann seufzte sie. „Ich habe nicht mehr viele Kräuter da, aber ich werde mein Bestes versuchen. Taemin und Caelum haben bereits Wasser aus Solaris geholt. Es befindet sich im großen Trog. Ace, bitte hol es, und Yunho, mach ein Feuer. Wir müssen es abkochen."

Yunho fuhr sich durch die Haare.

Ace berührte ihn an der Schulter. „Enya weiß, was sie tut. Wir werden Seren helfen."

Sie vergeudeten keine Zeit und kamen ihren Aufgaben nach. Yunho versuchte mit einigen tiefen Atemzügen, seinen Puls zu beruhigen, während er das Feuer entfachte. Doch seine Hände hörten nicht auf zu zittern.

Jasmin kam dazu, nahm ihm den Feuerstein aus der Hand und entfachte das Feuer. Sie fragte nicht nach und er war dankbar dafür. Yunho ließ sich nach hinten auf den Boden fallen, sackte in sich zusammen und beobachtete die Funken, die sich immer weiter ins Holz fraßen.

Ace kam mit Wasser und schüttete es in den vorbereiteten Kessel, den die anderen vermutlich für das Mittagessen aufgehängt hatten.

Als hätte Enya sie beobachtet, kam sie aus dem Wagen und kippte ein paar Pflanzenblätter hinein.

„Was ist das?", wollte Yunho argwöhnisch wissen.

„Kamille. Sie wirkt antiseptisch. Wir müssen die Schere sowie die Pinzette in den Sud tunken. Etwas anderes habe ich nicht vorrätig, das Feuer hat alles zerstört."

Als das Wasser kochte, ließ Enya die Utensilien hineingleiten und holte sie ein paar Sekunden später mit einer Kelle heraus. „Jasmin, füll den Rest ab. Das Mädchen wird zu einem anderen Zeitpunkt noch einiges davon brauchen. Ace und Yunho, ihr kommt mit."

Seren lag reglos im Wagen. Ihr dunkelblondes Haar klebte in blutverkrusteten Strähnen an ihrer blassen Haut. Yunhos Herz pochte schmerzhaft. Für ihn schwer erträgliches Schweigen trat ein, während Enya ihre weiße Schürze anzog und alle möglichen Verbände, Salben, Kräuter und saubere Lappen zusammensammelte. Yunho fühlte sich, als würden sie wertvolle Sekunden verlieren, doch er wusste, dass er sich auf Enya verlassen konnte.

Endlich trat sie ans Bett.

„Ace, nimm den Teller auf dem Tisch und setz dich auf den Stuhl neben mich. Yunho, du gehst bitte an das obere Ende und hältst ihren Kopf fest." Mit einem nassen Lappen wischte sie Seren über den Hals, die Haare und die Stirn. „Sie glüht." Enya legte ihr einen sauberen Lappen, den sie zuvor in kaltes Wasser getaucht hatte, auf die Stirn.

„Sie saß in der brennenden Sonne", antwortete Yunho und strich Seren liebevoll ein paar Haare nach hinten.

„Ich muss die Nähte erst mit dem Kamillensud einweichen lassen. Es wird nicht angenehm für sie." Präzise trennte Enya die Fäden mit der Schere auf und entfernte einzelne Stränge mit der Pinzette. Die mit Blut verkrusteten Enden legte sie in den Teller, den Ace hielt. Ab und an träufelte sie Seren etwas auf die wunden Stellen.

Yunho ertappte sich dabei, wie er Enya ganz genau beobachtete. Ihre Hände, die flink umherwanderten, das Haar, das ihr in die Stirn fiel, und die leichte Röte, die auf ihren Wangen lag. All das verglich er mit Seren, als diese ihn am Fluss verarztet hatte. Und er spürte, wie dringend er dieses Mädchen retten wollte. Sie war am Anfang nur ein Ersatz für Luna gewesen, doch jetzt war sie so viel mehr.

„Ringelblumenextrakt", sagte Enya in einem ruhigen Ton. „Es fördert die Wundheilung."

Yunho fuhr ein Stich ins Herz, als Seren leise wimmerte.

„Ich bin bei dir", flüsterte er, ohne zu wissen, ob sie ihn hörte. „Es wird alles gut. Bald ist alles vorbei."

Enya sah auf und beobachtete ihn. „Was ist dieses Mädchen für dich? Sie sieht Luna zum Verwechseln ähnlich. Als ich sie gesehen habe, dachte ich, ihr Geist hätte uns heimgesucht."

„Im Moment möchte ich nur, dass sie überlebt", sagte Yunho und das musste vorerst genug Antwort sein. Er glaubte ohnehin, dass Enya in ihren Karten bereits alles gesehen hatte. Lange hatte er Hass in sich getragen, da die Kartenleserin ihm Lunas Schicksal verschwiegen hatte.

„Hätte das etwas geändert?", hatte sie gefragt, als er sie damit konfrontiert hatte. „Den Tod kann man nicht austricksen. Wenn er dich holen will, findet er einen

Weg. So hast du den letzten Tag noch mit ihr auskosten können, ohne ständig daran denken zu müssen, wann ihr Ende nahte."

Die letzte Naht war gezogen. Enya wischte sich den Schweiß von der Stirn.

„Zum Glück hast du sie gefunden, das Mädchen ist völlig dehydriert. Ace, geh und hol ein bisschen von dem Kamillensud."

Als Ace mit einem Becher des Gebräus wieder in den Wagen kam, bedeutete Enya Yunho, Seren etwas aufzurichten. Ein Stöhnen entwich ihr.

„Ich werde ihr den Sud verabreichen. Sie muss genug trinken. Yunho, du musst versuchen, ihr so viel wie möglich davon einzuflößen."

Er nickte und sah zu, wie Seren schluckte, als die Flüssigkeit ihren Rachen benetzte.

„Ich werde euch meinen Wagen überlassen und ab und an nach euch sehen", sagte Enya. „Du darfst nicht von ihrer Seite weichen. Sollte ihre Temperatur steigen oder sie Blut spucken, hol mich sofort."

Ihm war egal, was Enya verlangte, denn für Seren würde er alles tun.

38

SEREN

Seren öffnete ihre Augen und schloss sie gleich wieder, als der Schmerz sie überwältigte. Sie hatte einen flüchtigen Blick auf Holzbalken erhascht, auf die mit bunter Farbe alle möglichen Symbole gezeichnet waren. War dies das Reich von Sol? War sie tot? Ihr Kopf brummte und sie versuchte, sich an etwas zu erinnern. Sie öffnete ihre Augen wieder und blinzelte gegen das helle Licht.

„Bist du wach?", hörte sie eine Stimme. Sie klang sanft, besorgt und seltsam vertraut.

Ihre Gedanken waren in Watte gepackt. Langsam strömten die Erinnerungen auf sie ein. Seren griff sich an die Lippen. Die Fäden waren entfernt worden.

„Berühre sie am besten nicht, die Wunden sind noch offen", sagte die Stimme noch einmal. Sie drehte ihren Kopf, um etwas sehen zu können. Seine roten Haare, die in der Sonne schimmerten, welche durch das geöffnete Fenster drang, fielen ihr als Erstes auf. Yunhos Stirn lag in Falten.

„Wie hast du mich gefunden?" Jedes Wort, das über ihre Lippen kam, löste heftige Schmerzen aus.

„Ich habe nach dir gesucht." Er stockte und nahm einen tiefen Atemzug. „Als du nicht kamst, war ich besorgt.

Als dann aber hinter mir das Lager lichterloh brannte und Templer mit Fackeln alles anzündeten und gegen uns kämpften ..." Er ballte seine Hand zur Faust. „Ich dachte, du hättest uns verraten."

Seren konnte es ihm nicht verübeln, solche Gedanken gehabt zu haben. „Warum hast du mich dann gerettet?"

„Weil du mich vor kurzer Zeit auch gerettet hast."

Die Antwort überraschte Seren. Wann hatte sie ihn gerettet?

Langsam ging er auf sie zu und betrachtete sie. „Du musst trinken." Sanft berührte er sie an den Schultern und half ihr, sich aufzurichten.

Es tat höllisch weh, als Yunho ihr einen Becher an die Lippen hielt. In kleinen Zügen trank sie und ließ ihn dabei nicht aus den Augen. Die Flüssigkeit rann warm und süß durch ihre Kehle. Seren roch Nelken heraus.

„Das ist ein medizinischer Trank von Enya, der deine Schmerzen lindern soll", erklärte Yunho.

Seren sah ihm in die Augen, diese grünen Augen, und sie erblickte dort nichts als Güte und Sanftheit. Sie hatte ihr Leben lang Menschen in zwei Kategorien eingeteilt: die guten und die schlechten. Doch Yunho schien nicht in ihre Schublade zu passen. Außerdem erkannte sie auch den Schmerz in seinem Blick. In ihrem Kopf ratterte es. „Wie habe ich dich gerettet?", wollte Seren wissen, als er den Becher von ihren Lippen entfernte.

„Wärst du nicht gewesen, würde ich nicht mehr leben. Weißt du noch, der Tag an der Brücke? Eigentlich wollte ich dort mein Leben beenden, aber als ich dich gesehen habe, konnte ich es nicht."

Seren sah, wie tief der Schmerz in Yunho saß, der ihn vermutlich fast aufgefressen hatte.

„Am Anfang dachte ich, es war, weil du Luna so ähnlich siehst. Aber ihr seid so unterschiedlich wie Tag und Nacht. Wie die Sonne und der Mond wäre wohl treffender. Mein Herz klopft jedes Mal schneller, wenn ich dich sehe, ich will in deiner Nähe sein. Dein wunderschönes Gesicht zwischen meinen Händen halten, deine Lippen ..." Er sprach nicht weiter, sondern starrte nur auf Serens Lippen. „Seren, ich verspreche dir, dich aus den Fängen des Tempels zu befreien."

Seren sah auf und Tränen rannen ihr über das Gesicht. Wie konnte sie so eine starke Verbindung zu einem anderen Menschen fühlen? Sie wollte ihm glauben, doch etwas in ihrem Inneren zog sich schmerzhaft zusammen. „Mach keine Versprechungen, die du nicht halten kannst. Ich will nicht, dass du am Ende als Lügner dastehst."

Yunho wischte die Tränen mit seinem Daumen weg und nahm ihr Gesicht in beide Hände. Er legte seine Stirn gegen ihre. „Ich tue alles, um mein Versprechen einzuhalten."

YUNHO

Nur langsam kam Seren wieder zu Kräften. Enya meinte, nach ihrer Verletzung sei das normal, aber Yunho machte sich trotzdem Sorgen. Er saß fast jede Stunde des Tages an ihrem Bett. Gestern konnte sie zum ersten Mal aufstehen und draußen herumlaufen. Er hatte das Getuschel der anderen gehört. Sie wollten das Mädchen aus dem Tempel nicht hierhaben.

„Sie ist der Grund, warum uns die Templer angegriffen haben", hatte Yunho ein junges Mädchen sagen hören. Doch niemand schien sich ihm widersetzen zu wollen und so blieb Seren.

„Hör einfach nicht darauf", sagte Ace, der jeden mit einem wütenden Blick strafte, der Serens Namen in den Mund nahm.

„Ich kann es ihnen nicht verdenken, nach dem, was der Tempel ihnen angetan hat", antwortete Yunho. „Sie müssen aber begreifen, dass Seren nichts damit zu tun hat."

Ace seufzte.

Yunho wusste, dass er seine Bedenken hatte. Diese hatte er bereits in der ersten Nacht geäußert und auch jetzt sah Yunho sie ihm deutlich an.

„Was ist, wenn sie Seren suchen? Sie werden wiederkommen und noch mehr Leute ermorden."

„Ich weiß, deswegen werden wir so bald wie möglich von hier verschwinden", sagte Yunho.

„Hast du einen Plan?"

Yunho schüttelte den Kopf und fuhr sich durch die Haare. „Normalerweise bist du derjenige mit einem Plan. Ich habe nur das Ziel vor Augen."

„Das wäre?" Ace zog seine Augenbraue in die Höhe.

„Dorado."

„Ich störe eure Überlegungen nur ungern, aber ich habe etwas Suppe für deine Patientin übriggelassen."

„Danke, ich werde sie ihr gleich bringen."

„Mach du eine Pause, ich werde ihr das Essen bringen", bot Ace an.

Yunho rang mit sich. Er wollte niemand anderes zu Seren lassen. Er schüttelte den Kopf. Was dachte er da? Sie war nicht sein Eigentum. Er fügte sich Ace' strengem Blick.

„Keine Sorge, ich werde höflich zu ihr sein", sagte er zwinkernd.

Yunho folgte ihm bis zum Wagen und entfernte sich dann nur wenige Schritte, um die Fackeln, die sie für ihre Feuershow benötigten, zu begutachten. Doch sein Blick wanderte immer wieder hinüber zu der Tür, hinter der Ace gerade verschwunden war.

SEREN

Seren zuckte zusammen, als Ace statt Yunho den Wagen betrat. Ihr Herz pochte wild, doch beruhigte sich gleich wieder. Ihre Augen huschten ständig zum Eingang des Wagens, in ständiger Erwartung, dass Amon jeden Moment erscheinen würde. Seren hielt es für unmöglich, dass er sich geschlagen geben würde. Sie konnte sich noch allzu gut an jedes seiner Worte erinnern. Sie würde ihm gehören. Seine Untergebene, seine Frau, die ihm Nachkommen sicherte. Sie schauderte.

„Ich habe hier etwas Essen für dich", sagte Ace und hob ihr eine Schüssel mit Suppe unter die Nase.

Seren nickte und senkte ihren Blick. Sie konnte ihm nicht ins Gesicht sehen. „Danke. Ich habe eure Fürsorge gar nicht verdient. Es tut mir leid."

„Was genau tut dir leid?"

Sie schluckte. „Ich weiß ebenso, dass ihr mich nicht hierhaben wollt."

Seine Schritte waren bedacht, als er näher auf sie zutrat. Mit einem beruhigenden Lächeln auf den Lippen hob er langsam seine Hände, als wolle er damit jegliche Spannung in der Luft besänftigen.

„Und ich kann es sogar verstehen", redete Seren weiter. „Yunho hat mir nicht erzählt, was mit eurem Lager passiert ist, aber ich habe die Menschen hier tuscheln hören. Zudem ist Amon erbarmungslos, wenn ihm etwas im Weg steht. Ich gehöre ebenso zu diesem Tempel wie er und alles, was er tut, fällt automatisch auf mich zurück."

Ace legte seinen Kopf schief. „Ich bin mir nicht sicher, aber ich habe den Eindruck, deine Gedanken sind denen von den Mitgliedern des Tempels nicht mehr so ähnlich."

Ein Lächeln stahl sich auf Serens Lippen, was sie leicht zusammenzucken ließ, da ihre Wunden dabei schmerzten. „Ich habe viel von Yunho gelernt, auch wenn er es gar nicht weiß."

„Ja, das liegt in seiner Natur. Er kann Leute gut auf die richtige Spur bringen. Er kann sehr überzeugend sein. Sag ihm nicht, dass ich das gesagt habe … sonst läuft er wieder drei Tage mit der Nase gen Himmel herum."

Das konnte sich Seren gut vorstellen.

„Keine Sorge, ich werde schweigen. Allerdings hätte ich nie daran gedacht, dass meine Freiheit sich sehr von eurer unterscheidet. Ich dachte, alles wäre von Sol so gewollt. Jetzt, wo ich Yunho kennengelernt habe, weiß ich, dass es sich lohnt, für meine Träume zu kämpfen und mich nicht für meine Gedanken, die anders sind, zu schämen."

„Die Welt außerhalb von Solaris sieht besser aus. Doch auch sie ist nicht perfekt. Wir alle versuchen, einen Platz darin zu finden."

„Ist das der Grund, warum ihr Traveler reist? Um euren Platz in der Welt zu finden?"

Doch Ace blieb ihr die Antwort schuldig, denn die Tür ging auf und Yunho kam mit gesenktem Blick herein.

„Hast du es nicht mehr ausgehalten?", wollte Ace wissen und schlug ihm auf die Schulter. Yunhos Gesicht lief rot an. „Ich habe ihr nur erzählt, wie leichtsinnig du bist."

Zwischen Yunhos Augenbrauen entstand eine kleine Falte und er zog seine Lippen zusammen. Seren fand, dass er süß aussah, wenn er schmollte.

„Ich lasse euch zwei allein", sagte Ace zwinkernd.

Als die beiden unter sich waren, fiel Yunhos Blick auf die Schüssel, die noch immer vor Seren stand. „Er ist gekommen, um dir das Essen zu bringen und dich dabei zu unterstützen." Er verdrehte die Augen. „Stattdessen steht er blöd hier rum und quatscht dich zu. Er hätte dir wenigstens helfen können." Yunho aß etwas von der Suppe und murrte: „Sie ist fast kalt."

Seren schmunzelte. Sie hatte mit Absicht noch nicht begonnen zu essen, in der Hoffnung, Yunho würde nachkommen und ihr dabei helfen.

Wie selbstverständlich setzte er sich auf ihre Bettkante und nahm den Löffel. Es fiel ihr immer noch schwer, etwas zu essen. Die Wunden verheilten nur langsam. Seren sah Yunho die ganze Zeit unverhohlen an, denn sie mochte sein konzentriertes Gesicht.

Er biss sich dann auf die Unterlippe. „Habe ich etwas im Gesicht?"

„Nein, ich frage mich nur, warum es mir so vorkommt, als würden wir uns schon eine lange Zeit kennen." Bei Yunho konnte sie ihre Gefühle und Gedanken frei äußern, ohne sich dafür schämen zu müssen.

Yunho fasste nach ihrer Hand und nahm sie sachte zwischen seine. Ihre Blicke begegneten sich. „Ich weiß, was du meinst, mir geht es genauso. Es ist, als hätte ich meine Seelenverwandte in dir gefunden. Deswegen will ich dich bitten, mit nach Dorado zu kommen." Sein Blick war hoffnungsvoll.

„Das würde ich sehr gern."

„Wir brechen nach dem Fest auf."

„Ihr wollt trotzdem auf dem Fest auftreten?", fragte Seren überrascht.

„Gerade deswegen. Wir lassen uns nicht so einfach vertreiben. Außerdem müssen wir Geld verdienen."

„Aber ..."

Yunho lächelte Seren an und schob ihr eine Haarsträhne hinter die Ohren. „Du brauchst keine Angst zu haben. Mir passiert nichts und ich werde nicht zulassen, dass die Mitglieder des Tempels dich nochmals in die Finger bekommen."

Seren schluckte den Kloß in ihrem Hals hinunter. Tränen sammelten sich in ihren Augenwinkeln. Sie zerknüllte die Nachricht in ihrer Hand, die sie vor ein paar Stunden bekommen hatte.

„Dann warte ich hier auf dich", antwortete sie und hoffte, Yunho würde ihr diese Lüge abnehmen.

SEREN

Seren drehte sich zur Seite und beobachtete Yunho. Er sah so friedlich aus, wenn er schlief. Seine ganze Anspannung, die er den Tag über gehabt hatte, wie verschwunden. Eine seiner Locken fiel ihm in die Stirn.

Seren stand leise auf und ging auf ihn zu. Ihre Hand zitterte, als sie seine Stirn berührte und das Haar zurückschob. Sie hatte ihm versprochen, mit nach Dorado zu gehen, doch dieses Versprechen konnte sie nicht einhalten. Sie musste zurück zum Tempel.

Sie zog sich die Kleidung an, die Yunho ihr vor ein paar Tagen gegeben hatte. Ein dumpfer Schmerz machte sich in ihrer Magengegend breit. So leise, wie sie konnte, verließ sie den Wohnwagen. Sie wusste, in welche Richtung sie gehen musste, um wieder in den Tempel zu gelangen, denn es führte nur eine Straße nach Solaris. Zudem war die Kuppel des Tempels kaum zu übersehen, selbst in der Nacht schien das goldene Dach heller als der Mond.

Seren richtete ihren Blick zu den Sternen. „Sol, was tust du nur?", fragte sie und eine Träne rann über ihre Wange.

Die Treppen, die zum Tempel führten, schienen steiler, länger und steiniger als jemals zuvor. Alles in ihr sträubte sich, aber sie hatte keine Wahl.

Für einen Moment hatte sie es sich ausgemalt, wie es wäre, zusammen mit Yunho durch die Länder zu ziehen, frei zu sein. Dieses Gefühl von Wärme und Glück hatte sie noch nie so stark empfunden.

Dieser Traum würde niemals wahr werden.

Als Seren den Tempel erblickte, wusste sie, er sollte ihr Zuhause sein – doch das war er nicht.

Allerdings war es zu spät, um umzukehren, denn die Wachen hatten sie bereits erspäht. Deren Verachtung brannte sich in ihre Seele, als sie an ihnen vorbeiging. Es war wie erwartet. Amon wartete hinter der großen Eingangstür. Sein Blick war eiskalt, doch sein Lächeln triumphierend.

„Du bist so durchschaubar", sagte er. „Ein kurzer Brief mit einer Drohung und schon kommst du zurück."

Seren musste an sich halten, damit die Tränen nicht hervorbrachen. Trotzig reckte sie ihr Kinn. „Ich bin hier, also lass Viorica frei." Das Zittern in ihrer Stimme konnte sie kaum verbergen.

Amon nickte und machte eine Handbewegung. Mehrere Wachen gingen den Gang nach hinten und verschwanden dann. Amon kam näher und fuhr ihr über den Mund, an dem die Wunden immer noch frisch waren, und schnalzte mit der Zunge. „Wie konnte dieser Abschaum es wagen, mein Kunstwerk zu zerstören? Du denkst aber nicht, dass das deine einzige Strafe sein wird, oder?"

Seren wollte zurückweichen, aber er hielt ihren Kopf fest. Seine dunklen Augen brannten sich in ihre. Panik überkam sie.

Amon fletschte die Zähne. „Morgen wirst du meine Frau werden."

Ekel stieg in ihr auf. „Und wenn ich das nicht möchte?"

Amon lachte kehlig. „Als ob du eine Wahl hast. Noch mal lasse ich deine Freundin nicht leben, ganz zu schweigen von diesem Traveler-Pack."

Er presste unerwartet seinen Mund auf ihren und Seren war, als schmecke sie Gift. Alles in ihrem Kopf drehte sich. Doch was war ihr anderes übriggeblieben?

Seren wusste nicht, wie Amon es geschafft hatte, ihr eine Nachricht zukommen zu lassen. Aber als sie in der Unterkunft der Traveler zurück in ihren Wagen gegangen war, hatte ein Brief auf ihrem Bett gelegen. Amon hatte ihr gedroht, jeden Menschen, der ihr wichtig war, umzubringen, wenn sie nicht zurückkäme. Seren war sich sicher, dass er dazu in der Lage war.

AMON

Amon hatte sich von ein paar anderen Mitgliedern zu einer kleinen Feier in der Stadt überreden lassen. Normalerweise vermied er solche Veranstaltungen, doch heute war ein guter Tag gewesen. Er hatte über die Hexe Seren gesiegt und jetzt gab es nur noch ein anderes Übel, das seinen Verstand vernebelte. Dieses würde er heute ausmerzen. Die Zeit seines Aufstiegs war gekommen.

„Ich muss wieder los", sagte er zu den anderen Männern und verließ die Gaststätte.

Er zog seinen schwarzen Mantel eng um sich und die Kapuze tief in die Stirn. Er wollte nicht erkannt werden. Amon eilte durch die Straßen, die zum äußersten Ring führten.

„Gebt mir etwas Geld", sagte eine Stimme neben ihm.

Ein penetranter Geruch schlug ihm entgegen. Dunkle Augen richteten sich auf ihn. Als er lächelte, entblößte er seine einzigen zwei verbleibenden Zähne.

Amon fuhr zurück und starrte den Mann an. Hinter ihm türmte sich Müll, auf dem er wohl geschlafen haben musste. Der Mann hatte fettige Haare und ein schmutziges Gesicht.

„Gebt mir Geld", wiederholte der Bettler und fasste Amon am Handgelenk.

Er riss die Augen auf und schlug mit der anderen Faust zu. „Fass mich nie wieder an, du Abschaum."

Angewidert ging Amon weiter. Doch etwas ließ ihn innehalten. Dieser Mann erinnerte ihn an jemanden. Amon ballte die Hände zu Fäusten. Er musste dem ein für alle Mal ein Ende setzen.

Im äußersten Ring waren die Menschen noch unterwegs und Amon ging zielsicher auf eine der verschlagenen Hütten zu. „Ich hole meine Bestellung ab!", rief er.

Ein dickbäuchiger Mann mit Verätzungen im Gesicht öffnete die Tür und trat ihm entgegen. Ihm fehlte ein Zahn, wie Amon feststellte, als der Mann ihn angrinste. „Ihr wisst, dass es einiges an Solaren kostet, meinen Mund zu halten."

Wie konnte dieses Gesindel es wagen, so mit ihm zu reden? Aber ihm blieb nichts anderes übrig. „Dreihundert Solaren, ich denke, das reicht." Er warf die Münzen auf den Tisch.

Der Mann leckte sich über die Lippen, als er das Gold sah, und drückte ihm eine Tonflasche in die Hand. „Was habt ihr überhaupt damit vor? Ihr müsst vorsichtig sein, es ist leicht entflammbar."

Amon lächelte – das wusste er. „Das werdet ihr noch früh genug erfahren."

Er verließ den Mann so schnell, wie er ihn aufgesucht hatte, und hoffte, dass die Dunkelheit ihn verschlucken würde. *Wie passend für dich*, dachte er. Er wusste um den Spitznamen, den ihm die älteren Mitglieder im Tempel gegeben hatten: Fürst der Finsternis.

Amon war dieser Spitzname gerade recht, er zeigte seine Macht. Niemals würde er wieder diese hilflose Person sein wollen, die er einst gewesen war. Es ekelte ihn an, wenn er an seine Familie dachte, die wie die Schaben in diesem winzigen Haus wohnte. Sein Vater war ständig betrunken und ein Feigling.

Vor genau diesem winzigen Haus stand er jetzt.

Erinnerungen brachen über ihn herein. Doch das würde das letzte Mal sein, dass seine Vergangenheit ihn einholte.

Aus seiner Manteltasche zog er eines dieser neumodischen Geräte, mit denen man Feuer entfachen konnte. Er wickelte ein Tuch um die Tonflasche und zündete es an. Blitzschnell entfachten die Flammen, als würden sie direkt aus dem Fegefeuer kommen. Er holte aus und warf die Flasche gegen das Fenster, das sofort in tausend Stücke zerbrach. „Sol wird euch gnädig sein", waren seine letzten Worte, als er das brennende Inferno hinter sich ließ.

YUNHO

„Was ist passiert?", fragt Ace atemlos und starrte erst Yunho und dann das Chaos mit großen Augen an.

Mit der Schuhspitze kickte er die Stuhllehne nach oben und stellte den Stuhl auf seine drei noch vorhandenen Beine.

„Wo ist Seren? Hattet ihr Streit?" Jasmin löste sich aus ihrer Ecke und verschränkte ihre Arme mit vorwurfsvollem Blick. „Hast du ihr wehgetan?"

Yunho schnappte nach Luft. „Nein, verdammt. Nichts dergleichen. Aber sie ist weg!" Er zerknüllte das Stück Papier in seiner Faust. „Einen lächerlichen Brief hat sie mir dagelassen. Ich müsste sie verstehen, wir würden nicht zusammenpassen, wir wären nur auf der Flucht und so wäre ein Leben auf Dauer nicht lebenswert."

Jasmin neigte ihren Kopf zur Seite. „Ich hatte eigentlich den Eindruck, ihr würde es bei uns gefallen. Vor allem mit dir." Sie stupste Yunho sanft gegen die Brust. „Aber ich kann sie auch ein bisschen verstehen. Die Mitglieder des Tempels würden sie verfolgen und sieh nur, was sie ihr bereits angetan haben. Was würden sie dann erst machen, wenn sie den Tempel wirklich verlassen hätte? Und dieser Wagen." Jasmin machte eine allumfassende Geste. „Sie ist dieses Leben nicht gewöhnt."

Ace rieb sich am Kinn. „Trotzdem finde ich es seltsam. Hat Seren nichts angedeutet?"

Yunho schüttelte den Kopf. „Ich bin in Gedanken die gestrige Nacht wieder und wieder durchgegangen. Nichts. Es war perfekt und ich wollte es genauso jeden verdammten Tag."

„Denkst du, sie ist entführt worden?", fragte Jasmin.

Yunho fuhr sich über das Gesicht und durch die Haare. „Daran habe ich auch schon gedacht, aber wie wäre jemand ungesehen ins Lager gekommen?"

„Es gibt nur eine Möglichkeit", sagte Ace. „Du musst sie suchen."

Jasmins Gesichtszüge entglitten ihr. „Aber wenn du zurück in die Stadt gehst und Seren suchst, wirst du da niemals lebend wieder herauskommen. Es war etwas anderes, als wir nur dort waren, um Geld zu verdienen. Doch jetzt glauben sie, dass du einem Mitglied eine Gehirnwäsche verpasst hast."

Yunho dachte an das Versprechen, das er Luna einst gegeben hatte. Dass er sie im Reich der Toten wiedersehen würde. Auch wenn er jetzt jemanden gefunden hatte, für den sich das Leben lohnte, so würde er ohne sie den Tod bereitwillig in Kauf nehmen. „Dieses Risiko muss ich eingehen." Er biss sich auf die Lippe und schmeckte sofort Blut.

„Ich begleite dich", sagte Ace. „Wir müssen nur überlegen, wie wir ungesehen in die Stadt kommen."

Yunho drehte sich um. „Es wird kein Wir geben. Ich gehe allein."

„Aber ich könnte dich decken und dir Ablenkung verschaffen."

„Genau das ist das Problem. Dann würde ich nicht nur die Frau, die ich liebe, verlieren, sondern auch noch

meinen besten Freund." Er legte seine Hand auf Ace'
Schulter und lehnte seine Stirn an die seines besten
Freundes. Er sah ihm in die Augen. „Versprich mir, mich
gehen zu lassen und mir nicht zu folgen."

Ace' Augen füllten sich mit Tränen, doch er nickte. Er
ließ Yunho los.

„Heulst du etwa?"

„Scheißkerl, ich habe Staub in die Augen bekommen."
Ace rieb sich mit dem Ärmel übers Gesicht.

„Wie kommst du ungesehen in die Stadt?", fragte Jasmin. „Ich könnte dir Kleider und eine Perücke leihen."

„Ich denke, er würde als Frau zu sehr auffallen",
meinte Ace. „Morgen ist doch der *Tag der Farben*. Viele
Händler werden sich morgen früh in die Stadt drängen.
Du müsstest in einen der Wagen kommen."

„Was ist mit dem *Hilf-mir*-Trick?", fragte Jasmin. „Das
hat schon öfter gut funktioniert."

„Würdest du mir denn helfen?", fragte Yunho und sah
sie an.

„Wie könnte ich nicht? Ich habe dich seit dem Tod von
Luna nicht mehr so ausgeglichen gesehen wie mit Seren."

Ace räusperte sich. „Dieser alte Trick … glaubt ihr, darauf fallen wirklich noch Männer rein?"

Jasmin und Yunho sahen ihn an. „Jedes Mal", sagten
beide gleichzeitig.

Yunho, Ace und Jasmin hatten sich bei Tagesanbruch
auf der Straße, die in Richtung Solaris führte, auf die
Lauer gelegt. Den ersten Wagen, der vorbeikommen
würde, sollte von den dreien gestoppt werden. Jasmin
hatte sich eines der knappsten Kleider angezogen, das

sie besaß. Die Kutsche, die angeblich eine Panne hatte, stand auch bereit.

Yunho verlagerte sein Gewicht von einem Fuß auf den anderen. „Warum kommt denn keiner?"

Ace, der an der Kutsche lehnte, versuchte, ihn zu beruhigen. „Es dämmert gerade erst. Lass den Kaufleuten ihre Zeit." Plötzlich ertönte Hufgeklapper. „Achtung, es kommt jemand."

Die drei hatten mehr Glück, als sie zu hoffen gewagt hatten. Es war ein Krämer mit seinem Wagen. Die unverkennbar grüne Plane hatte ihn verraten. Die Farbe der Krämergilde.

Jasmin hüpfte auf der Straße auf und ab. „Entschuldigung, meine Kutsche hat eine Panne. Können Sie mir helfen?" Sie warf ihr Haar kokett nach hinten und lächelte ihn an.

Der Krämer brachte sein Pferd zum Stehen und sah argwöhnisch von Jasmin zur Kutsche. „Was ist das Problem?"

„Ein Rad ist gebrochen." Jasmin lehnte ihren Oberkörper etwas nach vorne.

„Seid Ihr ganz allein unterwegs?", fragte der Krämer.

Yunho, der sich mit Ace hinter der Kutsche versteckte, ballte seine Hände zu Fäusten. „Was reden die so lange?"

„Versuch, dich zu beruhigen. Er ist dein Ticket in die Stadt."

Yunho schlug mit der Faust gegen die Kutsche und bereute es in der nächsten Sekunde.

„Was war das?", wollte der Krämer wissen.

Ace trat aus dem Schatten der Kutsche und Yunho blieb das Herz stehen. „Entschuldigen Sie bitte, aber mit meiner Schwester allein kann ich das Rad nicht wechseln."

Es war erstaunlich, wie schnell sich seine Tonlage änderte. „Natürlich."

Yunho hörte, wie er von seinem Kutschbock sprang.

Er lächelte und ging geduckt zur Hinterseite des Wagens. Geschickt schlich er sich darauf und unter die Plane. Er hörte, wie Ace mit diesem gewissen Tonfall sprach. Damit bekam er immer, was er wollte.

„Danke noch mal und viel Spaß auf dem Fest!", rief Ace und Yunho spürte, wie der Krämer wieder auf dem Wagen Platz nahm. Jetzt musste er nur hoffen, dass er nicht kontrolliert würde.

44

SEREN

Da war er, der *Tag der Farben*, der Tag, der alles änderte. Denn die Heiratskandidaten standen schon fest. Doch die einzige Hochzeit, die heute stattfand, war die von Amon und Seren.

Die Wachen geleiteten Seren aus ihrer Zelle. Sie hatte es aufgegeben, sich zu wehren, war ihr Schicksal ohnehin besiegelt. Sie hoffte nur, Yunho würde darüber hinwegkommen. Seren war sich allerdings sicher, dass sie selbst nie darüber hinwegkommen würde. Vielleicht war es gut, wie es war. Sol hatte es womöglich doch so vorgesehen. Denn würde ein Tier, das ewig in Gefangenschaft gelebt hatte, die Freiheit überhaupt ertragen?

Während sie durch die Gänge geführt wurde, blieben einige stehen und sahen sie vorwurfsvoll an. Jeder im Tempel wusste, was geschehen war, dafür hatte Amon gesorgt. Nämlich, dass Seren Sol und den Tempel infrage gestellt hatte. Dass sie eine Ungläubige war und sogar mit Travelern verkehrt hatte.

Sie mussten Amon für einen Heiligen halten, weil er sie trotzdem zur Frau nahm. Er hatte den Älteren im Tempel weisgemacht, dass Seren gebüßt hätte und geläutert wäre. Sogar ihr Verschwinden hatte er mit der

Suche nach Sol begründet. Doch Seren wusste es besser. Diese Ehe war für sie persönlich die höchste Strafe, die ihr auferlegt werden könnte.

Aus den Augenwinkeln sah sie Viorica. Ihr Herz setzte für einen Moment aus. Sie war so froh, dass diese lebte.

„Seren", flüsterte Viorica und wollte zu ihr, doch die Wachen hielten sie zurück.

Kaum merklich schüttelte Seren den Kopf, sie wollte ihre Freundin nicht noch einmal in Gefahr bringen.

Die Wachen führten Seren in das gleiche Zimmer, in dem Gwen sich für ihre Hochzeit zurechtgemacht hatte. Es kam ihr wie ein anderes Leben vor. Dabei waren nur wenige Wochen vergangen.

Ohne auch nur einmal die Miene zu verziehen, ließ Seren das Ankleiden und Schminken über sich ergehen. Die Tür schwang auf und sie sah im Spiegel vor sich, wer eingetreten war.

Amon betrachtete jeden Zentimeter ihres Körpers. Seren betete zu Sol, er würde wieder verschwinden, doch genau das Gegenteil passierte.

Mit einer Handbewegung schickte er alle Frauen, die im Zimmer beschäftigt waren, hinaus. „Da ist ja meine Braut!", sagte er und leckte sich über die Lippen. „Ich hoffe, du hast deine Lektion gelernt, denn es wäre schade, diese schöne Haut noch einmal verunstalten zu müssen."

Er nahm ihr Gesicht zwischen seine Hände. Der heiße Atem auf ihrer Haut ließ Seren erschaudern. Amon hauchte einen Kuss auf ihre Wange.

Sie schmeckte Gallenflüssigkeit und schluckte. Seren hatte keinen Zweifel daran, dass er gierig danach war, sie noch einmal bestrafen zu können.

Sie wusste nicht, woher sie die Stärke nahm, aber sie sagte zu ihm: „Ich habe eine Bitte an dich, sozusagen als Hochzeitsgeschenk."

Amon zog die Augenbraue nach oben. „Ich glaube nicht, dass du in der Position bist, zu verhandeln."

Bevor er sich abwenden konnte, entgegnete sie: „Bitte lass mich Viorica sehen."

Amon lachte. „Ich verstehe nicht, warum du so einen Narren an diesem Waisenkind gefressen hast, aber ich will dir heute den Wunsch erfüllen. Nur fünf Minuten."

Amon gab einem seiner Männer einen knappen Befehl und ging hinaus. Es dauerte nicht lange und die Wache kam mit Viorica zurück. Sie stürmte auf Seren zu und nahm sie in die Arme. „Ich dachte, ich sehe dich nie wieder."

Tränen rannen ihr über die Wangen, doch Seren hatte keine Zeit zu verlieren. Sie sah kurz zu Amon hinüber, der keine Anstalten machte, das Zimmer zu verlassen. Der Kloß in ihrem Hals wurde immer größer. So war das nicht geplant.

Sie presste die Lippen aufeinander. Sie hatte Mühe, die richtigen Worte zu finden. „Viorica, ich hoffe, du passt gut auf meine *Species mortuorum* auf."

Sie blickte sie verständnislos an. „Selbst jetzt denkst du nur an den Unterricht." Sie schniefte.

Seren hob Vioricas Kinn an und sah ihr eindringlich ins Gesicht. „Versprich es mir. Bei Elian und Eleanor."

Viorica schien kurz zu überlegen. Seren hoffte inständig, dass sie sich an die Gutenachtgeschichte erinnern würde.

Amon legte die Stirn in Falten. „Wer sind Elian und Eleonor?"

Viorica reagierte sofort. „Meine Eltern."

„Was nützt es, über tote Menschen zu reden?", zischte Amon und drehte sich mit gerümpfter Nase weg.

Seren war froh, dass Amon die Lüge geglaubt hatte. Viorica hatte ihre Eltern nie kennengelernt. Elian und Eleanor waren nur erfundene Figuren aus einer der

Geschichten des berühmten Ren Perralla. Doch sie konnte Viorica momentan nicht mehr verraten, da Amon anwesend war.

„Versprichst du es?"

Viorica nickte.

„Die fünf Minuten sind vorbei", sagte Amon.

Die Wache packte Viorica am Arm.

„Du siehst sie gleich bei der Zeremonie", informierte er sie mit einem großzügigen Unterton.

Viorica warf einen letzten Blick auf Seren und schlüpfte dann eilig aus dem Zimmer.

VIORICA

Viorica wusste nicht, warum Seren zurückgekommen war. Anscheinend musste Amon etwas gegen sie in der Hand haben. Wie hatte er sie gefunden? War das Versteck der Traveler so offensichtlich? Sie fuhr sich durch die Haare, die sich schon aus dem Zopf lösten.

Sie hatte sofort verstanden, was Seren von ihr verlangte. Doch wo sollte sie anfangen? Ihr einziger Anhaltspunkt war der Marktplatz, wo die Traveler noch vor Kurzem aufgetreten waren. Vielleicht wusste einer der anderen Händler etwas über ihren Verbleib.

Es war gar nicht so leicht. Etliche Menschen waren in die Stadt gekommen, um das Spektakel am letzten Abend zu sehen. Viorica drückte sich durch die Menge bis zu dem Platz, an dem die Traveler ihren Wagen gehabt hatten. Aber dort stand heute ein anderer Wagen, bestückt mit Stoff und Seide.

„Feinste Seide aus der Hauptstadt", sagte der Händler, als Viorica näher kam. „Oder doch lieber diesen Stoff aus dem Norden?"

„War hier nicht immer der Wagen mit den Travelern?", fragte Viorica.

Der alte Mann sah amüsiert drein. „Das Pack wurde aus der Stadt vertrieben." Er spuckte zur Bekräftigung seiner Worte auf den Boden.

„Sie wissen nicht zufällig, wo sie sich jetzt aufhalten?"

Der Händler musterte Viorica von oben bis unten. „Fräulein, Ihr braucht keine Angst zu haben, die kommen nicht mehr zurück."

Das war die Antwort, die Viorica absolut nicht hören wollte. Frustriert sah sie sich um. Sie benötigte Yunho, um die Hochzeit zu verhindern, allein würde sie das nie schaffen.

„Entschuldigung", sagte jemand hinter ihr, als sie angerempelt wurde.

Viorica drehte sich um. Es war ein alter Mann, der gebückt unter seinem Lumpenkittel ging, vermutlich, um sich vor der Sonne zu schützen. „Schon gut", sagte sie, doch die weiteren Worte blieben Viorica im Hals stecken. Die Augen und die Stimme kamen ihr vertraut vor. „Komm mit", zischte sie und zog den vermeintlich alten Mann in die nächste leere Gasse.

„Wo ist Seren?", fragte Yunho, der unter der Kleidung steckte und sich nun aufrichtete.

„Wir haben ein Problem", sagte Viorica. „Sie wird heute Abend mit Amon verheiratet."

Yunho riss die Augen auf. „Sag mir, dass das nicht wahr ist."

Viorica sah ihn traurig an. „Ich weiß nicht, was Amon gegen Seren in der Hand hat, aber glaub mir, sie liebt dich. Sie geht diese Ehe nur unter Zwang ein."

„Ich muss sie retten."

„Genau deshalb habe ich dich gesucht." Viorica beugte sich zu ihm, damit niemand hören würde, was sie ihm jetzt erzählte.

SEREN

Die Mädchen waren aus dem Zimmer verschwunden und hatten Seren allein zurückgelassen. Als sie aus dem Fenster blickte, konnte sie die Menschenmenge von hier aus nicht sehen, die sich vor dem Tempel versammelt hatte, aber sie nahm den Lärm wahr. Sie hörte, dass die Tür zum Zimmer aufging, sie drehte sich aber nicht um.

„Endlich bist du zur Vernunft gekommen."

Seren trat vom Fenster weg und sah sich um. „Mutter." Sie versuchte, ihrem durchdringenden Blick auszuweichen. „Schön, dass du kommen konntest", entgegnete Seren, ohne auf die vorherige Bemerkung ihrer Mutter einzugehen. Sie brauchte nicht nach ihrem Vater zu fragen, wahrscheinlich war er wieder auf irgendeiner wichtigen Reise. Nicht mal die Hochzeit seiner einzigen Tochter konnte ihn in Solaris halten. Doch eigentlich war es ihr auch völlig egal. Sie hatte keine besondere Beziehung zu ihm.

„Du kannst froh sein, dass Amon dich trotz allem heiratet. Was für eine gütige Seele muss er deshalb haben."

„Wohl eher eine abscheuliche", murmelte Seren.

Ihre Mutter fixierte sie. „Du bist eine Schande für diese Familie."

Die Ohrfeige traf Seren hart. Tränen traten in ihre Augen. „Ist es denn so falsch, sich seinen eigenen Weg aussuchen zu wollen?", fragte Seren mit dünner Stimme.

„Dein Leben wurde von Sol vorherbestimmt und du hast es so zu führen. Tu, was dein Ehemann dir sagt, und sei eine gute Ehefrau."

„Was wäre, wenn ich Amon nicht heiraten würde?"

„Als könntest du dir das aussuchen." Ihre Mutter lachte höhnisch.

„Würdest du mich weiterhin noch als deine Tochter ansehen?" Ihr war ihre Familie trotz allem wichtig.

Die Augen ihrer Mutter wurden schmal und sie spitzte die Lippen. „Denk nicht einmal daran, nochmals wegzulaufen. In dem Moment, in dem du den Tempel und Solaris verlässt, bist du nicht mehr mein Kind."

Serens Kehle wurde trocken. Sie wollte etwas erwidern, doch Amon trat, ohne vorher anzuklopfen, ins Zimmer. Er begrüßte Serenes Mutter mit einem Lächeln.

„Es freut mich, Sie an einem so besonderen Tag willkommen zu heißen. Wie ich sehe, haben sich die Damen gut unterhalten." Er ging auf Seren zu und stellte sich viel zu dicht neben sie.

Sie versuchte, den Gedanken an seine Nähe zu verdrängen und wischte sich die Tränen von den Wangen. Er sollte sie nicht leiden sehen.

„Amon, ich bin so froh, dass du dich dem sündigen Herzen und Geist meiner Tochter annimmst", sagte ihre Mutter und nahm seine Hände zwischen ihre.

„Jedem sollte eine zweite Chance gegeben werden", meinte er und sah ihr dabei in die Augen. Seren hatte das Gefühl, er genoss es, als Retter einer verlorenen Seele gesehen zu werden. „Bist du bereit?", fragte er und legte eine Hand an Serens Taille. „Setz dein bestes Lächeln auf", flüsterte er ihr ins Ohr.

Zusammen mit Amon und ihrer Mutter verließ Seren das Zimmer. Sie kam sich wie ein Tier vor, das zur Schlachtbank geführt wurde. Während sie durch die Gänge zum Eingangsportal des Tempels gingen, wurde Amons Griff um ihre Taille immer stärker, als hätte er Angst, sie könne doch noch weglaufen.

„Ich werde mich hier verabschieden und auf meinen Platz setzen", sagte Serens Mutter, als sie den Eingangsbereich erreicht hatten.

Amon räusperte sich und winkte eine der Wachen her. „Geleitet meine Schwiegermutter zu ihrem Platz", wies er an.

Die Wache nickte und ging zusammen mit Serens Mutter aus einem kleinen Seiteneingang.

Seren versuchte, ihre Nerven zu beruhigen und tief ein- und auszuatmen, als die Tore des Tempels für das Brautpaar geöffnet wurden.

Das gleißend helle Sonnenlicht blendete Seren für einen Moment, bevor sie hinaus und auf das Podium vor ihnen traten. Sie nahm ihre Umgebung nur schwach wahr. Das Podium war mit Blumen und Bändern geschmückt worden. Ein weißer Baldachin spannte darüber, um die Braut und ihren Bräutigam vor der Sonne zu schützen.

Das Oberhaupt betrat nach ihnen das Podium und bat Seren und Amon, sich vor ihm niederzuknien. Mit einem Mal waren die Anwesenden still. Sie konnte den Worten des Oberhauptes nur bedingt folgen, denn sie musste sich darauf konzentrieren, nicht an Ort und Stelle zusammenzubrechen.

„Bitte erhebt euch", sagte das Oberhaupt und Amon musste Seren fast nach oben ziehen.

„Ich warne dich", zischte er.

War dies wirklich ihr Schicksal? Schritt niemand ein?

„Reicht euch die Hände", bat das Oberhaupt.

Amon nahm Serens fest in seine und hielt sie nach oben. Die Menge jubelte.

„Ich werde nun das Band um eure Hände schlingen, das euch auf ewig verbindet. Wiederholt danach meine Worte."

Seren kannte die Worte auswendig, sie hatte sie schon hundertmal gehört. Doch nun wollten sie ihr nicht über die Lippen kommen.

Alle Augenpaare richteten sich auf sie.

„Mach deinen Mund auf!", befahl Amon mit finsterem Blick.

„Ich ..." Seren stockte. Wenn sie die Worte nicht sagte, könnte sie dann entkommen? Was wäre mit Amons Drohung? In ihrem Kopf dröhnte es. Die Zeit lief ihr davon.

YUNHO

Yunho schlug sich durch die Menge. Seren war sein Ziel. Jetzt wusste er, dass sie nicht freiwillig gegangen war. Er musste sie vor diesem Monster retten. Es war kein Geheimnis, wozu Amon imstande war. Seine Wut kannte keine Grenzen.

„Seren!", rief er verzweifelt, als er sie endlich auf dem Podest erkannte. Ihm war es egal, ob ihn jemand bemerkte. Sein einziger Gedanken galt nur noch der Frau, die er liebte.

Ihre Augen weiteten sich und die Traurigkeit darin verschlug ihm die Sprache. Sie sah zu Amon. Es war zu spät, er hatte ihn bereits gesichtet.

Er sprach mit einem Wachmann. Sofort schwärmten mehrere Männer aus und versuchten, Yunho zu erwischen. Doch er wehrte sich.

„Du bist zu spät, Traveler", sagte Amon und erhob sich. „Wir sind bereits verheiratet."

Yunhos Kampfwille erlosch für den Bruchteil einer Sekunde und das war die Chance für die Wachen. Sie packten ihn und zerrten ihn nach vorne.

„Sag mir, dass das nicht wahr ist!", rief er und sah Seren an, doch ihr Gesicht sagte mehr als tausend Worte.

In seinem Kopf dröhnte es, er war zu spät. Wieder einmal. Wieder hatte er jemanden verloren, den er liebte.

Amon ging zu Seren, drehte sich ihr zu und hauchte ihr einen Kuss auf den Mund. Yunho sah, wie erstarrt sie war. Er versuchte, sich gegen die starken Hände der Wachen zu wehren, doch der Griff war zu fest. „Lass sie in Ruhe!", schrie er.

Amon hob eine Braue. „Aber sie ist meine Frau. Ich kann mit ihr machen, was ich will." Er strich ihr mit der flachen Hand ihr Schlüsselbein hinab über ihre Brüste und wieder hinauf. Dann legte er seine langen Finger um ihre Kehle und drückte zu. Sein bestialisches Grinsen wurde immer breiter.

Yunho sah die Angst in Serens Augen.

„Und weil heute so ein schöner Tag ist, gewähre ich meiner Frau noch ein Hochzeitsgeschenk."

In ihren Augen schimmerte für einen Moment die Hoffnung, nur um gleich wieder zerstört zu werden.

„Peitscht den Traveler aus. Hier und jetzt."

Seren stieß einen erstickten Schrei aus.

Die Wachen banden Yunhos Hände an eine der Säulen, die das Dach über dem Podium trugen. Jemand riss Yunho das Hemd vom Leib. Der erste Peitschenhieb schnitt in sein Fleisch und er biss die Zähne zusammen.

Seren wollte wegsehen, doch Amon hielt ihr Kinn fest in seinem Griff.

Yunho blickte sie an. Nur so konnte er die Peitschenhiebe überstehen. Er erinnerte sich an ihr Lächeln, daran, wie er ihr die Haare aus dem Gesicht gestrichen hatte, als sie schlief. Er schaute auf ihre Lippen und dachte an jede Berührung, die sie ausgetauscht hatten. Der Gedanke an ihre zarten Hände, die über seine Wunde strichen und ihn verarztet hatten. Auch in diesem Moment hatte er nur in ihre Augen schauen können, und allein diese Vorstellung hielt ihn auf den Beinen.

Wieder hörte er das Zischen der Peitsche und er biss sich auf die Unterlippe. Seine Knie gaben nach, doch er zwang sich, Seren anzusehen. Er rief sich in Erinnerung, wie weich ihre Haut war und wie süß sie schmeckte.

Serens Augen füllten sich mit Tränen und er ahnte, woran sie dachte.

Die Peitschenhiebe wurden immer schmerzhafter. Sein Kopf kippte nach unten und er bemerkte die blutbedeckten Holzbalken unter ihm. Er durfte nicht aufgeben. Er versuchte, seinen Kopf noch einmal zu heben und in Serens Augen zu blicken. Wenn das sein Ende war, dann sollte ihr Gesicht das Letzte sein, das er auf dieser Welt sah.

Ein letzter Peitschenhieb und Yunho sackte in sich zusammen.

48

SEREN

Als Yunho das Bewusstsein verlor, konnte Seren nicht mehr an sich halten.

„Ist er tot?", fragte Amon, doch eine der Wachen schüttelte den Kopf.

Seren machte sich von Amon los und rannte die Stufen hinunter, warf sich zwischen Yunho und die Peitsche. Der Hieb brannte auf ihrer Haut.

Der Wächter holte zum nächsten Schlag aus, doch Amon hielt ihn auf. „Schluss damit!", sagte er in scharfem Ton. „Bringt sie beide weg."

Seren schrie und weinte, als die Wachen sie packten. Was würden sie mit Yunho tun? Sie wollte nicht, dass er seine Freiheit für sie aufgab.

„Das alles ist nur deine Schuld!", rief Amon ihr zu. „Sieh, was du angerichtet hast. Bringt sie in meine Gemächer und wascht sie vorher", befahl er den Wachen. „Das schöne Kleid …" Er schnalzte mit der Zunge. „Dafür wirst du bezahlen müssen."

Amons Worte interessierten Seren nicht. Sie konnte nur an Yunho denken, der blutüberströmt über den Hof gezogen wurde.

Die Wachen brachten sie in den Tempel und in Amons Schlafzimmer. Sie nahm den ganzen Luxus gar nicht wahr, sondern sank an der Wand hinab. Ihr Gesicht versteckte sie in ihren Händen und sie zog die Knie eng an ihren Körper.

Sie wusste nicht, wie lange sie im Selbstmitleid versunken war, als die Tür geöffnet wurde. Ein junges Mädchen kam herein. Sie hatte einen Trog mit frischem Wasser dabei.

„Lass mich allein, ich kann das selbst machen", sagte Seren.

Das Mädchen beachtete sie gar nicht und stellte den Trog ab. Ein weiteres Mädchen kam ins Zimmer, es hatte unterschiedliche Seifen und Tinkturen dabei. Seren sah aus den Augenwinkeln, wie die zwei sich einen Blick zuwarfen. Ohne Vorwarnung packten sie Seren unter den Armen, zogen sie nach oben. Sie hörte das Reißen von Stoff, als sie ihr das Kleid vom Leib rissen. Ihre Augen weiteten sich, als sie splitternackt vor ihnen stand. „Was soll das?"

Doch wieder antwortete ihr keins der Mädchen. Grob schrubbten sie das Blut erst von Serens Armen, dann widmeten sie sich ihrem Rücken, wo die Wunde des Auspeitschens immer noch frisch war. Ein heißer Schmerz durchzuckte sie, als der Schwamm über ihre Haut strich.

„Solltet ihr nicht etwas Respekt haben?", fragte Seren.

Eines der Mädchen lachte höhnisch. „Respekt vor dir?" Das letzte Wort spuckte es förmlich aus. „Wir müssen nicht nett zu dir sein. Das verdienst du genauso wenig, wie du Amon verdienst." Sie fuhr mit dem Seifenwasser und dem Schwamm extra über die Wunde.

Als die beiden endlich damit fertig waren, Seren zu quälen, kam eine Frau herein, in einem Kleid, das mehr Haut zeigte, als es verdeckte. „Ich werde dir beim

Anziehen helfen." An ihre Schwestern gewandt sagte sie: „Ihr könnt gehen, ich schaffe das allein."

Die Mädchen verließen den Raum.

„Wie geht es dir?", fragte sie Seren, als sie unter sich waren.

Seren hob eine Augenbraue. „Willst du mich auch verspotten?"

Die Frau hob abwehrend die Hände vor ihren Körper. „So war das nicht gemeint." Sie senkte ihren Kopf und kramte in der Tasche ihrer Schürze. „Deine Freundin hat mich gebeten, dir etwas zu geben."

Seren wurde hellhörig. „Viorica?"

Sie holte ein Fläschchen hervor und übergab es Seren. Diese versteckte es schnell in der Tasche an ihrem Kleid.

„Warum tust du das für mich?", fragte Seren.

Der Gesichtsausdruck der Frau veränderte sich. Sie verengte die Augen und spitzte ihren Mund. „Du bist wirklich dumm! Als würde ich jemandem wie dir helfen. Viorica hat gemeint, es wäre Gift, damit du dich selbst erlösen kannst."

Seren wich einen Schritt zurück, als die Frau näher kam. Ihr Gesicht war Serens so nah, dass sie ihren Atem spürte.

„Wenn du aus dem Weg bist, ist Amon wieder frei."

Seren wusste nicht, wieso, aber sie lachte. „Du willst ihn haben, dann nimm ihn dir. Ich will ihn nicht."

„Ich hoffe, du kommst ins Fegefeuer!", rief die Frau und stürmte aus dem Raum.

Seren kauerte sich wieder in eine Ecke auf dem Boden zusammen. Sie blickte das Kleid an, das zerfetzt auf den Fliesen lag. Wie dumm war sie gewesen. Als Kind hatte sie sich so auf diesen Tag gefreut. Jedes Jahr hatte sie die anderen Mädchen eifersüchtig angeschaut, die bereits erwählt worden waren.

Sie vergrub ihr Gesicht in den Händen. Nun kannte sie die Wahrheit und wünschte, sie hätte sie schon viel früher erfahren. Seren dachte an Yunho und den Brief, den sie ihm geschrieben hatte, und sie dachte ebenso daran, dass sie ihn damit verletzt hatte. Aber er war trotzdem gekommen, um sie zu retten, und jetzt hatte sie auch noch sein Leben ruiniert.

Die Tür ging auf und ihr Ehemann trat herein. Schnellen Schrittes kam Amon auf sie zu und zog sie grob nach oben. „Führ dich nicht wie ein Kind auf." Er schlug ihr ins Gesicht.

Amon hasste Schwäche, das wusste Seren. Er sah sie mit gierigem Blick an. Das Kleid, welches sie trug, verdeckte so gut wie nichts von ihrem Körper. Amon zwang sie, ihn anzusehen. Er leckte über seine Lippen und küsste Seren. Dann drückte er sie fester an seinen Körper.

Seren wollte sich dagegen wehren, doch sein Griff wurde nur stärker. Mit einem Ruck warf er sie auf sein Bett.

Seren wich bis zum Kopfteil zurück.

Geschmeidig wie ein Tiger kam Amon auf sie zu und knöpfte sein Hemd auf. Rabiat packte er Serens Fußgelenke und zog sie zu sich. „Du musst deine eheliche Pflicht erfüllen."

Sein Blick wanderte über ihren Körper und ohne große Mühe drückte er sie auf die Matratze.

„Lass mich gehen!"

Doch zur Antwort presste Amon ihre Hände neben den Kopf.

Seren blieb die Luft weg, als das Kleid nach oben geschoben wurde.

„Du fühlst dich so gut an", hauchte er ihr ins Ohr, während er mit seinen Händen über die Brüste hinunter zu ihrem Bauch strich.

Vergeblich versuchte Seren, ihn wegzudrücken.

„Wenn ich nur daran denke, dass dieser dreckige Traveler dich vor mir berührt hat, möchte ich dich hier und jetzt dafür bestrafen."

Er drängte seinen Mund auf Serens Lippen, was Übelkeit in ihr aufsteigen ließ. Mit den Nägeln krallte sie sich in seinen Handrücken, doch Amon wich nicht zurück. Er wanderte mit seinem Mund ihren Körper entlang.

Seren sah sich verzweifelt um. Auf dem kleinen Tisch neben dem Bett entdeckte sie eine Vase, aber wie würde sie unbemerkt daran kommen?

Amon hatte sie losgelassen und knöpfte seine Hose auf. Das war ihre einzige Chance. Blitzschnell griff sie nach der Vase, doch Amon war ebenso geschwind. Er packte sie und wollte ihr die Vase aus der Hand reißen, aber Seren schlug sie gegen seinen Kopf. Es brachte ihn nicht wie gehofft zur Ohnmacht, doch er schwankte einen Moment.

„Du Miststück", keuchte er.

Seren versuchte, so schnell wie möglich vom Bett zu entkommen.

Amon hatte sie bereits an der Tür eingeholt und zog an ihren Haaren. Ein dumpfer Schmerz breitete sich an ihrer Kopfhaut aus. „Wie kannst du es wagen?" Er stieß sie gegen die Tür und schob seine Hand zwischen ihre Beine. Seine Männlichkeit drückte gegen ihren Bauch.

Seren hatte keine Wahl. Sie musste mitspielen, denn sie hatte keine Kraft mehr, sich zu wehren.

„Du verstehst also, dass du keine Chance gegen mich hast", flüsterte Amon in ihr Ohr.

Seren nickte gefügig und ließ sich von ihm küssen. Seine Lippen waren so anders als Yunhos. Kalt und spitz.

„Zieh dich aus", befahl Amon.

Seren ging, während sie langsam die Träger ihres Kleides abstreifte, in Richtung des Bettes. Amon folgte ihr. Mit einem leichten Schubs beförderte sie ihn darauf. Seine Augen glühten.

„Ich mag, wenn du dich an meine Befehle hältst", sagte er.

Langsam zog Seren das Kleid über ihren Kopf. Das war ihre Chance. Aus der Tasche an ihrem Kleid holte sie Vioricas Fläschchen hervor.

Amon beobachtete sie wie ein Raubtier seine Beute. „Wenn du Sorgen um meine Männlichkeit hast, ich brauche kein Kräutertunikum."

Er hatte den Ernst der Lage das erste Mal in seinem Leben nicht erkannt.

„Erkennst du es?", fragte Seren. „Es ist Gift."

„Was hast du vor?"

Amon sprang auf, doch Seren war schneller und rannte um das Bett herum, sodass es zwischen ihnen war. Amon zeigte seine Zähne. Er schien etwas verunsichert zu sein. Seren entkorkte das Fläschchen.

„Das wirst du nicht tun."

„Dann lass mich gehen."

Amon zog scharf die Luft ein. „Das kann ich nicht tun, du gehörst mir."

„Ich gehöre niemandem!", rief Seren.

„Lass den Quatsch und komm her." Amon stürmte auf sie zu. „Seren!"

Sie leerte das Fläschchen in einem Zug und sah ihn triumphierend an. „Du wirst mich niemals besitzen." Ihre Augenlider flatterten, Schaum trat vor ihren Mund. Seren wurde schwarz vor Augen.

AMON

Amon hielt sie nicht auf, als sie vor ihm auf den Boden krachte. „Dieses Miststück!"

Er fuhr sich über das Kinn und dann durch die Haare. Was sollte er jetzt tun? Er wollte jemanden dafür bestrafen. Er musste seine Wut abreagieren.

„Thomas!", rief er einen seiner Schüler, die er vor der Tür als Wachen postiert hatte.

Im nächsten Moment stand Thomas, ein kleiner, zierlicher Junge mit wässrigen Augen und dunkelblonden Locken, in der geöffneten Tür und starrte auf die am Boden liegende Seren. „Was ist passiert?", fragte er mit großen Augen.

„Sie hat Gift genommen, vermutlich ist sie schon tot."

Thomas ging auf Seren zu und fühlte ihren Puls. Er sah betroffen aus. „Du hast recht. Sie hat keinen Puls mehr."

„Holt mir diesen rothaarigen Traveler!", schrie Amon zu den anderen Schülern, die neugierig in den Raum schauten. Amon knöpfte sein Hemd zu und trat neben Seren. „Wie kannst du es wagen?" Er fuhr sich immer wieder durch die Haare und überlegte, wie er dieses Chaos beseitigen konnte. Dieses Weibsstück hatte seinen ganzen Plan ruiniert. „Verdammt!", rief er und trat gegen eine der Kommoden.

„Der Traveler ist eingetroffen", sagte Thomas.

Amon sah mit Genugtuung zu, wie sich Yunhos Augen vor Schrecken weiteten, als er die Situation erfasste. Er riss sich los und schlitterte auf den Knien zu Serens Körper. Schluchzend nahm er ihren Kopf zwischen seine Hände und strich ihr über das Haar. „Was habt ihr mit ihr gemacht?", schrie er Amon an.

„Ich?", höhnte er. „Wenn einer ihren Tod zu Verantwortung hat, dann du. Weil du ihr diese wirren Gedanken in den Kopf gesetzt hast, eine Frau wäre mehr wert."

Yunho stand auf und drückte Amon gegen die Wand. „Du bist widerlich!"

„Schau, was du getan hast", sagte er. „Wärst du nicht in ihr Leben getreten, hätte Seren nicht Sol und auch den Tempel infrage gestellt, dann hätte sie ein schönes, friedliches Leben geführt. Ich wäre ihr ein guter Ehemann gewesen. Ich hätte sie nicht bestrafen müssen."

Yunho schlug ihm mit der Faust ins Gesicht. Sofort waren unzählige Schüler versammelt und hielten ihn zurück. Amon grinste. Er liebte es, diese Verzweiflung in den Augen seines Gegenübers zu sehen. Seine letzten Worte wählte er sorgfältig aus und betonte dabei jede Silbe.

„Lasst ihn vor dem Tempel frei. Er soll mit der Gewissheit leben, Seren getötet zu haben." Er machte sich aus der Umklammerung los, die jetzt nur noch halbherzig war. Yunhos Blick wanderte zu Boden, während sein Gesicht einen Ausdruck der Erkenntnis annahm. Genau dieser Abschaum war schuld daran, dass Seren tot war. Nicht er.

Als Yunho von den Wachen abgeführt wurde, leistete er keinen Widerstand.

„Was machen wir mit ihr?", fragte Thomas und deutete mit dem Kopf auf Seren.

„Werft sie in den Graben hinter dem Tempel. Dort, wo verdorbenes Pack hingehört."

YUNHO

Die Dämmerung hatte bereits eingesetzt und Yunho ging hinunter zum Hafen. Handelsschiffe lagen vor Anker und warteten auf die nächtliche Prise, die sie hinüber in ferne Länder tragen würden. Yunho marschierte zielsicher auf eines dieser Schiffe zu. Er nickte dem Mann an der Planke zu und warf ihm einen Beutel voll Solaren in die Hand, sodass er passieren durfte. Yunho suchte das Deck ab und sah im Umriss der Laterne eine bekannte Gestalt.

„Ich habe auf dich gewartet", sagte sie, als er auf sie zuging.

„Ich musste noch ein paar Sachen erledigen."

„Ist alles vorbereitet?" Die Anspannung in ihrer Stimme war greifbar.

„Ja."

„Also sind wir Amon endlich los?"

Die Gestalt drehte sich um und sah Yunho an. Serens Augen glitzerten vor Aufregung.

„Ja, nichts steht uns mehr im Weg."

Yunho legte seine Lippen auf ihre und sie erwiderte den Kuss sofort. „Ich kann immer noch nicht glauben, dass du vor mir stehst", sagte er, als sie zwischen den Küssen Luft holten.

„Das haben wir Viorica zu verdanken. Hätte sie mir nicht die Geschichte von Elian und Eleanor erzählt, wären wir nicht hier."

„Was ist das für eine Geschichte?", fragte Yunho und zog Seren enger an sich. Er wollte sie nie wieder loslassen.

„Elian und Eleanor waren Liebende, allerdings war Eleanor bereits einem anderen Mann versprochen. Die Lage schien aussichtslos, doch sie war eine erfahrene Heilerin und da kam ihr die Idee. Sie täuschten mithilfe der *Species mortuorum* ihren Tod vor. Während der Totenruhe erwachten sie allerdings wieder und trafen sich heimlich am Pier und segelten von dort aus in den Sonnenuntergang. Es war eine Flucht aus einer Welt, die sie nicht akzeptieren konnte. Ihre Liebe war stärker als alle Hindernisse, die ihnen in den Weg gelegt wurden."

Er ließ ihre Worte auf sich wirken, während er spürte, wie Seren sich in seinen Armen entspannte. „Und was geschah dann?"

Seren hob ihren Kopf und sah ihm in die Augen. Sofort stolperte sein Herz wieder. „Sie lebten glücklich und verborgen, weit weg von allem, was sie zu trennen versuchte."

Yunho betrachtete Seren eingehend. „Dann lass uns dafür sorgen, dass unsere Liebe genauso stark ist. Egal, was kommt, wir werden immer einen Weg finden, zusammenzubleiben."

Seren schloss die Augen und lehnte sich gegen ihn. „Liebe kann alle Grenzen überwinden, wenn sie nur stark genug ist", flüsterte sie.

Yunho lächelte und küsste sie sanft auf die Stirn. „Was willst du in Dorado machen?"

„Ich würde gern Medizin erlernen."

„Dann suchen wir für dich den besten Lehrenden der Medizin."

Seren sah sich um. „Wo sind Ace und Viorica?"

„Viorica wollte sich noch bei ihrer Freundin in der Bar verabschieden. Ace wartet auf sie. Die beiden werden wohl in wenigen Tagen in Dorado eintreffen."

Yunho erkannte an Serens Miene, dass etwas ihre Freude trübte. „Was ist los?" Er strich ihr mit dem Daumen von der Nasenspitze über die Wange zum Kinn.

„Ich fühle mich schuldig. Viorica muss Riona meinetwegen zurücklassen."

„Deine Freundin ist erwachsen. Sie kann entscheiden, was sie aufgibt und was nicht."

„Werden die beiden es sicher nach Dorado schaffen?"

Yunho sah Seren tief in die Augen. „Natürlich werden sie das."

„Es war Schicksal, dass ich dich traf", sagte Seren zu Yunho, während sie seinen Blick erwiderte. „Ohne dich wüsste ich bis heute nicht, wie es sich anfühlt, frei zu sein."

ENDE

SCHLUSSWORT

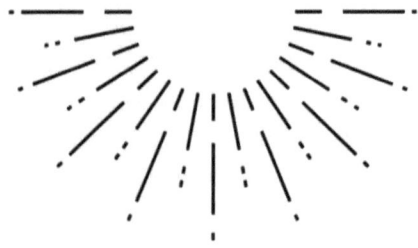

Liebe Lesenden,

dieses Buch markiert eine Premiere: Zum ersten Mal gibt es ein Schlusswort in einem meiner Werke. Das liegt natürlich auch an den zum Teil heftigen Themen, die in diesem Buch behandelt werden. Ich hoffe dennoch, dass es euch gefallen hat und euch vielleicht sogar zum Nachdenken anregen konnte.

Die Idee zu diesem Buch entstand, als ich in meinem Freundes- und Bekanntenkreis immer wieder erlebte, dass Menschen aufgrund ihrer Herkunft, Religion oder sexuellen Orientierung nicht zusammen sein durften. Diese persönlichen Erfahrungen haben mich tief berührt und inspiriert, die Geschichte von Seren und Yunho zu erzählen.

Seren und Yunho haben euch in diesem Buch gezeigt, dass Liebe keine Grenzen kennt. Es spielt keine Rolle, wen ihr liebt, solange ihr niemandem damit schadet. Lasst uns die Vorurteile über Bord werfen und uns daran erinnern: **LOVE IS LOVE**.

Ein weiteres zentrales Thema dieses Buches ist das immer noch sehr dominierende Patriarchat. Eigentlich dachte ich, dass es im 21. Jahrhundert normal sein sollte, dass sich weiblich gelesene Personen sicher, nicht beeinträchtigt und frei fühlen. Doch wie in Solaris gezeigt wird, ist dies leider oft nicht der Fall. Seren hat sich aus dieser unterdrückenden Gesellschaft befreit und ich hoffe, dass auch wir es schaffen können.

VIELEN DANK, DASS IHR DIESE REISE MIT MIR GEMACHT HABT.

DANKSAGUNG

Ein riesiges Dankeschön geht erstmal an meine großartigen Testlesenden. Eure ehrlichen Rückmeldungen, konstruktiven Kritiken und aufmunternden Worte haben dieses Buch geprägt. Ohne eure wertvollen Tipps wäre das Ganze sicher nicht so geworden, wie es jetzt ist.

Ein ganz besonderes Dankeschön geht an meine Lektorin **KATRIN**. Ich hatte das Projekt schon fast ganz unten in der Schublade vergraben, aber du hast mir den Mut gegeben, weiterzumachen. Deine Liebe zum Detail hat dafür gesorgt, dass der Text jetzt wirklich glänzt. Ein großes Dankeschön auch an meine liebe **HANNAH**, die unermüdlich meine Fehler ausgebügelt hat.

Ein herzliches Dankeschön geht auch an meine Coverdesignerin **FLORIN**. Du hast es geschafft, meine Vision in ein echtes Kunstwerk zu verwandeln. Danke, dass du dem Buch das perfekte Gesicht gegeben hast.

Und last but not least: Ein riesiges Dankeschön an euch, liebe Leser*innen. Ohne euch wäre das hier einfach nur ein Manuskript geblieben. Eure Unterstützung, euer Interesse und eure Begeisterung geben meiner Arbeit einen echten Sinn. Es ist ein Geschenk, meine Geschichten mit euch teilen zu dürfen.

Mehr Bücher findest du auf

www.sarahwannerautorin.com